LE CARNAVAL DES LOUPS

DU MÊME AUTEUR

Deux journées à Bassora, Milan
Le Deuil de l'image, Philippe Olivier
Le Vent mauvais, Lucien Souny
La Folie des justes, Lucien Souny
Les Caramels à un franc, Lucien Souny
La Rosée blanche, Albin Michel
Les Encriers de porcelaine, Albin Michel
Le Domaine de Rocheveyre, Presses de la Cité
Les Vignerons de Chantegrêle, Presses de la Cité
Jours de colère à Malpertuis, Presses de la Cité
Quai des Chartrons, Presses de la Cité
Les Compagnons de Maletaverne, Presses de la Cité

Jean-Paul Malaval

LE CARNAVAL DES LOUPS

Roman

Production Jeannine Balland
Romans Terres de France

PRESSES DE LA CITÉ

ISBN 2-258-06178-4

1

Où les Sanflorains brûlent l'effigie de la malbête en place royale

Anselme Hilaire, tout compte fait, eût cent fois préféré monter une mule plutôt que la jument imposée par son maître. Une bonne vieille mule, même récalcitrante, frondeuse, revêche, eût suffi à son confort de voyageur. Ces montures étaient mieux à même, à ses yeux, de remplir l'usage qu'on attendait d'elles. L'assise, moins épandue et nerveuse qu'un cheval, correspondait à son train. On pouvait s'y laisser porter à l'aise, dans un balancement souple. Maintes fois le garçon d'équipage qu'il était devenu par la force des choses en avait apprécié les avantages. Et, contrairement à l'idée répandue, le mulet le plus désobéissant n'était jamais aussi entêté qu'un cheval mal dressé, comme ces bais fringants qu'un minot d'avoine rendait aussi fous et excités que des pur-sang arabes.

« Une mule ou un âne me satisferait aisément, avait insisté le serviteur. L'aventure que nous allons courir dans cette lointaine contrée ne fait-elle pas de nous des Don Quichotte ? »

Devant autant d'obstination, Vivien Lafontaine, naturaliste et savant émérite, s'était exclamé :

« Souhaiteriez-vous, mon cher, qu'on nous prenne pour ce que nous ne sommes point ? »

Anselme avait baissé la tête.

« Oh monsieur, loin de moi cette pensée ! Je vous suis, fidèlement, sur tous les chemins de France. Et là où nous irons, quel que soit notre équipage, je serai bien aise de le partager avec vous...

— Une mule ! s'était écrié l'érudit en contenant une forte envie de rire. Qu'on vous prenne pour Sancho Panza, cela m'est égal. Mais moi, grand Dieu, je n'ai rien d'un Don Quichotte ! Aussi me ferez-vous le plaisir de grimper sur cette jument, douce et affable, qui vous mènera d'un pas tranquille dans le Gévaudan. »

Sur l'instant, Vivien Lafontaine avait beaucoup ri de sa comparaison. Anselme, il est vrai, possédait une bonhomie et des rondeurs qui eussent pu le faire confondre avec le personnage de Cervantès. D'un caractère affable et doux, et toujours prompt à rendre service sans se poser d'infinies questions, il était le meilleur domestique qu'on pût rêver.

En revanche, le naturaliste n'était pas d'une approche facile. Souvent, égaré dans ses pensées, il passait de longues heures sans dire mot ; et même en compagnie il s'avérait être l'homme le plus indifférent qui soit. Mais le brave Anselme s'était fait une raison de l'humeur taciturne de son maître, attribuant ces défauts à l'étendue de son savoir, qui en faisait un être d'exception. Il se disait : « La science lui a gâté le caractère, irrémédiablement, et pire encore, il n'en soupçonne rien. » Et Anselme se rassurait à sa façon, rien que de songer que sa crasse ignorance l'avait sauvé : « Ainsi, clamait-il, suis-je resté tel que Dieu m'a créé, proche de ma nature véritable. »

L'équipage avait quitté Paris voici deux semaines, de son petit train de voyageurs, s'arrêtant plus que de raison dans les relais, soignant les montures et prenant sur les châlits de poste le repos nécessaire. Monsieur Lafontaine aimait à lire, tard le soir, à la chandelle, des livres qui chargeaient fort le barbe de rechange. C'était un plaisir que de l'observer, ce grand savant, s'exclamer, rire, vociférer, tellement ses lectures excitaient son esprit torturé et pensif. Et Anselme s'en amusait aussi avec ses voisins de route, des palefreniers, des cochers, des colporteurs, des messagers de toutes sortes qui hantaient les auberges et les hôtelleries.

On l'interrogeait quotidiennement sur ce singulier personnage qu'il avait l'honneur de servir. Chaque fois, le domestique répondait par une moue pincée, en hochant la tête, ce qui ajoutait un peu de mystère à leur aventure. Au fur et à mesure que l'on s'enfonçait dans les profondeurs du royaume, dans les campagnes où le pèlerin se faisait rare, où le paysan vous claquait la porte au nez lorsque vous lui demandiez un peu d'eau, Anselme prenait peur et serrait contre sa poitrine la crosse d'un pistolet.

Les conseils de prudence du domestique restaient lettre morte.

« Ne craignez-vous point, mon maître, quelque coupe-jarret ? Regardez ces mines d'hommes ! Ne vous font-elles pas entrevoir le pire ? La sagesse voudrait que l'on demeure à portée de vue des coches et des diligences. Il y a là, à la bride, de beaux gaillards roués à la chamaillerie et qui, en un instant, bondiraient à notre secours ! »

Le naturaliste le fixait d'un air égayé.

« Que crains-tu, mon brave Anselme ? Les brigands ne s'intéressent guère aux livres. Et je n'ai que cela à leur donner : les ouvrages de monsieur de Buffon, mon maître, et quelques autres précis d'Aristote, de Boaistuau ou de Régnard. Crois-tu qu'il s'agisse, pour un malandrin, d'un grand trésor? »

Cependant, Vivien Lafontaine n'était pas l'illuminé inconscient que son serviteur aimait à décrire à l'occasion. Bien qu'âgé de vingt-trois ans, il n'avait pas seulement hanté les salles de dissection de monsieur de Buffon. Il avait assidûment suivi les cours d'escrime d'un maître d'armes réputé sur la place de Paris. Et pour lui, le combat à l'épée, au fleuret, au sabre n'avait plus de secret. Il en avait ressenti l'âpre nécessité lorsqu'un de ses rivaux l'avait proprement provoqué en duel sur le pré. Son inexpérience à la tierce et à la quarte l'avait conduit à l'Hôtel-Dieu, où le chirurgien de monsieur de Lancret — son précieux tuteur — avait fait des prodiges de broderie dans le gras de son épaule. Du reste il gardait, en souvenir de ce fameux jour, une cicatrice de trois pouces et dix lignes. Pour se prémunir de tels désagréments, le jeune étudiant était devenu, à force de leçons, l'une des plus fines lames de la Sorbonne. Désormais, il pouvait se risquer à la galanterie sans craindre l'ombrage de ses rivaux. Mais sa réputation de bretteur l'ayant précédé, il ne se découvrit plus alors, malgré une existence fort dissolue, que des maris floués peu disposés à venger leur honneur.

Anselme se doutait-il que son maître ne craignait guère les détrousseurs de grands chemins? Et qu'il lui jouait là une savante comédie?... Le naturaliste était peu versé à la confidence. Et il aimait à brouiller l'image de sa singulière personnalité, s'ingéniant même à laisser croire qu'il appartenait, tout compte fait, à la race des couards. Aussi était-il parvenu, par sa placidité, son air doux et insouciant, à convaincre le pauvre Anselme de veiller sur lui avec la dévote attention d'un garde. Par le même stratagème, il l'avait persuadé de protéger son sommeil, le pistolet à la main. Ce dévouement amusait assez Lafontaine, et flattait son orgueil de mandarin des sciences.

« Ma vie est cent fois plus précieuse que la tienne, disait-il avec une mâle assurance, en brandissant un des livres dont il ne se séparait jamais. Et ma disparition serait une perte irréparable, irréparable !... »

Anselme était horrifié à l'idée qu'un tel destin fût placé sous sa protection, et s'inquiétait déjà de savoir s'il serait à la hauteur de la mission dont on l'avait chargé.

Depuis l'aube, ils cheminaient, à petit train, pour épargner les montures. Ils avaient quitté les berges chaotiques de l'Allagnon, sous une neige fine et pénétrante, puis avaient gagné le plateau désertique de la Planèze. Sous l'épaulement d'une colline peuplée d'épicéas et de bouleaux, ils avaient pris un peu de repos. Devant eux s'étendaient de vastes pâturages où la neige avait quelque mal à s'accrocher à l'herbe rase. Le vent donnait à plein ses rafales entêtantes. Et la neige cinglait les visages comme une poussière de sable, s'insinuait dans la moindre ouverture des manteaux de cuir qui les recouvraient. Lafontaine s'était enturbanné le visage dans une longue écharpe de soie blanche.

Cette tenue faisait rire le pauvre Anselme, dont la trogne rougeaude s'offrait à la tempête sans timidité. Il avait la pointe des oreilles gelée, et la barbe teintée de blanc. Peu lui importait, depuis qu'il avait pris goût à sa gourde. Elle contenait une gnôle de genièvre qu'il avait achetée à un aigueardentier sur le marché de Clermont, derrière la cathédrale. Et cette eau-de-vie était la meilleure parade au froid, aux tempêtes, aux fatigues.

— Vous devriez en goûter, mon bon maître. Ça tue le ver.

— Quel ver ? interrogea Vivien. De quoi parles-tu, animal ?

— C'est une façon de dire, chez nous.

Il hésita à poursuivre sa conversation, se trouvant sans doute un peu ridicule, avec ses tournures de petit paysan. Mais Lafontaine l'encouragea à le faire. Il avait grand besoin de se détendre un peu pour affronter la suite du voyage.

— Le ver, dit-il en caressant sa gourde capitonnée d'un cuir grenu, c'est tout ce qui peut sécher un homme.

— Sécher un homme? Tu veux dire le tuer, n'est-ce pas? Comme une maladie. Et les maladies ont diverses origines. Elles affectent les organes du corps : le foie, l'estomac, le cœur, les reins... Le ver n'a rien à voir avec ça. Le ver se cantonne aux intestins. A ce que nous en savons. Et il en est de fort dangereux qui, vivant en parasites, pourraient affecter la santé la plus robuste.

— Mais, il y a le ver qui se met dans le sang et qui...

— Dans le sang! s'étonna Lafontaine. Tu veux parler de l'anémie? Mais, là encore, le ver n'a rien à voir.

— Alors, ajouta Anselme vexé, on ne peut plus parler avec un homme comme vous. Vous êtes trop savant pour moi.

Vivien Lafontaine rajusta son chapeau de cuir en abaissant ses bords sur son visage pour se protéger du vent. Il avait froid aux lèvres et cela lui faisait l'effet d'une petite paralysie des mandibules. Aussi avait-il quelque difficulté à articuler ses phrases.

Le naturaliste caressait les naseaux de son cheval pour se réchauffer les poignes. Sur ses doigts, il prisait fort le souffle chaud de l'animal. Sa monture, tout échauffée qu'elle était à force de le porter sur les chemins de terre, ne craignait en rien la tempête qui sévissait depuis deux heures sur la Planèze, alors qu'un cavalier avait tout à redouter de son immobilité sur la selle, de l'engourdissement des membres.

Anselme battait l'air de ses longs bras et se frappait la poitrine, en cadence. Il se hasarda à tendre sa gourde.

— Prenez, mon maître. Et vous sentirez par tout votre corps se répandre un feu bienfaisant. Moi, tel que vous me voyez, je n'ai pas besoin de m'envelopper le visage, je dégage une telle chaleur que la neige fond avant de me toucher la peau.

Les deux hommes se mirent à rire, ensemble, un rire tonitruant dans le silence, sous un ciel d'étain. Et ils regardèrent l'étendue du plateau, dont les bords semblaient brouillés par le grésil. Il y avait encore deux lieues à parcourir avant d'atteindre Saint-Flour. Passé une heure, le brouillard gagnerait les pâtures, les forêts, les chemins. Ce serait alors un handicap supplémentaire pour se diriger. Mais les hommes n'eurent point besoin de se consulter pour partager cette crainte. Aussi se remirent-ils en selle, sans tarder.

— Saint-Flour est droit devant nous, cria Lafontaine. Cette route nous y mène directement.

Ils traversèrent quelques hameaux, dans l'odeur de tourbe des cheminées. C'était une telle désolation qu'ils avaient hâte d'atteindre enfin une bourgade accueillante. Mais Saint-Flour n'était peut-être pas ce qu'ils espéraient. Une fière cité, à l'étroit dans ses remparts, dressée sur son éperon de basalte. Du moins était-ce l'image que le voyageur conservait en mémoire. Avant de quitter Paris, Lafontaine avait consulté quelques documents sur le haut Gévaudan, dont une gravure de Saint-Flour. C'était à la fois grandiose et austère, à l'image du pays. Et on ne pouvait attendre grande hospitalité de ses gens. De toute évidence, il soupçonnait qu'ils étaient à l'image du paysage, durs et sauvages.

Le vent avait cessé et la neige tombait dru lorsqu'ils atteignirent le pont de pierre qui enjambait l'Ander. En cet endroit, il y avait nombre de coches, tapissières, turgotines et carabas, logés pêle-mêle, dans un fouillis de brancards, un méli-mélo de harnais et de brides de cuir. Les cochers avaient conduit leur attelage à l'abreuvoir banal par un chemin malaisé, avant d'attacher leurs chevaux aux anneaux de la Messagerie royale. C'était une grande bâtisse de granit, couverte de lauzes. Un auvent façonné de planches grossières et de charpenterie fatiguée protégeait les boxes. A force de piétinements, la neige était devenue grise sur le pourtour. Et dans leurs vestes bleu délavé, les cochers allaient et venaient dans cette fourmilière. Ce n'étaient que cris, piaillements et vociférations, car chacun jouait du coude pour obtenir sa ration de picotin.

— Au moins, nous ne manquerons pas de compagnie! s'écria Anselme.

— D'ordinaire, la solitude ne me sied guère, maugréa Lafontaine. Mais trop d'assemblée, et quelle assemblée, grand Dieu, ne me convient pas non plus.

— Oh monsieur! Serez-vous un jour satisfait de votre sort? Oublieriez-vous que c'est moi qui aurai à pâtir de la promiscuité...

Le pauvre Anselme Hilaire ne se voyait guère en train de négocier avec les cochers un peu de foin et d'avoine, et encore moins une litière pour les juments. Ici, la règle était la foire d'empoigne. Et cela se résolvait souvent à coups de gueule et de fouet.

— Tu as raison, releva Vivien. Nous n'allons pas laisser nos chevaux à la Messagerie. Je crains qu'ils ne subissent les vilaines morsures de ces ganaches étiques.

Ils remontèrent vivement vers les portes de la cité. Elle se dressait, fière et hautaine, au-dessus d'eux, à l'étroit sur son socle de basalte, avec sa cathédrale aux deux clochers dressés comme des têtes de chat. Les gardes faisaient entrer les visiteurs au compte-gouttes, en les obligeant à se mettre en file. Anselme voulut descendre de sa monture, mais Lafontaine lui fit signe, d'un geste autoritaire, de n'en rien faire. Il entendait franchir la porte ainsi, dressé sur ses étriers, comme un seigneur, afin de ne pas se mélanger à la populace, ce dont il ne tirerait aucun profit, sinon subir le sort commun.

— Place ! Place ! répétait-il en obligeant la foule à s'écarter.

A sa grande surprise, Anselme vit que les gens s'effaçaient devant eux avec docilité, croyant sans doute avoir affaire à quelque grand seigneur.

— Halte-là ! hurla l'un des gardes qui avait flairé la manœuvre.

Lafontaine le toisa d'un air hautain, et lui tendit un sauf-conduit royal, sésame par lequel il avait franchi jusqu'alors sans encombre nombre de barrages et de barrières d'octroi. Il en allait de même des portes des cités, souvent interdites aux étrangers lorsqu'il fallait les contenir, hors les murs d'enceinte, dans des baraquements de fortune.

— Messire, ordonna le gardien, il vous faut laisser vos chevaux à la Messagerie.

Vivien hocha la tête, comme s'il s'apprêtait à céder à l'injonction. Puis il tendit, dans le creux de sa main, dix sols. Le soldat s'en empara vivement.

— Tu boiras à ma santé, l'ami ! fit Lafontaine en s'abaissant sur l'encolure de sa jument pour passer sous le porche bas.

La route étroite suivait les remparts crénelés de la cité. Tous les dix pas, un fanal jetait sur le pavé sa lumière jaune. Et, trottinant, les chevaux montèrent jusqu'à l'esplanade où claquaient, dans le vent, de longues oriflammes, comme des langues de feu. Il y avait si grande foule que les visiteurs durent abandonner la selle pour mieux maîtriser leur monture. Et dans la rumeur qui s'élevait autour d'eux, ils entendirent distinctement le battement lancinant des tambourins. Vivien Lafontaine prêta l'oreille et crut reconnaître le grincement rauque de vielles qu'on torturait.

— Que fête-t-on en ce jour de grâce 1765 ? demanda-t-il à une vieille femme édentée dont le chignon avait perdu son équilibre dans l'agitation générale.

— La fête des fous ! répondit-elle avec une belle assurance.

— Dieu permet cela ? releva Anselme en se signant.

— Ne dis pas de bêtises, ricana Vivien. Tout est permis la veille de Carême. La digne folie des humbles pour exorciser celle des princes...

A proximité de la halle au blé, ils trouvèrent une auberge qui leur assura le couvert et le gîte pour la nuit, et le meilleur traitement pour les juments qui avaient grand besoin d'être bouchonnées. Malgré la fatigue, les deux visiteurs décidèrent de se joindre à la fête. La tentation était trop grande de partager la liesse païenne qui s'était emparée de Saint-Flour.

La population s'était travestie avec toute l'extravagance que réclamait l'événement. Et à peine les deux compagnons eurent-ils franchi la porte de leur estaminet que la foule les happa. C'était comme un courant joyeux, braillard et égrillard, qui les emportait vers les arcades. Les couples les mieux assortis dansaient des bourrées et des gigues endiablées, à la suite des musiciens qui formaient un bataillon en carré à l'avant de la procession. A la vérité, cela faisait des heures que les Sanflorains défilaient, selon le même trajet, d'un bord à l'autre de la cité, flot grandissant au point de déborder les ruelles étroites de la collégiale.

Dans la rue Marchande, on fêtait saint Cochon, le dieu des païens. Un gaillard qui orchestrait les libations s'était coiffé d'une tête de porc évidée, et portait en chapelet des boudins noirs et des saucisses de couenne. Les plus hardis se risquaient aux poings de l'énergumène pour lui arracher quelques lambeaux de victuailles. Son voisin, en grande tenue de boucher, le tablier cramoisi, jetait sur les assaillants des gerbes de sang.

— Approchez ! Approchez, braves gens ! Que saint Cochon vous baptise, pour mériter le paradis des gueux, mes aïeux !

A ce jeu, les femmes n'étaient pas les dernières. Elles avaient l'art de se faufiler sous les tables et, surgissant comme des harpies au milieu des montagnes de viande, agrippaient un collier de boudins qu'elles faisaient venir à elles de leurs griffes avides.

La foule agglutinée, comme des mouches sur un fricot, ne cédait pas un pouce de terrain, par crainte d'être emportée loin de la sainte table où officiaient les étranges prêtres. Le baptême du sang permettait aux officiants de repérer ceux qui faisaient par trop durer le plaisir. Et quelques diables, coiffés d'un chapeau noir dressé en fuseau et revêtus d'aubes tout aussi anthracite que leur couvre-chef, faisaient la police à coups de martinet. Les fines lanières rosissaient les bras et les poitrines des matrones. A croire qu'elles prenaient goût à ces fustigations, car les coups, peu violents en vérité, ne faisaient jaillir que rires et insultes, excitant les harpies. Et les bonshommes, tout aussi excités, brassaient ces chairs offertes qui se débattaient dans la mêlée. On pelotait seins, cuisses, croupes, à mains généreuses. On mangeait, buvait, caressait, embrassait, dans l'orgie des sens qu'autorisait Carnaval.

Sur un chariot aux rouelles grinçantes tiré par deux escogriffes, un tonneau était dressé comme un trône. Et, chevauchant la futaille, un maître Jacques ventripotent distribuait des gobelets de pinard. Anselme en saisit un au passage, si vivement que son voisin s'en amusa.

— En désirez-vous, mon maître? La barrique ne va point tarder à rendre l'âme!

— Certes non, se défendit Lafontaine, un peu en retrait.

Il observait la fête avec un air de ravissement. Et bien que les donzelles voulussent l'emporter dans leur ronde, tant sa belle et noble figure inspirait l'attention, il leur opposa une résistance opiniâtre. Sa défense hautaine lui attira aussitôt quelques crachats, qu'il ne prit pas même le soin d'effacer d'un revers de main. Ces désagréments faisaient partie des réjouissances.

— N'en trouvez-vous point quelqu'une à votre goût? demanda le serviteur qui lorgnait en toutes directions.

— Tu voudrais donc gaspiller ta semence avec ces truies? releva Vivien dans un éclat de rire.

— Oh monsieur, cela me plairait bien! Depuis tant de jours, nous caracolons. Et ce genre de caracolage ne suffit pas à mon bonheur.

— Attends donc un peu, et tu trouveras à la nuit tombée bonne fortune sous une porte cochère. Une gentille petite bougresse. Je te le garantis, mon brave Anselme.

Le serviteur se détacha de la farandole qui allait l'emporter, maugréant de devoir céder ainsi aux conseils de son maître.

— Je ne devrais pas vous obéir, déplora-t-il. Une telle affaire ne relève point de notre marché. A moins que vous entendiez aussi régenter mes extases?

— Je prends soin de toi, mon brave Anselme. Et s'il le faut, je puis te payer une catin de luxe dans notre hôtellerie, à vingt sols. Au moins serai-je assuré qu'elle ne te mettra pas de mauvaise idée en tête.

— Oh la belle promesse! s'écria Hilaire. Topez là!

Leurs mains se joignirent dans une étreinte vigoureuse.

— Avec des bas de soie? questionna Anselme.

— Ne me demande pas l'impossible, animal.

Les deux comparses quittèrent la rue Marchande par un passage étroit. Ils durent éviter les flaques de vomissures qui garnissaient le fil de la venelle. En cet endroit, on s'était aussi abondamment soulagé. Les défécations nageaient dans leur jus sous les pattes des gaspards affolés. Ils aboutirent à la grand-place, sous les arcades décorées de falots dont les flammes dansaient au vent, face à la cathédrale et à la maison du consul. Il y avait foule, là aussi, pour accueillir la procession conduite par des joueurs de pots ronfleurs. Cela sonnait lugubrement, et il semblait que cette musique de mort, obsédante, allait annoncer une funeste nouvelle. Vivien et Anselme se portèrent au premier rang, en jouant des coudes.

Sur un chariot conduit par deux robustes bœufs roux, on avait érigé une bête maléfique. Cela ressemblait à un loup géant, dont la gueule béante de trois pieds au moins, dressée vers le ciel, dominait une foule pétrie de peur. La queue de la bête pendait à l'arrière du chariot, comme une traîne. Et des gardes s'étaient placés sur le pourtour avec des pics, des épieux, des faux manchées à rebours. Ils portaient de longues vestes marron de chasseurs décorées de grelots. Sur le ronflement lancinant des rommelpots, les tintements clairs des clochettes ajoutaient un peu plus d'effroi à la scène. Soudain, un grand gaillard, au menton carré et à la barbe fournie, monta à l'avant du chariot. Aussitôt, d'une belle voix de baryton, il se mit à chanter la complainte qui courait le Gévaudan par ces temps singuliers.

Voici comme on dépeint
Cette bête farouche
Que tout le monde craint.
Elle est longue et grosse,
Très formidable,
La tête comme un cheval,
L'oreille en corne,
Et le poil roux comme un veau...

Des enfants poussèrent des cris en se jetant dans les jupes de leur mère. Seuls les hommes restaient de marbre devant l'effigie qu'on portait ainsi en procession devant le parvis de la cathédrale.

— C'est la malbête, s'écria une petite fille avec des bouclettes blondes sur le front.

Et le cri de l'enfant fut repris, presque en chœur, tandis que l'homme continuait sa complainte, sans se départir de l'émotion qui avait envahi la place.

Les yeux étincelants
D'un regard redoutable
Sont deux brasiers ardents.
Tout est épouvantable
Dans cette Bête
Que le monde craint si fort,
Car, des pieds à la tête,
Elle présage la mort.

La neige s'était remise à tomber par petits flocons, qui dansaient dans les halos jaunes des falots. Puis, le vent aussi s'éleva par bourrasques brèves. Une clameur gagna la foule.

— Qu'on la brûle ! Brûlez-la ! Hou ! Hou !

C'était un cri du cœur. On ne savait plus ce qui était le plus terrible : la musique des pots ronfleurs ou le bruit du vent dans les clochers de la cathédrale. Il se trouva même nombre de femmes pour tomber à genoux sur le pavé froid et psalmodier des prières, dans un ronronnement de voix tremblantes.

Cet animal subtil,
Que l'on suit à la piste,
Ne craint point le fusil.
Chacun a le cœur triste.
Les coups qu'on tire
Ne font qu'effleurer sa peau.
Dans le cœur, chacun désire
De le voir dans le tombeau.

Les hommes se reculèrent pour laisser les femmes aller, sur leurs genoux, jusqu'au parvis. Par groupes elles se suivaient, ainsi, comme des troupeaux d'oies.

— Oh Seigneur, délivrez-nous de la malbête !

— Pitié ! Pitié !

— Oh mon Dieu, ayez pitié de nous !...

Il s'avance en rampant
Quand il veut faire la chasse,
Derrière, non devant,
Puis, il s'élance sur sa proie,
En lui sautant au collet,
Et lui coupe avec aisance
La tête tout franc et net.

La porte de la cathédrale s'ouvrit, soudain, sur ses gonds grinçants. Puis apparurent quatre enfants de chœur qui portaient chacun un cierge, dont la frêle étincelle de lumière chancelait dans le vent. Au bas du parvis, les femmes prosternées dressèrent le regard vers la nef douillettement éclairée par ses hauts lustres.

— Délivrez-nous du mal! Mon Dieu! Délivrez-nous de la malbête!

— Faites que la colère du Ciel s'estompe, oh Dieu de tous les chrétiens! Qu'elle épargne les innocents, les simples, les justes. Et qu'elle jette dans la géhenne les esprits malfaisants, les créatures de Satan, les...

Le prêtre apparut enfin dans son aube blanche. Il n'était pas coutumier qu'il vînt ainsi se mêler à Carnaval, lui qui obligeait les dominicains, en ces jours d'avant carême, à garder le monastère de la rue des Planchettes pour ne pas se laisser corrompre par la luxure et la débauche.

— Par nos saintes reliques, par le beau Dieu noir qui orne notre sanctuaire sacré, tonna le prêtre en levant les mains vers le ciel, exaucez nos prières, protégez-nous du fléau infernal...

La suite se perdit dans le vent et les têtes se ployèrent à l'unisson, jusqu'à venir heurter du front la pierre froide de la place. La complainte s'enchaîna alors, haute et distinguée, dans le soir d'encre.

Par son agilité
Il fait huit lieues à l'heure.
Sa grande activité
Fait donc qu'il ne demeure
Sur une terre
Jamais que très peu de temps.
Cette effroyable Bête
Fait trembler nos habitants.

— Brûlez! Brûlez! Harlou! Harlou!

La clameur s'éleva sur la place, comme une expiration d'angoisse. C'étaient les hommes, tous les hommes, qui criaient ainsi, à leur manière, le souhait de voir enfin disparaître de leurs yeux l'effigie terrible.

Le prêtre s'avança sur le parvis, avec ses enfants de chœur qui portaient l'eau bénite, l'aspergès et l'encensoir. Il approcha de son troupeau qui, le front bas, attendait que la pluie divine vînt à couler sur les visages. Larmes sacrées. Larmes des repentis. Alors, le curé dressa son goupillon et jeta sur ses ouailles une gerbe d'eau bénite.

Mais les hommes cernaient déjà la bête, les uns portant des torches, les autres des fourches.

— Nous n'avons pas peur de la bête, que diable! s'écria l'un des gaillards, la poitrine nue. Boutons-y le feu!

— T'as raison, Gratien! C'est pas les curés qui nous sauveront le jour de la saint Cochon, hurla un autre.

Et une grappe d'hommes assaillait déjà le charroi. Les bœufs apeurés par les clameurs et le mouvement hystérique de la foule traînèrent la charrette jusqu'au parvis. Pris d'épouvante, le prêtre et ses enfants de chœur refluèrent dans la cathédrale. Et l'on tira les portes, par crainte que les mécréants y vinssent traîner leur peur et leur folie. Les femmes couraient en tous sens, désertant les marches du sanctuaire, désormais envahies par les païens.

L'effigie, faite de paille et de peaux de loup, fut renversée sur le pavé par des bras robustes. Et l'on vint en cercle y mettre le feu, à bras tendus, en chantant.

— Ce n'est pas encore l'heure du Jugement dernier! jura un jeune exalté qui portait sur le visage les marques de l'ivresse.

— Nous sommes maîtres de la rue, aujourd'hui ! C'est la loi, ricana un autre joyeux luron que les hautes flammes excitaient.

— O saint Cochon ! jura son voisin, un petit blondinet à la peau luisante de suée. Fais-nous un beau feu ! Un grand feu ! Pour cuire nos saucisses. Et nos côtelettes ! Et nos jarretons !

— Et nos saucisses, ohé-ohé ! et nos côtelettes, ohé-ohé ! et nos jarretons, ohé-ohé ! reprenait l'assistance en chœur.

Les deux visiteurs n'en croyaient pas leurs yeux. Carnaval était devenu maître des lieux, et la maréchaussée se faisait discrète, lorsqu'elle ne participait pas carrément aux libations. Quant aux religieux, curés, novices et dominicains, ils se voyaient condamnés à la réclusion derrière les hauts murs de la curie, dans l'attente du carême qui ramènerait les Sanflorains à l'ordre.

Tandis qu'on dansait la gigue autour du feu, dans lequel se consumaient les derniers vestiges de la malbête, on vit monter sur le parvis de la cathédrale l'archevêque des fous. Le ridicule personnage, grimé d'une mitre bardée de saucisses, singeait le geste ecclésiastique de l'offrande et du salut. Il était entouré de quatre verseurs, qui remplissaient les gobelets de vin avec une outre élevée à l'épaule. Et derrière, un porteur d'encens agitait son instrument qui dégageait un relent âcre. C'était la tradition de faire brûler, dans la cassolette, du cuir de savate pour incommoder les narines des dévots. Puis, des voix de fausset se mirent de la partie, éructant *in falso* des alléluias écrits dans un latin bouffon. Cette comédie se noya dans le désordre et l'agitation, car la foule voulait s'emparer des saucisses de l'archevêque. Et à ce jeu, il perdit quelques morceaux de son étole sur laquelle étaient tissées des paillardises.

Anselme observait Lafontaine avec attention et ne voyait poindre dans sa noble figure aucune réaction.

— Vous ne riez point, mon bon maître?

Vivien ne répondit pas. Il demeurait imperturbable, dans sa pose hautaine, refusant d'un geste poli tout ce qu'on lui présentait, victuailles ou boissons.

La neige, à gros flocons, étouffait peu à peu les réjouissances. Et le mouvement de la foule tendait à s'égrainer dans les ruelles. Seule la place restait le centre de toutes les animations, sous les arcades et dans les couloirs de la maison du consul. Les deux visiteurs comprirent que les derniers irréductibles s'y tiendraient, droits dans leurs bottes, jusqu'à la montée du jour, et que ni vent ni tempête ne les en délogeraient.

Anselme tira d'un pot de terre un reste d'andouille, figé par le froid, et s'en emplit la bouche sous le regard désapprobateur de son maître. Il avala promptement en essuyant ses doigts graisseux sur le revers de son pourpoint. Ça pouvait passer inaperçu au milieu des taches de vin et de sang.

Au milieu de la rue Marchande, Vivien vint frapper à l'huis d'un estaminet. L'enseigne en fer forgé, balancée par le vent, grinçait sur ses attaches. « Au Coq hardi », lurent-ils en tordant le cou. Le serviteur avait encore en tête la promesse de son maître. Et il avait beau surveiller les renfoncements des portes cochères, on n'y voyait guère l'ombre d'une fille prête à satisfaire sa lubricité. « Voici comment un savant se paye la tête d'un pauvre bougre ! » se dit-il. Et, la porte entrouverte, le malheureux Anselme ne vit, dans l'assistance qui peuplait la taverne, nul visage de femme, fût-ce une maritorne édentée.

— Où me menez-vous, mon bon maître?

— Au chaud ! répondit-il.

— Ce n'est point de cette chaleur dont j'ai grand désir, répliqua Hilaire.

— Aurais-tu oublié notre mission, mon brave Anselme ? Ce pour quoi je te paye cinquante pistoles au journal ?

Le serviteur haussa les épaules. « Quelle sorte de mission requiert donc la visite des tourne-bride ? Sinon de s'y abreuver de mauvais vins... » pensa-t-il. Lafontaine le poussa devant lui d'une poigne ferme jusque dans le passage.

L'endroit était d'une crasse infinie, avec ses odeurs de graisse rance, de noir de fumée et de suées humaines. Anselme se précipita pour ménager une place à son maître, juste devant l'âtre où rougeoyait une souche de frêne. Lafontaine s'assit, le dos au feu, pour ne rien perdre de l'animation. On buvait du vin chaud dans des pots en terre et, sur une des tablées, on avait versé une montagne de châtaignes blanchies mélangées à des petits navets blancs. Et, au fond du bouge, où chauffait sur un brasero une mixture que le tavernier venait puiser avec une louche de bois, un grand gaillard s'agitait devant son auditoire.

Vivien Lafontaine se rapprocha aussitôt pour mieux l'entendre, dans le brouhaha. Car sa conversation était, pour lui, à ce qu'il semblait, du plus haut intérêt.

— A ce qu'on dit, aussi fortes que celles d'un ours...

— Quoi donc, Brajou ?

— Les pattes, nom d'Dieu.

— Les pattes ? Mais, de mémoire de chrétien, releva un vieux paysan qui mâchonnait une couenne de cochon usée à la corde, on n'a point vu par chez nous d'ours.

Il prononçait : « our ».

— Ah! sacré Brajou! reprit-il, tu changeras pas. Mais, on t'pardonne.

— Et son dos, ajouta Brajou, ressemble à celui du poisson, avec des écailles en pointe...

— M'est avis que toutes ces affaires nous font perdre la raison. Et ce n'est pas à un vieux briscard comme moi qu'on fera gober ces calembredaines. Pas vrai, les gars? Vous y croyez, vous, à la malbête du diable?

Les hommes restèrent cois. Le vieux Grolier était un sacré chasseur. Un peu braconnier aussi sur les bords, comme tous les types qui vivaient dans les forêts de la Truyère.

— Moi, je vous le dis, poursuivit-il, tous ces carnages dans le Gévaudan, c'est la faute des loups. Y en a tant et tant, que ça devient une calamité. Même que nos distingués seigneurs, les Valcœur, les Fontenoy, les Monclar, les Morangiès, feraient mieux d'organiser des battues. Mais ça préfère s'la couler douce.

— Dis voir? s'esclaffa l'un des buveurs de vin chaud. Tu l'as jamais vue, toi, la malbête, avec ses pattes d'ours? Tu colportes ce que t'as entendu. On les connaît les gens de Saint-Chély. C'est tous des farceurs!

Le voisin de Brajou, un petit bonhomme au teint jaune et à la moustache broussailleuse, se dressa, furieux.

— Mine de rien, on ne les a pas inventés, les morts. Tous de jeunes enfants. Des fillettes, des garçonnets. Et chaque fois, la tête coupée, le visage défiguré. Et le reste, à moitié dévoré. C'est pas des histoires, ça! Brajou a raison. A Puylaurent, à Cheylard-l'Evêque, à Chaudeyrac, à Apcher, à Rimeize, les malheureuses victimes ont entre douze et quinze ans. Tous des petits bergers ou des pâtres. On a même fait des battues avec les lieutenants de louveterie. Rien. Sans résultat. A croire qu'il y a du surnaturel dans tout ça.

— Du surnaturel ? releva Grolier en ricanant. Tu veux dire qu'il y a là, dans ces histoires, la marque du diable ?

— C'est ce que prétend le curé de Saint-Alban, ajouta l'homme à la moustache, un fléau qui annonce la fin des temps.

Seul Grolier, qui passait volontiers pour un mécréant, se mit à rire. Les autres visages se parèrent d'une certaine gravité. Chez les simples, on ne badinait pas avec les diableries.

— Tout a commencé après la Saint-Jean, ajouta Brajou d'une voix forte, et sa première victime fut la petite Jeanne Boulet au hameau des Hubacs. A peine quatorze ans...

— Pourquoi Dieu serait-il en colère contre nous ? interrogea Grolier. Qu'aurions-nous fait, mes amis, pour mériter ce fléau ? Allons ! Réfléchissez. Nous sommes tous de pauvres chrétiens, amoureux de notre terre, travailleurs et bons pères. S'il est des gens qui méritent la punition divine, dans ce royaume, ce n'est point nous, qui plions sous le labeur. Pourquoi Dieu s'acharnerait-il sur les plus pauvres, alors que nos maîtres s'abandonnent au plaisir et profitent sans vergogne de leurs richesses ?

— Je n'ai point ouï dire, s'esclaffa un jeune homme à la chevelure fournie qui se goinfrait de châtaignes blanchies trempées dans un bol de lait chaud, que la malbête ait jamais dévoré une petite marquise...

Les rires déferlèrent. Et même Lafontaine ne put s'empêcher de pouffer, à son tour.

— A croire, ajouta le jeune homme, que notre fléau de Dieu ne prise guère le sang noble. Ce dernier pourtant doit avoir une saveur particulière. Celui de nos jeunes pâtres et de nos petites bergères n'est-il point gâté par la pauvreté et les disettes ? Si j'étais, moi, Victorien, l'être surnaturel et malfaisant, je crois bien, mes amis, que j'aiguiserais mes dents sur de nobles créatures, appétissantes et goûteuses, comme ces jolies donzelles goinfrées de sucreries et de bonnes manières.

Grolier se tapait sur les cuisses en fixant le jeune homme à la belle figure qui venait ainsi de tourner en ridicule la conversation. Et, du reste, le vieil homme prisa si fort son esprit que, machinalement, il rapprocha son siège du sien.

Victorien, vacher à Saint-Alban, fort connu dans le pays de la Margeride pour son esprit frondeur, avait l'art de se moquer de tout, même des événements les plus graves. Ce qui lui valait mille infortunes, mille agaceries dans le pays, où l'on ne goûtait guère ses plaisanteries. Ce n'était pas dans l'air du temps de critiquer les seigneurs du Gévaudan, de défier leur puissance, fût-ce par les traits d'un esprit bien tourné.

Les gens du Coq hardi n'avaient qu'une envie, écouter Brajou narrer les exploits de la bête, tandis que le vent froid soufflait au-dehors. Et ils en voulaient au jeune garçon facétieux venu se moquer de leur peur. Ils en voulaient aussi à Grolier de ses grands airs méprisants. N'était-ce point là pécher par orgueil? Défier les forces obscures qui hantaient les nuits du Gévaudan, courant de village en village, semant sur leur passage tourment et désolation?

— C'est là affaire de loups, jura Grolier en crachant sa couenne qu'il écrasa d'un coup de talon rageur.

— Des loups-cerviers, ajouta Victorien. J'en ai vu quelques-unes de ces bêtes. C'est à faire peur, quand ça fait cent cinquante livres et une toise de long. Ça vous saigne un mouton sur place. Et ça vous l'emporte comme un lièvre.

— T'en as déjà vu des comme ça? interrogea l'un des visiteurs, la gorge serrée.

— J'en ai même repoussé plus d'un à la fourchine[1], fit Victorien en faisant saillir les muscles de son bras.

— M'est avis qu'il y a une main humaine derrière tout ça, ajouta Grolier d'un air énigmatique.

— Que veux-tu dire? releva Brajou.

— Rien de surnaturel. Car si Dieu existe, mes braves amis, il a autre chose à faire que nous mettre à l'épreuve. Dieu n'a que faire des petits paysans. Cela fait belle lurette qu'il nous a laissés à notre destin de miséreux. Dieu ne s'intéresse qu'aux riches et aux puissants, à tous ceux qui entretiennent ses églises et nomment ses évêques, ses archevêques, ses cardinaux.

— De quelle main parles-tu? insista l'un des buveurs de vin chaud. Tu en as trop dit ou pas assez.

Grolier se redressa péniblement, à cause des douleurs qui lui brisaient les reins par ce temps de chien. Il se mit à marcher parmi les tables, allant de droite à gauche, observant chacun des visiteurs, intrigué au demeurant par la présence de Vivien Lafontaine. C'était à cause de lui qu'il hésitait à parler. De peur qu'ensuite, on vînt lui demander des comptes.

Lafontaine était occupé à crayonner les visages du Coq hardi sur un fort vélin, avec des tiges de laurier aux pointes calcinées. Il avait même esquissé, au passage, une figure de loup avec des pattes d'ours et des écailles sur le dos.

— Qu'en pense l'étranger? fit Grolier en le désignant d'un doigt.

Vivien ne releva pas la tête. Pourtant, il avait deviné ce que signifiait ce doigt tendu dans sa direction. N'était-ce pas sa philosophie de grand voyageur que de se fondre

1. Long bâton portant à son extrémité trois pointes de fer carrées et aiguës, celle du milieu étant plus longue.

dans le paysage et s'y faire ignorer des curieux et des soupçonneux?

— Rien! fit-il. Je n'en pense rien.

— D'où viens-tu, toi? Je n'ai jamais vu ta figure par chez nous...

Tous les regards étaient fixés sur Lafontaine. Et, soudain, une espèce de peur glissa sur les visages. Vivien ôta son chapeau pour montrer à l'assistance qu'il possédait une physionomie honorable de jeune bourgeois, et qu'il n'était point ce que l'on croyait, un émissaire du diable.

Victorien riait d'aise. A force de parcourir la Margeride de long en large, de se louer de ferme en ferme, il avait acquis une certaine sérénité sur toutes les choses de l'esprit. Il s'était mesuré plus souvent qu'à son tour aux forces infernales de ce pays, en avait conjuré les effets par des prières personnelles.

— Tu veux parler de Zacharie, n'est-ce pas?

— Zacharie? interrogea Brajou. Qui est-ce donc?

Grolier vint tapoter l'épaule de Victorien. Les deux hommes se regardèrent comme de vieux complices. Il avait suffi qu'on prononçât ce nom-là pour sceller entre eux une sorte de connivence, qui les dressait soudain à cent pas au-dessus du commun.

— Zacharie, hésita le vieil homme, commande aux loups du Gévaudan. C'est un ermite qui vit sous le mont Mouchet. Il a dressé une louve, comme un chien. Et c'est par elle qu'il ordonne aux meutes. Par elle, bon Dieu oui. Il dirige ça à la baguette. Il suffit qu'il lève son bâton, comme une crosse d'évêque, pour que les loups obéissent.

— Tu as vu ça, toi? demanda Brajou.

Le vieil homme baissait la tête. A cet instant, chacun devina que Grolier ne répondrait pas.

— Et toi, Victorien ? insista Brajou. Tu le connais ce Zacharie ?

— Moi, ricana-t-il, je passe au large.

— Téméraire comme tu es, tu passes au large ?

— Il est des commerces qu'un petit vacher ne veut entreprendre.

— C'est le diable, alors ! s'exclama Brajou. Un meneu'd'loups.

Le tavernier remplit les gobelets avec application. Le vin chaud, flambé, était un réconfort que chacun apprécia avec des clappements de langue.

— Comment pouvez-vous entendre proférer de telles horreurs ? balbutia Anselme à l'oreille de Vivien. Ne voyez-vous point que nous sommes de trop dans cette assemblée, comme deux jeunes chiens dans un jeu de quilles ? Tous les regards nous interrogent... Et je n'en vois guère d'amicaux.

La main de Lafontaine vint effleurer celle, moite, de son voisin.

— Mais tu as peur ! s'étonna-t-il à mi-voix. J'avais presque oublié qu'il y avait de la couardise dans ton caractère.

— Je n'ai peur que de ce que je ne comprends pas. Et c'est là affaire qui dépasse l'entendement.

Lafontaine hocha la tête, comme s'il donnait raison à son domestique, tant l'étrangeté de la situation lui avait aussi remué l'âme. Vivien glissa cinq sols au tavernier et ils quittèrent le Coq hardi promptement.

En traversant la halle au blé, ils croisèrent les derniers fêtards dans les bourrasques de neige. Les flammes des lanternes suspendues aux façades des maisons nobles vacillaient dans leur écrin de verre fumé, au point que les ombres des passants semblaient danser la sarabande sur les murs.

— Je sais à quoi vous songez, mon bon maître, car je lis dans vos pensées.

— Me connaîtrais-tu à ce point? ricana Lafontaine.

— Je ne suis pas aussi stupide que vous le croyez...

D'un geste énergique, Vivien écarta le burat qui masquait le visage de son serviteur.

— Vous brûlez d'envie de rencontrer ce Zacharie, n'est-ce pas? L'ermite qui commande aux loups... Avouez-le, mon bon maître?

Lafontaine tapota de sa main gantée le couvre-chef d'Hilaire.

— Tôt ou tard, mon ami, nos chemins se croiseront. Je puis te le garantir. Je veux voir de mes yeux ce prodige. Car sa découverte ajoutera une page de plus à mon traité sur la phénoménologie de la nature.

2

Où les seigneurs de Saint-Alban se raillent des prodigieux méfaits du loup en évoquant les pratiques contre nature de l'homme et de la bête

Il ne fallut guère plus de deux jours de route, sous la neige et le vent, pour que Lafontaine et Hilaire atteignissent les premières maisons, grises et blanches, de Saint-Alban.

— Oh mon Dieu ! s'écria Anselme en levant vers le ciel la badine qui lui servait à fouetter la croupe de sa monture. Quel triste pays !

Vivien rabattit de son visage le col de fourrure qui le protégeait du vent. La vigueur des éléments avait fini par irriter sa peau en horribles gerçures, qu'il soignait avec un onguent de gomme de gui.

Les demeures de Saint-Alban, de longues bâtisses basses, étaient séparées par des murets étriqués, formant des enclos où l'on rassemblait moutons et brebis. Au milieu d'elles se faufilaient des chemins étroits convergeant vers le sommet de la colline. Celle-ci semblait aussi dénudée que dans la Planèze. Ainsi distinguait-on le château d'Apcher, avec ses tours féodales aux deux extrémités de la façade. Lafontaine le désigna de sa main gantée, sans y ajouter le moindre commentaire. Le plus petit mouvement des lèvres lui coûtait quelque douleur.

— Nous devons aller nous enterrer dans cette prison? ajouta le serviteur, grognon.

Le château de monsieur de Molette était si austère d'apparence qu'il inspirait de prime abord cette sorte de réaction, surtout sous un ciel de platine qui ne faisait qu'accentuer la sévérité de l'architecture. Lafontaine s'amusa donc du bon sens de son valet, qui eût cent fois préféré s'attarder à l'auberge de Saint-Flour, même par les jours de carême qui sont les plus ennuyeux dans les cités dévotes.

— Je n'ai point encore saisi ce qui nous pousse dans cette contrée sauvage où les gens fuient à notre approche. N'avez-vous pas remarqué, mon bon maître? Oh, je doute qu'un gentilhomme aussi perspicace que vous n'ait point noté ce détail. Serions-nous pestiférés?

Vivien eût bien voulu répondre que le Gévaudan avait une âme ainsi faite, craintive et sauvage, à force d'être ignoré. Les seules décisions qu'on avait su prendre pour son émancipation avaient été de lui adresser des dragons et des fusiliers pour en extraire l'hérésie protestante. Mais une telle explication lui eût demandé trop d'effort, à crier ainsi contre le vent qui sifflait aux oreilles. Il lui fit simplement signe de forcer sa monture pour escalader le chemin encombré de mauvaise paille, de fougères, de crottin de mouton et de bouses de vache. Matin et soir, les paysans amenaient leurs troupeaux à la rivière par les ruelles étroites. A force de passage, la neige était devenue aussi sale que l'intérieur des écuries qui s'offrait au regard. Anselme aperçut quelques gamins dépenaillés qui se faufilaient peureusement derrière les murets. Ils avaient le regard noir des enfants sauvages qui hantent les quais de la Cité, et où il s'était fait détrousser plus d'une fois, dans ce Paris miséreux où la maréchaussée elle-même hésite à se rendre.

— Avez-vous vu, mon bon maître?

— Quoi donc?

— Ces petits paysans sauvages qui portent la fronde...

En vérité, les galapiats affamés chassaient surtout les piafs engourdis par le froid et se souciaient bien peu des deux cavaliers poudrés de neige qui avançaient dans Saint-Alban comme des fantômes.

Parvenu à la hauteur de l'église, le serviteur se signa, machinalement, pour remercier la Sainte Vierge de l'avoir conduit jusque-là sans encombre. L'édifice était dans un si piètre état, avec son clocher en ruine, qu'il inspira une vive réflexion à Lafontaine, que son voisin ne put entendre. Il se força à monter à sa hauteur, bien que la rue fût de plus en plus étroite et glissante.

— C'est le sanctuaire des pauvres! dit le naturaliste en désignant la paille éparse qui jonchait l'entrée.

Et Lafontaine comprit qu'elle devait héberger, par ces temps de froidure, quelques misérables sans toit, comme jadis au temps des pèlerins de Saint-Jacques.

— Nous aurons meilleur logis, ce soir. De quoi te plains-tu?

Anselme rabattit le large bord de son chapeau de feutre, car au débouché de la rue, le vent donnait à plein. Ils traversèrent un terre-plein encombré de charrettes, de fardiers, de gerbières et de chabonnes. Puis ils atteignirent l'entrée du domaine des Morangiès, marquée par deux grosses piles en basalte. L'allée montait raide vers le château. On y avait dégagé la neige pour en faciliter l'accès.

Deux gardes se portèrent prestement à la hauteur des visiteurs. Ils étaient vêtus d'un justaucorps de ratine grise. Vivien leur tendit son sauf-conduit, sans ajouter un mot. L'homme n'en prit même pas connaissance. Sans doute ne savait-il pas lire. Mais il remonta vivement vers le château, tandis que son voisin restait auprès des cavaliers, l'œil soupçonneux.

Finalement, les visiteurs furent invités à franchir l'entrée du château. Vivien Lafontaine s'attarda à examiner les parures des portes et des fenêtres. Un style italien flamboyant, nota-t-il. Dans le genre de Sebastiano Serlio. Son style incomparable était surtout reconnaissable aux bossages en pointe de diamant. Il s'agissait bien de pointe, tant on avait poussé ici le maniérisme dans les clés de voûte, effilées comme des lames de couteau. Mais ce qui étonna le plus le visiteur, c'était la couleur de la pierre qui avait été utilisée pour maçonner les encadrements et faire surgir le caractère Renaissance de la demeure seigneuriale, un mélange de rose et de jaune. Sa surprise fut à son comble lorsqu'il pénétra dans la cour cernée par des galeries étagées sur trois niveaux et façonnées dans cette pierre de grès rose. Les colonnes et les pilastres soutenant les gradins étaient reliés par des arcatures en cintre surbaissé. De l'architecture féodale, si apparente de l'extérieur, il ne demeurait plus rien qui risquât d'incommoder le regard : la lourdeur des volumes, l'opacité des lignes. Le cœur du château avait été transformé pour le plaisir du regard : magnificence des formes, éclat des linéaments.

— Comme ce style baroque tranche avec l'austérité du pays ! s'écria-t-il avec de grands gestes.

Le majordome qui venait l'accueillir, un bonhomme grand et sec dans son habit noir, ne put s'empêcher de sourire.

— Je vois que monsieur est un connaisseur.

Sans obtenir le droit de saluer le maître des lieux,

Vivien et Anselme furent conduits directement dans leur chambre. C'était une vaste pièce austère, froide et humide. Un petit feu de bois grésillait dans une cheminée, devant laquelle le serviteur tira un tapis pour s'y étendre. Un chandelier en main, Lafontaine fit le tour des murs en décors peints. On y avait gauchement représenté quelques scènes du divin mystère. C'était le goût italien qu'on retrouvait ainsi, en terre du Gévaudan, de Masaccio à Gozzoli, rapporté naïvement par des maîtres nostalgiques d'un voyage à Florence.

La fenêtre donnait sur les montagnes de la Margeride. La fin du jour colorait l'horizon d'une longue traînée sanglante. Pour la première fois depuis de nombreux jours, le ciel se dégageait à l'ouest. Peut-être n'était-ce qu'une accalmie passagère, ou une longue rémission, préparant des nuits et des jours de grand gel.

Ce n'était pas, à vrai dire, l'évolution du temps qui lui occupait l'esprit. Le jeune homme éprouvait de la vexation à se voir ainsi traité. Que monsieur de Molette ne l'eût point reçu sur-le-champ était un signe d'indifférence à son égard, une manière sans doute de lui signifier qu'il ne suffit pas d'être un disciple de Buffon pour mériter les honneurs.

« Ces aristocrates, se dit-il, ne se complaisent qu'entre eux, et affectent souvent des sentiments qu'ils n'éprouvent guère. Tout est hypocrisie et faux-semblants depuis que les cours existent. Elles ont gâté l'esprit du temps en perpétuant de détestables principes qui ont fait école partout en France, jusque dans la plus innocente baronnie. »

Lafontaine ruminait sa rancœur lorsque le majordome vint frapper à sa porte.

— Monsieur le comte vous invite à sa table...

Le domestique se mit à le toiser de pied en cap, avec

une insistance ironique. Et Lafontaine comprit aussitôt qu'il lui fallait prendre un habit plus présentable, car le comte de Morangiès ne supportait guère le négligé, même par les jours ordinaires. Mais au château d'Apcher, il n'y avait pas de soirées ordinaires. On y menait grand train. Dîners d'amis, réceptions et jeux s'enchaînaient, jour après jour, pour conjurer la grisaille et l'ennui inspirés par le pays.

Avant de se rendre au salon, Vivien s'inquiéta de faire monter à son valet repas et boisson.

— On vous convie à la table du seigneur, à ce que je vois.

Anselme siffla d'admiration.

— Il est vrai que vous êtes à moitié aristocrate. Il ne vous manque plus que la particule. Je ne doute pas qu'un jour on viendra à vous anoblir.

— Ne dis donc pas de bêtises. Tu serais bien ennuyé de venir avec moi faire des mondanités.

— Allez donc, et ne vous souciez guère. Je trouverai bien à me distraire.

Le majordome conduisit Lafontaine auprès du comte de Morangiès. Jean-François Charles de Molette était un ancien colonel du régiment d'infanterie du Languedoc. Bien qu'il possédât un hôtel particulier à Paris, l'homme aimait à séjourner sur son domaine du Gévaudan pour y administrer ses biens. Il avait le goût de la terre, et se sentait inspiré par les vastes espaces propices aux chasses en bonne compagnie. La rigueur des hivers n'avait aucune prise sur lui, au contraire, il lui trouvait quelques bienfaits sur sa santé. C'était un art de vivre spartiate qu'il aimait à faire partager à son entourage, obligeant ses gens à ne pas se chauffer plus que nécessaire, à s'activer dans des pièces ouvertes à tous vents.

Monsieur de Molette tenait le sauf-conduit dans sa main gantée et l'éloignait de ses yeux pour mieux le lire. Il était en habit d'apparat de colonel, blanc et or, selon son habitude, car il détestait l'habit civil, bien qu'il fût sans affectation et sans espoir prochain de commandement.

— Monsieur Dufort de Cheverny m'a adressé une recommandation vous concernant. Vous êtes donc mon hôte autant qu'il vous plaira. Je n'entends rien à cette science que vous professez, ajouta-t-il de la voix ferme à laquelle le commandement l'avait habitué. Comment appelez-vous cela ? Le naturalisme...

Et il se racla la gorge avant d'asséner un de ses couplets préférés contre les engouements du temps, car l'ancien colonel détestait les philosophes, les cabinets de mesdames Geoffrin, de Lambert, de Tencin, du Deffand, l'esprit encyclopédique et les palabres du Procope.

— Le goût pour l'irréligion porte en germe tous nos maux futurs. On défie Dieu, bientôt le roi, et enfin l'ordre souverain qui a fait la France, de Clovis à nos jours, dit-il avec agacement.

Vivien Lafontaine l'observait avec un doux sourire. Il n'était visiblement pas dans ses intentions de ferrailler avec cet homme, qui avait l'amabilité de l'accueillir dans ses murs, de lui prodiguer le souper et le coucher. Le pommeau d'ivoire de son épée d'apparat vint à frapper le bord du bureau. Le choc le fit sursauter. « Cet homme est un sanguin, pensa-t-il. Et la raison exige que je ne me mesure pas à lui, car sa vision du monde est contraire à la mienne. »

— J'aimerais connaître votre opinion sur le sujet, renchérit monsieur de Molette.

— Mon art consiste à étudier la nature, à en déduire

quelques lois fondamentales sur les origines des espèces vivantes et, plus précisément, des mammifères.

— Les lois de la nature sont celles de Dieu, reprit le comte de Morangiès. Voilà tout. La Genèse répond à toutes les questions. Dieu dit : « Que la terre produise des êtres vivants selon leur espèce... Ce fut le sixième jour. » Il n'est aucune loi au-dessus de notre créateur. Il nous a faits tels que nous sommes, avec de la poussière et de la terre.

— Ma science consiste à étudier les créatures et leur évolution. L'idée de surnaturel est présentement étrangère à ma doctrine. Elle ne ferait que m'en éloigner. Car tout doit être expliqué selon des lois et des règles qui répondent à un ordre naturel.

Le comte rajusta son tricorne, précautionneusement, en veillant à ce que l'écusson doré, figurant les armes de son ancien régiment, fût bien placé, et se redressa en choquant les talons de ses bottes.

— Alors, vous aussi, vous vous interrogez sur la bête?

— Je suis venu voir de quoi il retourne, à la demande de monsieur Dufort.

— Un naturaliste!... soupira le comte. Alors que nous avons besoin d'un grand chasseur de loups. Un fin pointeur. Ou pire, un piqueur avec ses chiens et un rude limier pour les mener.

Lafontaine baissait la tête. Il s'était préparé aux railleries et aux moqueries inévitables que sa mission en Gévaudan ne manquerait pas de susciter. Mais monsieur de Molette lui fit signe d'approcher.

— Allons à notre dîner. Et surtout, ajouta-t-il en lui touchant l'épaule d'une bourrade, ne prenez pas mal ma réflexion. Je suis ainsi fait, d'un bois rude, comme le frêne qui borde nos chemins de terre. Je ne me résigne pas à croire qu'on ne peut en finir avec cet horrible animal.

A l'instant d'entrer dans le salon où les convives avaient déjà pris place, le comte arrêta son invité.

— Mes voisins, que j'ai conviés à ma table, auront peut-être des choses nouvelles à vous apprendre. Car, grand Dieu, on ne sait plus parler que de cela, la malbête du Gévaudan.

Une lourde draperie en toile de Jouy séparait l'alcôve de la salle des réjouissances. Le comte de Morangiès l'écarta devant son invité, comme il eût fait d'un rideau de scène. Et les deux hommes aussitôt entrés, tous les visages se tournèrent vers eux. Les convives avaient déjà retrouvé leur place habituelle, avec en bout de table le curé de Saint-Alban, l'abbé Béraud, et à droite et à gauche Geoffroy de Monclar et Etienne de Fontenoy. Ils étaient tous deux marquis dans les seigneuries voisines de Saugues et de Langogne où ils exploitaient des terres.

Monsieur de Molette avait coutume de les appeler les « seigneurs ennemis » parce qu'ils se querellaient sans cesse sur la rivalité entre Mende et Marvejols. Le pouvoir royal et épiscopal n'arrivait pas à se décider sur la prépondérance d'une cité sur l'autre, au point que les Etats particuliers et les tribunaux siégeaient à tour de rôle dans les deux endroits afin de calmer les esprits. Aussi le comte de Morangiès avait-il pris l'habitude de les faire asseoir à sa table de part et d'autre du curé, pour arbitrer les débats, car l'affaire, tout importante qu'elle pût paraître pour des gens de robe, lui paraissait un brin superfétatoire.

Ensuite, les Valcœur : le père, Louis, un vieil aristocrate espiègle, et ses enfants, Arnold et Juliette. Etaient aussi présents Bénédicte de Fontenoy, la fille du vieux marquis bigot, et Etienne, le fils, qui avait une réputation déplorable de joueur de lansquenet. Au milieu de cette belle tablée, monsieur de Labarthe. Sa fortune résidait à Paris, et lui en province, pour protéger sa réputation. C'était un bel esprit railleur, sans domaine ni château. Ceux des autres lui suffisaient bien, tant on prisait sa compagnie. Il naviguait à l'aise dans des affaires douteuses dont les ramifications s'étendaient jusqu'à la cour de Versailles. Jupien de Labarthe s'était, entre autres, acoquiné avec François de l'Averdy, conseiller au parlement de Paris et contrôleur des finances, dont il tirait de fructueuses combines.

— Un naturaliste! Et de l'Académie royale des sciences de Paris, s'écria Arnold de Valcœur après que le maître des lieux eut présenté Vivien en quelques mots.

— C'est une bien belle institution, jura Labarthe qui tenait un verre de vin d'ermitage, dont les Morangiès étaient friands. Mais où l'on palabre sur le sexe des anges.

— Et vous, mon cher Labarthe, à quelle académie pourriez-vous vous inscrire? persifla Arnold de Valcœur.

— A celle des mauvaises finances et des bonnes filouteries, si cela était possible, répliqua le jeune homme. Mais cet art-là ne gagnerait point à être enseigné. Le gâteau ne se partage qu'entre initiés, mes bons amis. Et le club refuse les candidatures.

Les rires traversèrent la tablée. Seuls le curé et le vieux Fontenoy demeurèrent sur la réserve. Ils se distrayaient peu aux agapes de Morangiès. Du reste, ils ne comprenaient pas pourquoi le colonel invitait un Labarthe à sa table. Peut-être parce qu'ils n'avaient pas encore compris, après tant d'années, que le vieux militaire en retraite s'ennuyait dans les conversations graves où l'on commentait quelques versets abscons de l'Ancien Testament.

Tout comte qu'il fût, de Molette avait la nostalgie des orgies de corps de garde, des tueries sur les champs de bataille. C'était là, dans l'armée du roi, qu'il avait appris à conjurer sa peur et à jouir de l'incertitude du lendemain. Depuis sa mise en retraite, il n'y avait rien qui pût lui faire éprouver ce qu'il avait ressenti jadis à la bataille de Lawfeld ou à la prise de Maastricht... Désormais, à peine un petit frisson au moment de tirer un sanglier cerné par ses chiens... Même s'il prenait plaisir à attendre l'ultime instant pour l'abattre à moins de deux pas.

Le comte de Morangiès fit installer son invité entre Arnold et Juliette de Valcœur. Le maître des lieux prenait toujours un malin plaisir à les séparer, tant ils faisaient cause commune, ces deux-là, avec des petites conversations chuchotées, des airs de connivence, des échanges de regards complices. Juliette prit soin de lui tendre le dos de la main. Elle portait un gantelet de soie ajouré. Lafontaine fit mine d'y poser les lèvres, sans trop marquer d'attention. Mais, en relevant les yeux, il découvrit son visage. C'était une fort belle brune, au port de tête hautain, aux joues rosies, aux pommettes hautes, avec des yeux bleu gris en amande. Son regard s'abaissa le premier et il pensa à la seconde ce qui devait se confirmer par la suite : « Cette jolie comtesse n'a pas froid aux yeux. » Pourtant, Vivien Lafontaine n'était ni timide ni timoré, mais possédait un sens aigu des bonnes manières. Poursuivre ainsi cette joute eût été des plus inconvenant devant autant de gens. Saluant d'un petit mouvement de tête chacun des convives, il fit ainsi le tour de la table, déplorant en son for intérieur qu'on l'eût conduit à son couvert le dernier. Et quand il eut terminé ses obligations mondaines, il posa les yeux sur les dorures de la porcelaine, frappée aux armes des Apcher. C'était le même motif qui ornait l'entrée du château et qu'on retrouvait dans les boiseries, semé de-ci de-là. Puis, se tournant soudain vers sa voisine, il sentit qu'elle n'avait cessé de l'observer avec la même attention soutenue et effrontée. Elle tenait un couteau et, délicatement, vint lui toucher la main de sa pointe arrondie pour attirer son regard de nouveau.

— Monsieur Lafontaine, vous ne répondez rien à ce railleur impénitent? dit-elle en montrant Labarthe.

— L'étude des espèces vivantes est une science qui ne manque point d'adeptes, depuis Aristote, dit-il.

Labarthe roula sur le nouvel arrivant un œil sombre. Lafontaine comprit aussitôt que cette aigreur ne lui était en rien adressée puisqu'ils ne se connaissaient pas, mais qu'elle était surtout réservée à sa voisine. Trop d'effronterie pourrait-il émouvoir un railleur et un cynique? se demanda-t-il.

— Mon petit Jupien, nous le savons que tu manies l'art de la roublardise à merveille.

Le comte de Molette frappa du poing le bois de la table à petits coups répétés pour étouffer dans l'œuf cette querelle ancienne.

— Notre invité est venu étudier la bête et ses méfaits...

— Ah, la bête! s'écria Labarthe. Tant elle sommeille en nous et n'aspire qu'à courir à ses œuvres.

De Molette haussa des épaules.

— J'ai tué nombre de loups. Mais aucun ne me donna l'impression de vouer à l'espèce humaine une telle cruauté.

— C'est bien la vraie question, s'interposa le curé de Saint-Alban. Ce n'est point un loup ordinaire.

— Qu'est-ce donc alors? releva Arnold de Valcœur.

Même finesse de traits que sa sœur, nota Lafontaine en le dévisageant.

— Un de ces félins d'Afrique ? suggéra-t-il.

— Diantre ! Que ferait-il ainsi, perdu et esseulé sur nos terres ? Il faudrait qu'une main criminelle l'ait ainsi introduit dans notre pays ! Et je ne vois guère dans quel dessein, dit Louis de Valcœur.

— Moi, je crois à la bête famélique, jura monsieur de Monclar. J'ai longuement réfléchi à la question. Le nombre des victimes. La nature des proies humaines. La distance parcourue en une seule journée. Cela relève du surnaturel.

A ce mot de « surnaturel », l'abbé Béraud sursauta, et sa main amorça un signe de croix qu'il n'osa mener à terme.

— Il est des punitions divines qui empruntent de singulières formes. Toutes terrifiantes. Car Dieu dans sa colère nous adresse ce signe. « La Bête que je vis était semblable à un léopard ; ses pieds étaient comme ceux d'un ours, et sa gueule comme une gueule de lion[1] », récita-t-il.

Un silence gagna la tablée. Labarthe avait quelque difficulté à contenir une envie de rire. Pour lui, l'abbé était une sorte de radoteur prenant la lecture de la Bible au pied de la lettre. Il avait entendu plus souvent qu'à son tour ses sermons enflammés devant un auditoire épouvanté et qui se demandait bien quel péché il avait pu commettre pour mériter une telle punition. Puis le jeune homme avait fini par se ranger à l'opinion que l'abbé Béraud tenait ainsi son rôle de prédicateur, semant la peur pour ramener ses ouailles dans les églises.

L'arrivée d'un chaud-froid de veau généreusement

1. Apocalypse, XIII, 2.

servi acheva l'effet du prêtre. Chacun se plongea dans son assiette et complimenta le châtelain. On but aussi de l'ermitage à volonté, selon les ordres du maître.

— Il n'est aucun signe tangible dans le ciel et sur terre annonciateur de la fin des temps, dit Vivien Lafontaine.

Puis il se tut. Car ce qu'il avait à ajouter eût pu paraître inconvenant : que le royaume de France était le plus bigot qu'on pût trouver sur la terre, après Rome, et qu'il n'était pas de pays au monde où Dieu pût être plus heureux... Pourquoi alors commencer la fin des temps par celui-ci, alors qu'il existait tant d'autres contrées où la barbarie humaine s'exerçait sans frein, des territoires sans églises, sans écritures saintes, sans pasteurs ni prophètes?

Labarthe fut le premier à rire, haut et fort.

— Voilà un beau trait d'esprit. Dieu est fort bien disposé à notre égard, n'est-ce pas?

L'abbé Béraud prit son masque terrifié des grands moments, où il citait, en chaire, les terribles versets de l'Exode, ou d'Osée...

— Et le royaume de France est le dernier où s'exercera sa colère. N'avons-nous pas élevé pour sa gloire les plus beaux sanctuaires? Et notre roi Louis est en paix avec lui. Son prédécesseur a chassé les hérétiques de nos terres. Et nos gens sont des agneaux. Nous en sommes les bons bergers.

— Le pécheur est partout. Et le diable fait grand commerce chez les mécréants du Gévaudan. Il est des familles sans religion qui s'adonnent aux pires fautes.

— Quelles fautes? interrogea le jeune Valcœur.

— Nous direz-vous, mon père? insista Juliette.

— De celles dont on parle dans le Lévitique et le Deutéronome, répondit-il en baissant la tête. Et dont l'usage me tourmente jour et nuit.

Les convives s'observèrent tout à tour. Il n'en était pas

un qui connût assez l'Ancien Testament pour comprendre de quoi il retournait. Mais Lafontaine ajouta, afin d'éclairer les esprits :

— Je crois que monsieur l'abbé veut parler des pratiques contre nature de l'homme et de la bête qui sont assez courantes, paraît-il, chez les pauvres gens sans éducation morale. Et que l'on nomme, chez nous, gens de sciences, la zoophilie.

— Ainsi, poursuivit Labarthe, l'abbé Béraud pense que, d'une telle union coupable, est né un être monstrueux, diabolique ?...

— Et que notre bête qui défraie la chronique en serait le fruit... Ainsi Dieu punirait-il toutes les familles qui se seraient adonnées à ces pratiques coupables jusqu'à la troisième génération, ajouta Lafontaine.

Monsieur de Molette ordonna à ses domestiques de resservir abondamment de l'ermitage et de faire avancer les plats de résistance. Puis il se rassit avec un air de contentement.

— J'ai connu dans la cavalerie bien des palefreniers qui s'escrimèrent ainsi sur nos juments... C'étaient de braves bougres, un peu simples, idiots dirais-je même, dépourvus de conquêtes féminines. Ce qui, du reste, ne les empêchait pas d'assister aux offices, et sans doute de se repentir, de s'en confesser... A moins qu'ils ne vissent, les bougres, aucun mal dans cet acte répréhensible. Et grand Dieu, s'esclaffa le comte, je n'ai point ouï dire que les gestations de nos juments apportassent un mistigri de la sorte. Car si nos armées furent quelquefois ravagées, elles le furent par la sauvagerie des Saxons et des Prussiens, et non point par quelque malbête.

Les rires des convives perturbèrent abondamment la suite du dîner. Juliette de Valcœur ne put s'empêcher de quitter la table, tandis que le jeune Labarthe se tapait sur les cuisses, épongeant ses larmes avec le bord de la nappe. Le vieux colonel de Morangiès contemplait ces désastres de l'air hautain qui lui seyait si bien, et dont il aimait, semblait-il, cultiver l'effet. Vivien Lafontaine n'avait d'yeux que pour lui, et se demandait au juste à quelle sorte d'homme il appartenait. A celle des cyniques, des provocateurs, dcs libertins ? Pourtant, la conversation partagée avec lui, quelques minutes avant d'entrer dans la salle à manger, l'avait persuadé qu'il s'agissait d'un esprit étriqué par sa double fonction de chef militaire et d'aristocrate. C'était un mélange courant par ces temps où les grandes familles donnaient diversement des prélats et des capitaines. Monsieur de Morangiès était déconcertant autant qu'il se pouvait en compagnie de ses pairs, mais retrouvait devant son peuple la hauteur nécessaire à l'autorité face à laquelle il ne transigeait guère.

On attendit que Juliette de Valcœur s'en revienne à sa place pour servir l'oie farcie de châtaignes et de truffes. La main experte du cuisinier avait reconstitué la volaille après l'avoir mise en quartiers, puis décorée de fines lamelles de truffe, d'airelles confites, de petites tomates vertes à l'esprit-de-vin, et quelques autres artifices qui donnaient à l'ensemble un air de fête. Le colonel de Molette aimait les facéties à sa table, et se prétendait même quelquefois expert dans l'art de la prestidigitation. Il se dressa de son siège lestement, fit tourner d'un geste l'épée qu'il portait au baudrier et qui embarrassait ses mouvements, puis s'empara d'un long couteau d'une main et de sa serviette de l'autre. Il étendit le linge sur la volaille, délicatement, jusqu'à ce qu'elle fût soigneusement couverte, puis se dégageant d'un pas en arrière, fit glisser la lame de sa dague sous le tissu. Enfin, faisant durer l'attente plus que nécessaire, en vérité, afin surtout de s'assurer que tous les regards étaient portés sur lui, le colonel lança la serviette en l'air d'un geste vif. Et l'oie s'ouvrit comme par enchantement, délivrant une cascade de châtaignes et de truffes. On applaudit fort l'aimable coup. Sauf le curé et son voisin, le taciturne monsieur de Monclar.

— Alors, mon père, s'exclama le comte de Morangiès, moi aussi, je puis faire des miracles. Si humbles cependant. Mais, grand Dieu, sentez donc cela ! Une exhalaison de truffes du Périgord. Est-il mets plus savoureux par un hiver comme le nôtre où le loup hurle à la mort sur nos montagnes ? Je vous le demande.

— D'où les tenez-vous, mon ami ? demanda Labarthe. Car elles se font rares. Mais heureusement, il est peu de gens qui en connaissent les bienfaits. Ce champignon est un pousse-à-l'amour admirable. C'est pourquoi il n'est point recommandé à tous ceux qui ont fait vocation de continence.

— Le prodige vaut-il aussi pour nous ? interrogea Juliette avec un sourire perfide.

Labarthe parut décontenancé par la question effrontée de mademoiselle de Valcœur.

— Il n'en est point besoin. Pour vous, mes belles dames, l'amour est une vocation.

— Suffit ! jura Geoffroy de Monclar en frappant la table d'un coup de sa serviette qu'il avait entortillée.

— Allons ! releva aussi le comte de Morangiès. Notre ami a raison. Ne nous laissons pas dissiper. Il est à notre table des susceptibilités à ne point froisser.

L'abbé Béraud parut rassuré par ce trait d'autorité. Et les serviteurs purent entrer en action, enfin, distribuant équitablement les morceaux dans leur jus, avec les truffes et les châtaignes en bordure.

3

Où mademoiselle de Valcœur montre de l'intérêt pour Lafontaine, qui s'avoue effrayé par une telle sollicitude

Dans le salon voisin, Juliette de Valcœur voulut prendre Lafontaine à part. Cet homme ne laissait de l'intriguer avec ses grands airs ténébreux.

— Ne me dites pas que vous avez fait ce grand voyage simplement dans l'espoir de trouver ce loup?

Vivien hochait la tête, intimidé. Son attirance naturelle le portait plutôt vers les femmes discrètement dociles, qu'il pouvait dominer aisément. Celle-ci lui paraissait appartenir au règne des indomptables. Un genre qui lui inspirait les pires craintes. C'est pourquoi le jeune homme, si prompt d'ordinaire à faire sa cour, se bornait à une froide indifférence. Le frère vit aussitôt clair dans le jeu de sa sœur et désapprouva à l'avance l'idée qu'ils pussent faire des cachotteries.

— Si vous n'y prenez garde, Juliette ne vous laissera pas un moment à vous. Et nous serons privés de votre conversation.

La jeune fille adressa un regard sombre à Arnold. « Cela se paiera en temps utile », se dit-elle en choisissant le siège qui pût lui paraître des plus stratégiques dans le moment où tous les invités se rassembleraient autour des tasses en porcelaine.

— J'ai recensé plus de cinquante crimes commis par la bête, dit le comte de Morangiès. Des affaires avérées. Et si vous le voulez, monsieur Lafontaine, je vous confierai ce mémoire afin que vous puissiez en prendre bonne note.

— Avec plaisir, monsieur le comte, dit Vivien en s'inclinant.

Désormais, il était convaincu que monsieur de Molette n'était pas l'aristocrate obtus et hautain qu'il avait imaginé de prime abord. Sans doute lui avait-il offert ce visage dans le seul but de le mettre à l'épreuve. Mais son petit discours sur le naturalisme l'avait un peu ébranlé, car tout altier qu'il fût dans son rôle de seigneur du Gévaudan, de Molette n'était pas indifférent aux idées nouvelles qui circulaient dans les cabinets parisiens.

— Et il ressort de mon mémoire, ajouta le comte en prenant plaisir à se mettre en scène par quelques effets de manche, que la bête n'attaque que des jeunes gens et des jeunes filles. Rarement des personnes de forte corpulence. J'en déduis donc qu'elle éprouve quelque crainte à se mesurer à plus fort qu'elle.

Lafontaine s'était rapproché pour mieux écouter le maître des lieux.

— J'ai noté aussi quelques descriptions recueillies aux meilleures sources, poursuivit Morangiès. Il s'agirait d'une sorte de loup géant, nanti d'attributs tels les griffes, la mâchoire, la queue qui ne ressemblent guère à ceux d'un loup.

Labarthe partit d'un ricanement.

— Mon cher Molette, la description diffère d'une contrée à l'autre. J'ai moi-même commis quelques écrits sur le sujet, et chaque fois j'ai émis l'hypothèse que la terreur inspirée par la malbête avait fortement influencé les témoignages. D'ordinaire, on s'accorde à reconnaître qu'elle possède une grosse tête, un museau pointu et roussâtre, une queue fort longue, et qu'elle porte une raie noire sur le dos... Mais que penser de tous ces témoignages rapportés par les petites gens ? Si on les compare les uns aux autres, on constate que notre malbête change de configuration. La couleur du poil tirant sur le fauve a jauni de plusieurs nuances. Le corps s'est rapetissé et a grossi à différentes reprises. Les jambes et la queue ont allongé outre mesure. La tête s'est élargie et a crû prodigieusement en longueur. Les oreilles, le dos, ont souffert des changements. A croire que cet animal a été uniquement formé pour nous livrer à la dispute.

— En effet, admit Morangiès. J'ai relevé cela aussi bien que vous.

— Elle court en bondissant. Et elle est si légère à la course qu'elle se montre, vous dis-je, à des distances immenses et reparaît dans l'endroit d'où elle était partie, ce qui a fait craindre au commencement qu'il n'y en eût plusieurs. Et lorsqu'elle chasse, elle se couche ventre à terre et rampe. Alors, elle ne paraît pas plus grande qu'un renard. Un paysan m'a même raconté qu'elle dévorait les moutons, en l'air, droite sur ses pieds de derrière. Dès lors, sa taille est plus haute que celle d'un loup. Elle est friande du sang, des tétons et de la tête. On l'a même vue lécher la terre où le sang coula.

Juliette dévorait son voisin du regard sans désemparer, au point que Vivien n'osait lever les yeux. Il écoutait sans émettre la moindre réaction ni avis, ce qu'on attendait de lui pour le moins. La jeune fille paraissait s'amuser de sa timidité, alors qu'on s'escrimait autour à dresser un portrait du monstre.

— Que pensez-vous de cela, monsieur Lafontaine? interrogea-t-elle.

— Sans doute s'agit-il d'un loup, ou de plusieurs loups? suggéra-t-il. Il se peut aussi qu'il y ait une main maléfique derrière tout cela.

— Le Malin? s'esclaffa Labarthe. Vous feriez grand plaisir à notre abbé...

— Non. Un être malfaisant, fait de chair et d'os, qui serait parvenu à dresser quelques loups contre les humains...

Monsieur de Molette éclata de rire.

— Nul n'est jamais parvenu à dresser un loup... Et a fortiori une meute...

— Monsieur le naturaliste soupçonne l'ombre d'un grand sorcier manipulateur, ajouta Juliette. L'idée est séduisante. Et j'aimerais fort trouver ce personnage. Parvenir à un tel prodige de cruauté et d'horreur force l'admiration...

— Comment pouvez-vous tenir un tel langage? s'insurgea Arnold. N'écoutez point ma sœur, ajouta-t-il en la fusillant du regard. L'oisiveté et l'ennui lui inspirent de bien vilaines pensées.

— Mon frère est un des garçons les plus sérieux que je connaisse.

— Je sens que mademoiselle de Valcœur va partir en chasse, dit Labarthe en fixant Lafontaine. A moins que ce ne soit déjà fait... Car il n'est grand plaisir qu'inspiré par la frayeur.

L'abbé Béraud demanda l'autorisation de se retirer. C'était un homme docile, peu enclin à disputer les lubies des seigneurs qui lui assuraient sa subsistance. Tout au plus priait-il jour et nuit pour que Dieu insuffle la raison et la mansuétude à ces belles âmes. Morangiès l'accompagna d'une allure martiale, en faisant claquer ses talons sur le plancher. Il revint aussitôt avec le fameux mémoire qu'il avait promis à son invité. Lafontaine le parcourut rapidement. Le comte y avait consigné jour après jour les exactions commises par la bête, avec le lieu et le nom des victimes et, chaque fois, une courte description des malheureuses proies. Il avait même poussé le zèle à inscrire l'identité des personnes qui avaient découvert les méfaits. Vivien assura à son hôte qu'il sacrifierait une partie de sa nuit à copier le mémoire, afin qu'il pût en recouvrer la possession avant son départ.

Tandis qu'un valet de pied servait une petite eau-de-vie aux convives, le comte se rapprocha de Jupien de Labarthe qui bâillait déjà de fatigue.

— Je vois, mon ami, que vous avez, vous aussi, fait votre enquête...

— Quelques articles dans *Le Courrier d'Avignon.* Il se trouve aussi que *La Gazette de France* a cité mes supputations, même si à Paris, on se gausse fort de nos affaires. C'est pourquoi je trouve singulier qu'un membre de l'Académie royale des sciences s'en vienne sur nos terres mener des investigations.

Un sourire éclaira le visage de Lafontaine.

— On ne doit plus observer la nature par les yeux d'Aristote et de Pline, mais vérifier tout ce qui a été rapporté et chercher à en apprendre davantage. Telle est ma vocation. La bête du Gévaudan constitue une énigme. Et j'entends expliquer ce qui dépasse l'entendement.

— Je crains que votre science ne suffise à nous en délivrer, dit monsieur de Fontenoy qui prisait fort la gnôle, au point d'inviter régulièrement le domestique à remplir son verre. Celui qui lui administrera assez de plomb dans le poitrail pour l'envoyer en enfer sera un héros, monsieur. Et nous attendons en vain cette bonne gâchette. Nous avons eu Jacques et Trophime Lafont. Sa meute de chiens et de fins limiers pouvait laisser espérer une fin rapide. Hélas. Mille fois hélas. Nous menâmes aussi quelques battues sans succès, dont celle que monsieur de Molette commanda, avec dix mille hommes. Et ce fameux 28 octobre 1764, plein d'espoir et de promesses, fut un fiasco. Nous crûmes qu'en mobilisant nos gens de Saint-Chély, d'Aumont, de Rimeize, de Javols, de Saint-Alban, nous obtiendrions enfin la délivrance. Ce jour, nous abattîmes une centaine de loups. Mais point la malbête. Elle passa entre les mailles du filet que nous lui avions tendu. A croire, mes amis, qu'elle est douée d'une intelligence hors du commun.

Monsieur de Molette avait les yeux mouillés d'émotion au rappel de ce grand événement. Une telle mobilisation lui avait coûté tant d'efforts, de temps et d'argent qu'il en conservait de l'amertume. N'avait-il pas fait savoir au roi Louis XV que le Gévaudan possédait assez de forces vives pour se délivrer lui-même de la calamité ? L'évêque de Mende, monseigneur de Choiseul-Beaupré, n'avait point tardé à ironiser sur l'incapacité des seigneurs du Gévaudan, sur leur forfanterie. Et l'affaire était remontée jusqu'à Versailles, jusque sur les lèvres du ministre de la Guerre, Etienne de Choiseul, le propre cousin de l'évêque. On en avait fait des gorges chaudes à la cour, où l'on aimait à railler les hobereaux de province.

— C'est pourquoi j'ai fait appel à un grand capitaine, dont la science militaire seule aura raison de la bête, dit Morangiès. Duhamel, aide-major au régiment des Volontaires de Clermont-Prince, est depuis trois mois à Saint-Chély avec un détachement de cinquante-sept dragons. Sa Majesté a bien voulu entendre nos doléances. Mais, à ce jour, les patrouilles qui écument jour et nuit le haut pays n'ont point déniché la bête malfaisante. Si les battues et les patrouilles n'en viennent à bout, que faut-il faire, alors ? Vous nous voyez assez désemparés, monsieur Lafontaine. Car nous ne recouvrerons la paix et la tranquillité dans le Gévaudan que lorsque le farouche animal sera truffé de plomb et que nous pourrons exposer sa dépouille en place publique.

— Je vais me rendre dès demain à Saint-Chély d'Apcher, promit le naturaliste, et rencontrer le capitaine Duhamel.

Vivien quitta aussitôt le salon, après avoir salué ses voisins et remercié son hôte. Ce dernier voulut le reconduire jusqu'à sa chambre, mais Lafontaine refusa. Néanmoins, Juliette de Valcœur le suivit dans l'alcôve à petits pas pressés.

— Cette histoire excite mon imagination, confia-t-elle avec un sourire appuyé.

— Il y a tant de mystère, dit-il.

— Nos chemins se croiseront très prochainement, promit-elle.

— J'en serais très honoré.

— Le pensez-vous vraiment, monsieur Lafontaine ?

Vivien parut troublé. Elle s'en amusa un peu.

— Je suis sensible à votre beauté, mais vos pensées m'effraient.

— Je vous fais peur, monsieur le savant ?

— Un peu, oui, reconnut-il en baissant le regard.

4

Où les esprits divergent sur la stature de la bête aux veillées d'armes de Saint-Chély pendant que Vivien traque la rumeur qui chemine plus vite que le vent

Bien qu'ils se fussent levés de bonne heure, Lafontaine et Hilaire ne purent éviter la revue de détail. Pourtant, Vivien avait secrètement espéré quitter le château d'Apcher en catimini, dans le premier brouillard de l'aube. C'était oublier un peu vite que monsieur de Molette était, avant tout, un militaire. Et il est bien connu que les militaires sont des lève-tôt. Aussi les accueillit-il à la porte de l'écurie, en grande tenue de campagne, avec un pourpoint de velours châtaigne et un manteau de cuir jaune. Son épée d'apparat, qui avait fait si forte impression au dîner, s'était effacée pour un pistolet d'arçon.

— Monsieur de Morangiès, s'exclama Lafontaine avec un air un peu théâtral. Vous ici, de si bonne heure ? C'est trop d'honneur. Que nous vaut tant de soin ?

Anselme ricanait en douce, derrière la selle de son cheval. « Mon Dieu, que de simagrées dans ce beau monde, pensait-il. Alors qu'on se déteste prodigieusement. Car je n'ai point la mémoire courte. N'est-il pas vrai que mon distingué maître s'est ennuyé à mourir à ce dîner des précieux? Il s'en est ouvert à moi à minuit passé, au point que mon premier sommeil en fut affecté. De ce dîner mortel, il sortit, à ce que je vis, très excité, et remonté comme une montre à roue contre ce Labarthe, railleur et cynique. Que dire de la jolie Juliette? Qu'il fut déconcerté par sa nature effrontée. Et, sur ce point, je ne voudrais trop m'avancer... La belle comtesse ne le laissa pas indifférent. Je connais mon maître comme le troussequin de ma selle. Trop de clabauderie cache un trouble inavoué. Allez! nous verrons bien... Notre aventure, grand Dieu, ne fait que commencer. »

— Je n'aurais voulu manquer votre départ, car je vous ai en grande estime.

Lafontaine crut, sur l'instant, que son hôte l'avait soupçonné d'emporter avec lui le fameux mémoire, qu'il avait mis plus de deux heures à recopier. Il le rassura aussitôt. Et à dire vrai, le comte paraissait troublé par ce soupçon.

— J'en ai offert une copie à Duhamel. Et je gage qu'il vous en parlera à Saint-Chély.

Un silence s'installa entre les deux hommes, comme si l'un et l'autre cherchaient des mots qu'ils ne trouvaient pas. Lafontaine n'avait rien à ajouter, sinon exprimer encore une fois ses remerciements. Tel n'était pas le cas de monsieur de Molette. Il avait envie de poursuivre la conversation de la veille sur l'art du naturaliste.

— J'ai éprouvé du plaisir à vous connaître, mon bon ami, ajouta Morangiès. Certes, nous n'appartenons pas au même monde, mais je crois en votre honnêteté. Il est des idées nouvelles qui dépassent mon entendement. Sans doute nous faudra-t-il un jour transiger avec elles. Car le monde, voyez-vous, tout inspiré par Dieu qu'il soit, ne se peut concevoir immobile. Il change alors que nous demeurons tournés vers l'arrière.

Vivien Lafontaine observait la façade du château et les encadrements en pierre rose. Il ne pouvait ôter son regard de cette architecture tellement singulière en Margeride.

— Pourriez-vous m'instruire, monsieur, sur le nom de cette pierre dont vos ancêtres firent un si beau profit? Rose et jaune, à ce que je vois. Et changeante selon la couleur du ciel. Un grès, n'est-ce pas, que l'on fit venir d'Italie?

— Oh non! Elle nous vient du Rouget. Un village à un quart de lieue d'ici. Il s'agit d'arkose.

— Une matière propre à élever des statues pontifiantes.

— Oui, fit le comte rêveur. Cela se pourrait, comme au pied des temples grecs... Mais, trop tard, il ne nous reste plus de héros à vénérer.

Lafontaine ne put se résoudre à quitter Saint-Alban sans faire un petit détour par Le Rouget. Qu'était-ce donc que ce village, abritant sous ses pieds un tel trésor? Le naturaliste avait toutes les curiosités, non seulement celle de la zoologie et de l'anatomie, mais aussi celle de la botanique, la minéralogie, la chimie... En cet endroit, l'arkose avait servi à meubler le chemin, mais était réduite en sable rose. Par des passages étroits, ils traversèrent le hameau avec, tout au plus, une trentaine de masures croulantes, au milieu des épicéas et des frênes. La neige avait fondu, sauf sur les murets et les toitures de lauzes. Le passage incessant des troupeaux de moutons, que l'on descendait à la rivière matin et soir, l'avait effacée. Trois chiens de berger s'approchèrent des montures, menaçants. Anselme les éloigna en agitant une badine dans leur direction. Ce n'étaient pas des bêtes tenaces, tout juste étaient-elles dressées à protéger leur territoire.

Au bout du hameau, la colline était gagnée par les genêts. Les sapins se faisaient rares à cause de la roche qui affleurait le sol. Puis, ils abordèrent enfin la mine d'où l'on tirait le fameux grès d'arkose. Son repli travaillé par la main de l'homme faisait comme une plaie saignante sur le flanc du ravin. Le naturaliste ordonna à son serviteur de descendre ramasser un échantillon. Anselme exécuta son ordre en maugréant.

— Je confierai cela à monsieur de Launay, minéralogiste émérite, dès mon retour à Paris. Je crois que je ne pourrais lui faire plus beau présent, marmonna Vivien en caressant le caillou que son compagnon venait de lui tendre d'un air las.

— N'est-ce point un loup que nous cherchons? railla Anselme. A ce train de tortue, nous ne risquons pas de le capturer.

— Mais, mon bon ami, répliqua Lafontaine, ce n'est point un loup que nous traquons, mais la rumeur, la peur, la frayeur, que dis-je, la terreur. Et celles-ci cheminent plus vite que le vent, à la différence qu'elles s'en vont et s'en reviennent incessamment, aussi insaisissables que l'air, fit-il en exhibant sa main ouverte.

Anselme parut rassuré par la démonstration de son maître.

— Pour tout vous dire, je préfère votre explication. Me mesurer à un loup n'est point dans mes attributions. Et déjà je guettais de tous côtés, par crainte qu'il ne vienne — ce démon — se jeter sur moi, qui ne suis rien d'autre qu'un bon chrétien repentant.

Trois lieues seulement séparaient Le Rouget de Saint-Chély d'Apcher. Le jour était sinistre sur la Margeride avec son étendue de neige d'une pâleur bleutée. Le ciel lui-même, tourmenté par les vents, ajoutait au décor le poids écrasant d'un couvercle. Mais les chevaux, bien reposés et nourris grâce à l'hospitalité de monsieur de Molette, gravissaient les chemins sans rechigner. Au gré d'Anselme, tout cela allait trop vite. On se cassait les reins à subir les contrecoups des obstacles, surtout dans la traversée des forêts où les racines, courant dans la pierraille, formaient des marches inégales.

Sur le plateau, la route qu'ils empruntèrent était gardée par de rudes murets de granit faisant rempart à la neige. Au petit trot, ils remontèrent deux diligences et une turgotine brinquebalante. Par acquit de conscience, Vivien s'inquiéta de la direction auprès d'un cocher, puis pressa sa monture. Il avait hâte d'atteindre sa destination avant midi, avant que le brouillard ne tombe et n'endorme le monde autour de lui dans une léthargie mortelle.

Puis ils atteignirent la Rimeize, une rivière d'un gris froid d'étain serpentant entre des éboulis de roches géantes. Le jaune des herbes et le rouille des fougères, perçant sous la neige, donnaient un peu de couleurs chaudes au paysage. Ils abreuvèrent les chevaux dans un lavoir, dont ils durent casser la glace. Les paysans s'éloignèrent d'eux, craintivement, gagnant les claies où ils contenaient leurs troupeaux.

— Mon Dieu, s'exclama Anselme, quel pays de sauvages ! N'aurons-nous, mon bon maître, qu'à parler à des aristocrates ? Sont-ce les seuls qui supportent notre présence ?

Lafontaine ne répondit pas. Il pensait au mémoire de Morangiès, à la longue liste des enfants martyrisés, avec ses mille et un détails sur l'état des cadavres. Souvent, la tête avait été détachée du tronc et traînée sur vingt ou trente pas. Peut-on accorder crédit aux témoignages, rapportés le plus souvent par les curés ou les maires ? Avaient-ils eu le courage d'aller vérifier par eux-mêmes ? Ou s'étaient-ils seulement fiés aux récits de tiers dont ils avaient, peut-être, fait un profit exagéré? Toutes ces interrogations se pressaient dans son esprit. « Il me faudra conduire une enquête minutieuse, fondée sur des faits précis et avérés », se dit-il en vérifiant l'attache de la sous-ventrière.

Les portes de Saint-Chély étaient gardées par les dragons du capitaine Duhamel. L'un des hommes en faction lui demanda son sauf-conduit. Les visiteurs s'en étonnèrent. L'autre dragon expliqua qu'on avait signalé le passage de quelques routiers qui avaient attaqué une diligence et détroussé les passagers du Malzieu. A la vérité, les militaires étaient postés en cet endroit pour d'autres raisons. Leur chef les avait disséminés en petits groupes dans les jardins et les fermes alentour. On craignait surtout une nouvelle attaque de la bête. Et pour l'accueillir, ils portaient à mains nues un fusil prêt à faire feu, garni de cinq dés de poudre et de trente-cinq plombs à loup.

Le capitaine Duhamel avait élu domicile dans la maison du juge maire, une belle bâtisse en granit, face à l'église, et formant façade à une placette pentue. En cet endroit, les dragons avaient mis leurs armes en faisceau, et rangé leur fourniment le long du mur. Les chevaux piaffaient à dix pas, sous un porche. Deux hommes montaient la garde, emmitouflés dans une vareuse grise. Un sergent, dans son uniforme vert à aiguillettes et casque à crinière, avança à leur rencontre. Le naturaliste se fit connaître aussitôt. Et le sergent, un homme affable, leur fit signe d'entrer. Mais Lafontaine ordonna à son serviteur de mener les montures sous le porche.

— Le pays est en armes, dit Vivien en dégrafant les brides de son manteau de cuir.

— Oh oui, monsieur, c'est une drôle de guerre que nous menons là.

— De tous les cadavres qu'on a trouvés, il n'a dévoré que le foie, le cœur, les intestins et une partie de la tête...

Lafontaine se tenait dans le couloir, la neige dégoulinant sur le tapis rouge qui se déroulait devant lui, avec à chaque bord un long fil vert. Le sergent, qui l'avait accompagné, lui fit signe d'avancer dans la salle d'un geste las. Vivien hocha la tête puis retint sa respiration. Cela l'ennuyait vraiment d'arriver en plein milieu d'une séance de travail.

— Un bonhomme de Langogne l'a dépeint long, bas, d'une couleur fauve, une raie noire sur le dos, la queue longue, les griffes fort grandes... poursuivit la voix.

— Un curé qui l'a traqué avec ses paroissiens l'a décrit long, gros comme un veau d'un an, de même couleur, la raie noire sur le dos, et le museau comme celui d'un cochon ou d'un sanglier. Quelques paysans le figurent à peu près de même, avec cette seule différence qu'ils prêtent à la tête une ressemblance avec celle d'un chat...

Aux froissements de tissu, de cuir, aux grincements des parquets, Lafontaine comprit que l'attention s'était relâchée dans la salle. C'était le moment ou jamais de se présenter, avant que la séance ne reprenne. Il s'avança jusqu'à la porte et, machinalement, toqua du dos de la main contre le bois. Il y avait là une dizaine de militaires en débraillé, et deux hommes en civil. L'un des dragons, un officier, l'observa des pieds à la tête avec un air ahuri.

— Vous êtes monsieur Denneval, je parie? On m'a annoncé votre visite. Denneval fils? précisa-t-il en jaugeant son jeune âge.

— Non, fit Lafontaine.

— Qui êtes-vous alors?

— L'envoyé de monsieur Dufort.

— Dufort de Cheverny?

— Cela même.

— Je n'ai pas retenu votre nom. Veuillez, je vous prie, ne point m'en tenir rigueur, dit l'officier embarrassé.

— Vivien Lafontaine.

— Messieurs, s'écria l'officier des dragons, je vous présente un disciple de Buffon, le grand Buffon, un naturaliste, précisa-t-il, venu nous prêter main-forte. Et moi, je suis le capitaine Duhamel, ajouta-t-il en serrant les mains du visiteur, presque avec chaleur.

Michel Duhamel était un homme de grande taille, avec un visage ossu, barré par une moustache fournie. Il portait une épaisse chevelure noire, nouée à l'arrière avec un lacet de cuir. Sa veste verte à aiguillettes, ornée de la dorure des officiers du roi, était ouverte sur une chemise de lin blanc à col dégagé. D'un geste autoritaire, il fit signe à un gentilhomme corpulent de s'approcher. L'homme parut ignorer ce geste de commandement, tout occupé qu'il était à converser avec son voisin.

— Monsieur de Lourcières, venez donc que je vous présente l'un de nos savants.

A ce moment, le gentilhomme consentit à s'approcher, en boitant un peu. Visage rond et jovial, le juge maire de Saint-Chély serra la main de Lafontaine en le regardant par en dessous.

— Votre science, monsieur, va-t-elle nous enseigner à quelle sorte de monstre nous avons affaire?

Vivien ne répondit pas. C'était une interrogation qu'il lui faudrait essuyer cent fois plutôt qu'une, d'autant qu'elle comportait toujours un peu de raillerie dans l'intonation. Le naturaliste fixait le tableau noir où un sergent avait noté à la craie les caractéristiques de la bête.

— Cela laisse rêveur, dit-il.

— Nous nous appuyons sur les dires des gens d'ici. Et ils diffèrent d'un lieu à un autre, expliqua le juge maire.

— Qu'en pensez-vous, monsieur Lafontaine?

— J'ai lu le mémoire du comte Morangiès. Et cela nous laisse pantois, en vérité.

— Pourtant, il nous faut bien établir contre quoi nous devons batailler? releva Duhamel.

Vivien s'avança près de la fenêtre haute qui donnait sur le cimetière de Saint-Chély. Un calvaire se dressait au centre, sur un petit môle. Il était de granit, comme tous ceux qu'il avait examinés dans le Gévaudan, grossièrement taillés dans les pierres sacrées des druides. La croix semblait pencher un peu vers le bas, à moins qu'elle fût dressée de la sorte, malhabilement, depuis des siècles. Ce détail l'amusa, au point qu'un sourire vint à se dessiner sur son visage.

— Je commencerai à examiner les victimes avant de me prononcer.

— Examiner? s'étonna Duhamel. L'affaire est macabre. Et même sur les pires champs de bataille, je n'ai vu de corps aussi abîmés, c'est à se demander à quel monstre nous devons ces horreurs.

— Justement. L'examen des victimes nous en apprendra plus sur la bête que mille témoignages approximatifs. L'exagération, l'affabulation naissent de la peur. Il nous faut étudier froidement, et non nous laisser emporter par la passion ou la colère.

Monsieur de Lourcières ne croyait qu'en d'immenses battues où l'on cernait des forêts entières, passées au peigne fin. Cela le ravissait, au juste, ces longues veillées d'armes à boire et à manger, où l'on distribuait des ordres aux paysans. Il avait foi en ces fourmilières qui investissaient les espaces sauvages. « Tôt ou tard, la bête tombera dans nos pièges, sous les coups de mousquets, trouée de mille plombs », répétait-il placidement. Et chaque fois qu'on venait lui annoncer une nouvelle attaque fatale, le juge maire entrait en transe, admonestant la soldatesque pour qu'elle accoure sur les lieux du forfait. Et les curés sonnaient le tocsin à tous vents. Ce qui signifiait qu'il fallait se mobiliser, par dizaines, par centaines, de paroisse en paroisse. Ici, on criait l'avoir vu, le monstre à raie noire, frôlé sa longue queue, avoir mesuré sa gueule de dragon fauve. Là, on espérait l'avoir terrassé, le grand loup maléfique, au point de toiser sa longueur, d'évaluer sa mâchoire, de visiter ses entrailles. La battue se dispersait, la conscience en paix. Mais, deux jours plus tard, le tocsin sonnait de nouveau. Et les dragons s'en repartaient à la tâche, la mort dans l'âme.

Duhamel claqua dans ses mains pour annoncer la fin de la réunion. C'était un homme vif et sanguin, qui n'aimait guère perdre son temps dans les conciliabules. Puis il emmena d'une poigne énergique Lafontaine dans le cabinet où il avait assis son commandement. C'était un boudoir confortable, nanti de profonds fauteuils, de divans avenants. Un feu d'enfer ronflait dans la cheminée. Les deux hommes s'y installèrent, les pieds dirigés vers l'âtre.

— Est-ce mon métier de traquer le loup? fit-il. Je n'ai aucun goût pour la chasse et encore moins pour les louvetiers. Ces gens ont des manières savantes qui me déplaisent. Ils flairent les sentiers comme des chiens, s'allongent sous les futaies, rampent dans les fourrés, collectent des excréments, mesurent les empreintes laissées par la sauvagine... Et la moindre trouvaille excite leur imagination, au point, monsieur, que l'on palabre sans fin. Certes, il arrive que nous tuions quelques loups, au passage... J'ajouterais, monsieur Lafontaine, de malheureux loups, qui ne demandaient rien à personne. Bref, il m'est pénible de m'adonner à cette mission qui déshonore l'uniforme que je porte. En un mot, j'ai hâte d'en finir. Me comprenez-vous? Et mes hommes aussi. J'ai promis à monsieur le gouverneur militaire que l'affaire serait rondement menée. Et depuis novembre, nos traques traînent en longueur.

— Accomplir un tel projet avec cinquante hommes pour tout le Gévaudan, c'est peu, nota Vivien.

— Moncan, le lieutenant-général des armées du roi, m'a confié dix-sept hommes à cheval et quarante hommes à pied, afin d'encadrer les volontaires pour les battues. Nous avons distribué des fusils aux paysans, et des fourchines qu'un forgeron de Saint-Chély fabrique à la suite. Etrange situation, me direz-vous. Car offrir ainsi de l'armement à si bon compte n'est point sans risque. Il n'est pas si loin le temps où nos dragons fouillaient les maisons des camisards et fusillaient sur-le-champ qui possédait une misérable carabine.

Le capitaine était porté sur le rhum. Et il pria un sergent, en beuglant les ordres ainsi qu'il en avait pris l'habitude avec ses hommes, de venir les servir.

— Boldieu a vu la bête, lui. Sacré veinard ! dit Duhamel en tendant son gobelet d'étain.

— Celle-ci ou une autre, dit le sergent avec modestie. Il n'y a rien qui ressemble plus à un loup qu'un autre loup.

Duhamel s'amusa par un rire nerveux de la réaction de son second.

— Voilà un soldat qui ne court pas après la célébrité.

— Le fait est qu'il s'agissait d'un beau fauve. Je lui ai tiré un coup de fusil dans le flanc. De trop loin, sans doute. Il m'a semblé que je l'avais touché, à la manière dont la bête a boulé, cul par-dessus tête. J'ai cherché en vain les traces de sang.

Lafontaine l'écoutait avec attention, car s'agissant d'un soldat, il ne croyait pas qu'il pût exagérer ce qu'il avait vu.

— Vous dites que la bête ressemblait à un loup ? Ou bien était-ce un loup ? Un loup de forte taille, certes, mais un loup ?...

Le capitaine prit des mains de son sergent la bouteille de rhum et se servit une forte rasade. A vrai dire, il était agacé que son visiteur refusât de partager avec lui un petit cordial. Il lui répugnait de boire seul. Boldieu suivait, par la fenêtre, les cent pas des dragons en faction sur la place.

— J'ai vu distinctement la tête. Puis, ça n'a pas demandé son reste. Dès que j'ai épaulé le fusil, je n'ai plus vu que son arrière-train.

— La tête, insista Lafontaine, était bien celle d'un loup ?

— Grosse comme celle d'un veau, mais fine de museau, comme un lévrier.

Duhamel alla chercher dans une sacoche de cuir des esquisses.

— Voyez ! fit-il en lui montrant un dessin hâtivement croqué.

Vivien ajouta :

— Les oreilles aussi courtes ?

— En effet, dit le sergent. Courtes et pointues.

— Cela pourrait être un chacal comme on en trouve dans la savane africaine, suggéra Lafontaine. Mais que ferait-il, grand Dieu, dans nos régions tempérées ? Ou une hyène...

Le capitaine fit un geste de lassitude.

— On pourrait énumérer sans fin la liste des chiens sauvages, sans trouver de réponse. En tout cas, l'animal, tout aussi redoutable qu'il soit, craint nos fusils. Et aucun de nos hommes n'a été attaqué. Une simple vache peut le mettre en déroute.

Boldieu caressait l'un des fusils qui étaient entreposés sur un buffet.

— Nous devrions fabriquer des balles plus meurtrières que celles dont nous faisons usage d'ordinaire. Nos plombs ne suffisent point à percer la fourrure. A ce que j'ai pu constater, suggéra-t-il.

Duhamel soupira profondément. Il avait déjà eu à discuter cette proposition. Et il crut utile, une fois encore, à cause de Lafontaine, de donner son opinion.

— Nous pourrions augmenter la dose de poudre. Cela rendrait la balle plus perforante, mais amoindrirait la précision.

— Tirer au lingot à dix pas. Voilà la solution. Mais la chance ne nous a point permis de l'approcher, jusqu'alors. Car je dispose toujours, capitaine, d'un fusil chargé avec cette sorte de balle dans l'espoir de réussir mon coup.

— Je suis épuisé par les battues. Celle du 7 février a mobilisé soixante-treize paroisses. Nous n'y tuâmes, monsieur Lafontaine, que des loups communs. Un charnier comme on n'en vit pas depuis longtemps dans le Gévaudan. Cela rassure nos gens. Au moins trouvent-ils quelque utilité à notre présence sur leurs terres.

A peine Vivien Lafontaine eut-il pris congé du capitaine Duhamel que le juge maire l'entraîna à part. Monsieur de Lourcières était ce que l'on peut appeler un petit notable, dont les titres et les mérites n'avaient guère dépassé les limites du Gévaudan. Sans doute en souffrait-il, face à de fortes personnalités telles que celles de Molette, Monclar ou Valcœur. L'affaire de la malbête l'avait placé, contre toute attente, en première ligne. Son nom était souvent cité dans les gazettes d'Avignon, de Montpellier, et mieux encore, dans quelques feuilles parisiennes. D'autant que le premier magistrat de Saint-Chély d'Apcher ne manquait pas de les alimenter par de terrifiants récits. Il avait l'art et la manière de se donner le beau rôle. Et à l'en croire, c'était lui le grand ordonnateur des battues et autres traques. Avec l'arrivée du capitaine Duhamel, le juge maire avait trouvé plus fort que lui. Un redoutable rival sur le terrain de la forfanterie. Aussi en avait-il aussitôt pris ombrage, se jurant de saboter une à une ses initiatives. De mauvaise grâce, Lourcières lui avait abandonné le rez-de-chaussée de sa maison, se repliant à l'étage dans ses appartements. Chaque jour, il allait prendre connaissance des opérations du grand officier des dragons, se lamentant avec lui du peu de résultats obtenus, pour mieux s'en gausser ensuite avec ses proches amis. « Le gouverneur de Moncan a cru qu'il nous fallait un soldat pour venir à bout de l'affaire, alors que nous n'avons besoin que d'un grand louvetier. Je sens que mon triomphe ne saurait tarder... » D'un jour à l'autre, on guettait l'arrivée des Denneval, de forts beaux chasseurs ceux-ci, et qu'il avait réclamés à cor et à cri. Le juge maire escomptait que cette nouvelle recrue éclipserait à jamais le vaniteux capitaine.

Lourcières attira donc Lafontaine dans son salon. Il voulait lui faire part de son opinion. Après tout, ne comptait-elle pas autant que celle d'un officier de dragons? Dans ces manœuvres, Vivien flaira la rivalité qui empuantissait l'atmosphère de Saint-Chély. Et il n'était guère dans ses intentions d'y prendre part. Le naturaliste avait hâte de commencer ses investigations. Mais ce qu'on lui avait dit de l'affaire était mince, rien de plus que ce que tout le monde savait en lisant les gazettes, ou en parcourant les petits mémoires des notables.

— Monsieur Duhamel est un menteur! asséna le juge maire sans détour. Son action, depuis le mois de novembre, se résume à peu de chose. Ses soldats passent leur temps à flemmarder de village en village, font le coup de feu contre de malheureux loups. Et chaque fois, en rapportent les dépouilles, en croyant détenir la fameuse bête. Puis, monsieur le capitaine prend sa belle plume et écrit à ses protégés, de Moncan ou le comte d'Eu, pour leur narrer quelques aventures extraordinaires, dont le moins qu'on puisse dire est qu'elles sortent de sa seule imagination. Je vous le dis, monsieur Lafontaine, si ce monsieur avait possédé un tant soit peu de style, il eût pu prétendre à un fauteuil dans notre Académie. Mais ses relations outrancières forcent le rire, plutôt que le ravissement...

Vivien gardait les bras croisés en attendant que ce petit discours de dénigrement touchât à sa fin pour se retirer enfin. A la vérité, le juge maire ne lui inspirait guère plus confiance que Duhamel. Et il eût été bien incapable de dire lequel des deux lui paraissait le plus digne de foi. « Nous avons là, pensait-il en fixant le plancher du salon, deux personnalités que tout oppose et qui se vouent une haine éternelle. Là où la bête ne peut entrer, dans les salons et les châteaux, la bêtise règne, puisqu'on ne peut arriver à y faire triompher un peu de raison. »

— Le capitaine Duhamel n'a guère d'influence sur moi, le rassura Vivien. J'entends me faire une opinion par moi-même : par l'étude des faits et la déduction. S'il s'agit d'un loup, tout aussi extraordinaire qu'il soit, un fusil finira bien par en venir à bout. Qu'importe le tireur, monsieur Duhamel ou Denneval, ce sera un bon coup.

— Oui, je vous comprends. Et je suis prêt à vous aider, poursuivit Lourcières avec agacement. Néanmoins, je voudrais porter à votre connaissance quelques écrits du capitaine. Ils vous éclaireront sur la vanité de l'homme et la médiocrité du chasseur.

Lafontaine comprit à la rapidité avec laquelle il lui

amena ses documents que le dossier à charge contre Duhamel était préparé depuis longtemps.

— Ce monsieur sait à merveille se donner le beau rôle, en détaillant ses exploits au gouverneur du Languedoc. Je possède toutes ses lettres. Dont celle-ci...

— Je vous en prie, se défendit Lafontaine. Je ne veux point participer à la cabale.

Pourtant, le juge maire piaffait d'impatience avec sa lettre qu'il brandissait sous les yeux de son voisin.

— *N'était l'imprudence de trois de mes dragons qui ne me savaient point posté si près d'eux,* lut-il en haussant la voix, *j'aurais tiré cet animal à quatre pas, car il venait droit à moi et ne pouvait m'apercevoir. Mais les dragons, qui n'en savaient rien, crurent bien faire en courant après lui et lui firent changer sa marche. J'en suis inconsolable...*

Un sourire d'amusement teinta le regard de Lafontaine. « Ce n'est que péché véniel, tout cela », pensa-t-il.

— Comme notre héros vit la bête à moins de quatre pas, n'est-ce pas? il serait bien incroyable qu'il ne parvienne à en donner une description fidèle. Et que croyez-vous qu'il en dît?

Lafontaine dressa l'oreille. Tout ce qui se rapportait au portrait de la malbête avivait sa curiosité. Il avait commencé à en tracer une sorte de portrait, fort des recoupements que les divers témoignages engendraient. Et ce que Labarthe avait entrepris à l'envers pour s'en railler, comme les fameuses écailles de poisson, Lafontaine, lui, essayait d'en ramener les proportions à la réalité. Et pour ce faire, il ne pouvait s'appuyer que sur les espèces existantes. Mais il était impossible pour un naturaliste de croire que la bête pût être le croisement d'un ours et d'un félidé, par exemple. « Ce serait là pure affabulation, pensait-il, comme on en connut, jadis, dans les récits des naturalistes du XVIe siècle, tels que Boaistuau ou Gesner, des monstres engendrés par quelques tours malfaisants du diable : cercopithèques hideux, combinés de formes humaines et animales. »

— *Cet animal est de la taille d'un taurillon,* affirme Duhamel dans une de ses fameuses lettres au gouverneur. *Les pattes aussi fortes que celles d'un ours, avec six griffes, de la longueur d'un doigt. Je crois,* conclut notre grand capitaine, *que cet animal est un monstre, dont le père est un lion. Reste à savoir qui est la mère ?*

Lourcières jeta vivement la missive sur son bureau, en éclatant de rire.

— Soit monsieur Duhamel est fantasque, soit la bête est effectivement un animal surnaturel, jugea Vivien.

— Pour moi, reprit le juge maire, il s'agit d'un loup. Rien qu'un loup. Fort gros de taille. Un loup solitaire, reprit le juge maire. Un loup qui a pris goût à la chair humaine. Qu'en pensez-vous, monsieur Lafontaine ? Nous sommes des gens sensés, vous et moi. Nous ne croyons point aux choses surnaturelles.

Le naturaliste se leva de son fauteuil. Il s'était interdit d'émettre la moindre opinion avant d'avoir mené son enquête, sachant sans doute le risque qu'il y avait à donner un avis qui ne fût pas fondé.

— Peut-être un loup, tel que vous le décrivez ? se hasarda-t-il. Mais c'est une simple hypothèse. Toutefois, ajouta-t-il, je trouve singulier que ce loup, si loup il y a, ne s'attaque qu'aux jeunes garçons et aux petites filles et ne dévore que la tête, les seins et le ventre... Auquel cas nous aurions affaire à une catégorie rarissime de canidés, d'un genre pervers.

Monsieur de Lourcières parut décontenancé par ce qu'il venait d'entendre. Pour lui, le fameux loup solitaire, amateur de chair humaine, ne tuait que bergers et bergères parce que c'étaient des proies faciles à atteindre, peu enclines à se défendre. Maintes histoires avaient été rapportées sur des paysannes qui avaient réussi à le mettre en déroute, des hommes aussi bien sûr, aisément, à ce qu'il paraissait, et même un groupe de garnements.

— Connaissez-vous la mésaventure du petit Portefaix et de ses camarades ?

— Non, admit Lafontaine.

— Bien entendu, notre valeureux capitaine des dragons a omis de vous en parler, parce que cela n'est guère glorieux pour ses hommes, et ne pourrait que ruiner sa réputation d'officier du roi. Sept enfants du village de Chanaleilles ont fait fuir la bête avec des bâtons et des fourchines. Ce sont de petits héros à leur manière. Et grâce à moi, je dois le dire, l'affaire est connue jusqu'à Versailles. Je suis étonné que vous n'en eussiez entendu un traître mot. Je travaille fort nos seigneurs du Gévaudan pour que l'exploit soit récompensé. Il prouve que des enfants eux-mêmes peuvent mettre la malbête en échec. Ce que les dragons du capitaine Duhamel ne sont point parvenus à réaliser avec leur fourniment d'armes... Même à quatre pas !

Lafontaine ne se déplaçait jamais sans une carte. Il la sortit vivement de sa poche et la déplia devant le juge maire. Celui-ci lui désigna l'endroit où les enfants avaient résisté à l'attaque. C'était à Villaret, un petit hameau voisin de Chanaleilles, dans la Margeride. Il en marqua l'endroit d'une croix, en se jurant d'aller, en ce lieu, prendre le récit aux meilleures sources.

Des volées de garnements occupaient les ruelles de Saint-Chély, défiant le vent glacé. Les murets, les pans de toits bas, les escaliers, les bords de fenêtres avaient été délestés de leur couverture de neige pour les batailles rangées qui s'étaient enchaînées des heures durant. La marmaille, répartie en deux camps indissolublement ennemis, se poursuivait sans fin jusque dans les venelles étroites, les passages obscurs, les remises à foin, les bergeries. Tantôt assaillants, tantôt fuyards, les galopins se livraient là à un combat dont l'issue était aussi indécise que l'équilibre du jour.

Du ciel, on ne pouvait deviner le dessein, ni savoir si le vent fort, et souvent violent, allait conduire une nouvelle armada de nuages ou effacer ces encombrements. Anselme suivait son maître d'un pas résigné. Vivien ne savait au juste à quoi il allait occuper sa journée. Monter vers la Margeride à la recherche de Zacharie, comme il l'avait projeté en quittant le château d'Apcher, ou se rendre à Chanaleilles pour rencontrer les petits héros ? « Qu'est-ce qui est le plus important ? » se demandait-il. Et son hésitation finissait par agacer le serviteur qui n'avait qu'une envie, se répandre dans un estaminet, parmi les soudrilles, où on lui servirait une gnôle.

— Oh ! monsieur ! marmonnait-il, vous mériteriez que je vous abandonne sur-le-champ à vos errances. Et que je m'en reparte par la première diligence vers Clermont.

Lafontaine ne prêtait guère attention aux jérémiades de son domestique. Elles faisaient partie de l'ordinaire.

— La quête n'a pas l'heur de te plaire, répliqua-t-il. Pourtant, tu devrais louer ta chance d'en être. L'aventure est singulière.

— Le loup, mon Dieu, ne m'inspire point. J'éprouve même du dégoût à l'idée qu'il puisse croiser notre chemin, ajouta Anselme d'un ton bougon. Cela n'a-t-il pas été de tout temps, aux hivers rudes, qu'on en vit des meutes approcher les villages ? Certes, en Gévaudan, cela passe la mesure. On croirait que la chair, ici, est meilleure que dans les Ardennes et qu'ils se sont donné le mot pour dévorer nos enfants. Nous dirons, alors, que c'est une épidémie de loups. Comme la peste. Voilà ! Une peste de loup, qui s'éloignera ainsi qu'elle est apparue, un beau matin.

Ils grimpèrent une rude côte qui menait aux ruines du château, dont il ne restait plus qu'une tourelle, au milieu de mille décombres. Là, on s'était étripé, joyeusement, avec les Anglais, au temps de Béraud d'Apcher, au corps à corps, à l'épée et à l'arquebuse. Les barons défaits avaient fui vers les montagnes pour reconstituer quelques troupes. Ça ne manquait pas, les fuyards qu'il fallait enrôler de force et mener à la guerre, en chantant des cantiques. En ce temps-là, les loups du Gévaudan étaient en paix. Et la nourriture ne leur faisait pas défaut au creux des fossés. Ils n'avaient point à se risquer dans les hameaux, tant les charniers pullulaient de-ci de-là, à la fantaisie des batailles.

— Nos guerres ont engraissé des meutes, plus que de raison, souffla Vivien. Au point, te dis-je, que leur population crût tant et tant qu'il en reste quelque chose. Peut-être cette appétence pour la viande humaine. Nous l'avons fortifiée par nos bêtises. Comme quoi, l'homme invente son propre malheur.

— Mon bon maître, ajouta Anselme en se signant, ce pays est maudit. Et nous ferions mieux de nous en éloigner. Car ici, je le sens, le diable a ses quartiers. Et Dieu a renoncé à l'y traquer. Ne sentez-vous pas ? L'air est saturé du soufre diabolique. Il exhale des pierres. Et je ne serais point surpris qu'il invente quelques monstres pour tourmenter les pauvres gens.

Lafontaine se mit à rire.

— Du soufre ? Ici ? Tu déraisonnes. Il n'y a que du granit, du basalte, et parfois du grès. La roche affleure le sol, il est vrai, et c'est ce qui rend ce pays si pauvre. La terre lui manque. Encore que, là où elle est noire, et gorgée d'eau, l'herbe est riche. Et les troupeaux heureux.

Anselme parut vexé de s'entendre, encore une fois, contredire. Et dans ces moments, il eût préféré partager le voyage d'un maître muet, hautain et fier, méprisant même à son endroit. Lafontaine était tout le contraire, pointilleux et vétillard quand il s'agissait de parler de toutes choses humaines. Il ajouta même :

— Dieu a donné à ce pays assez de richesses pour que la population s'y fixe. Comme tu le vois. Mais, hélas, les montagnes sont proches du ciel, et c'est ce qui prête au regard ce sentiment de mélancolie.

Ce dernier mot étonna tant le serviteur qu'il ne put s'empêcher de pouffer.

— Je vous ai toujours connu ainsi, mon maître, triste. Et cela vient de votre mine. N'avez-vous point remarqué? Il est des visages dont les traits sont dessinés pour la tristesse et sur lesquels l'expression du moindre sourire est grimacière.

— Voudrais-tu prétendre que le mien est ainsi fait?

— Oh non! se reprit-il. Je parlais d'une manière générale. Votre mélancolie est tout intérieure. Et c'est à peine si elle vient affecter les traits de votre belle figure.

— Oh misérable flatteur, tu es rusé, jura Lafontaine en le bousculant d'une poigne ferme. Et je consens à te payer une eau-de-vie pour la peine, car ta compagnie m'est agréable.

Les deux compères redescendirent vers la place par le cimetière. Ils examinèrent le calvaire, au passage, s'étonnèrent de certaines inscriptions latines sur des tombes. Ce fut encore l'occasion pour le naturaliste de montrer son savoir.

— Le quartier des protestants, fit-il. Sobre et austère, la pierre porte le témoignage de leur destin. Dans le pays,

Louis XIV en fit tuer un grand nombre après la révocation de l'édit de Nantes. Et pour prier leur Dieu, ils se cachent dans les forêts. Savais-tu cela?

— J'ai entendu parler de la Fronde, ajouta Anselme.

— Oui, ce n'est point la même chose. La Fronde était dirigée contre Mazarin. Et si nombre de Parisiens payèrent de leur vie, ce fut pour la gloire ou la disgrâce de quelques princes ingrats. Les guerres ne servent les intérêts que de ceux qui les initient. La face du monde eût-elle été changée si l'on avait remplacé Mazarin par le cardinal de Retz?

— Je crois, mon bon maître, que vous avez sur cette matière plus de sagesse que moi.

— Je vois que tu es prudent, pour cette fois.

Comme ils passaient en devisant devant la maison du juge maire, ce dernier accourut dans leur direction en faisant de grands gestes.

— La bête a frappé! La bête a frappé! hurlait-il. Encore! vous dis-je. Encore...

Lourcières s'essoufflait vite à courir de la sorte, au point qu'il dut reprendre sa respiration avant de donner quelques explications.

— Où est-ce arrivé? insistait Lafontaine.

Mais le juge maire était cramoisi par l'effort, l'effroi, la peur, ou tout à la fois. Vivien le prit par le bras et le reconduisit dans la maison consulaire. En effet, le naturaliste constata que les gardes du capitaine Duhamel avaient déjà déserté leur poste, défait les faisceaux d'armes.

— Reprenez-vous, je vous en prie, insista Vivien.

— Elle a attaqué une fillette, là-bas, fit-il en montrant le plateau qui s'étendait vers les montagnes de la Margeride. A Brassac... Chez les Bonnefon.

Lafontaine avait déjà tiré sa carte de sa poche et l'avait

dépliée sur le bureau de Duhamel, où ils s'étaient réfugiés. A vue d'œil, Vivien estima qu'il fallait moins d'une demi-heure pour s'y rendre.

— Attendez-moi, ordonna le juge maire, nous allons prendre ma calèche. Mes domestiques viennent de l'atteler.

Anselme courut chercher, dans les fontes de la selle, la sacoche de son maître. Puis il revint en maugréant :

— Ce n'est pas encore aujourd'hui que vous m'offrirez un petit cordial.

5

Où la bête supplicie la petite Jeanne l'hérétique, et où Vivien dissèque le secret des entrailles avant qu'elles ne retournent en poussière

Aux premières maisons de Brassac, les dragons arrêtèrent la calèche.

— Regardez cela ! s'écria monsieur de Lourcières, est-ce le loup qu'ils traquent ou nos bonnes figures ?

Mais à l'instant où le sergent passa la tête dans la portière, il reconnut le juge maire et le salua d'un petit geste amical. Puis il fit signe à ses hommes de laisser passer.

— A moins qu'ils craignent que la bête prenne la poudre d'escampette en voiture de poste, ajouta-t-il.

Et les rires emplirent le landau capitonné de velours gris. Lourcières était enveloppé d'un manteau en peau d'ours, d'où ne transparaissait que sa grosse figure hirsute.

— A moins, ajouta le naturaliste, qu'ils vous aient pris pour le loup. A-t-on idée, cher monsieur, de se montrer dans un tel accoutrement ? Ne craignez-vous point les coups de fusil maladroits de nos chasseurs ?

Et les rires reprirent à nouveau, jusqu'à ce que le juge

maire en éprouvât des douleurs au ventre. Il s'interrompit soudain, en pensant à la petite fille.

— C'est inconvenant de rire ainsi. Ne trouvez-vous pas ?

Anselme ajouta, tout enjoué qu'il était, lui aussi :

— Nous ne la ferons point revenir, hélas ! Et si le diable l'a prise ainsi, il faut espérer que Dieu aura pitié de son innocence.

Lourcières l'observa avec insistance. Pourtant, ce n'était pas dans ses manières de porter attention à la valetaille. Et si on l'eût écouté, il y avait fort à parier que le pauvre garçon eût rejoint le cocher sur le siège d'avant.

— Votre serviteur ne manque pas d'esprit. Ne joue-t-il que ce rôle, ou est-il plus qu'un domestique ? interrogea le juge maire.

— Monsieur Hilaire est un gentilhomme, fit Lafontaine. Comme dans les comédies de monsieur de Molière. Les valets ont parfois plus d'esprit que leur maître. Ne savez-vous point qu'il me compara à Don Quichotte ?

— Vous ? s'esclaffa monsieur de Lourcières. Don Quichotte ? Vous êtes trop sérieux pour cela.

— Ne croyez-vous point qu'il faut posséder un grain de folie pour courir de la sorte après votre bête du Gévaudan ?

La calèche s'était arrêtée au milieu du hameau. Le juge maire passa la tête hors de la portière. Et ce qu'il vit le découragea dans l'instant. Des masures grises, écrasées sous la neige, baignaient dans l'obscurité naissante du crépuscule. Il régnait un silence de vent. Une litanie sans fin, flûtée sur la pierre de granit. Alentour, le plateau était livré à sa désolation d'hiver, avec ses murets coupant et recoupant l'espace à perte de vue. Les arbres fantomatiques balisaient ces limites. Le cocher offrit un falot à

Anselme, qui prit les devants pour éclairer le chemin. Près des bergeries, une haleine de lait caillé, de suint et d'urine transpirait des voûtes sombres. Le froid lui-même n'arrivait pas à paralyser ces exhalaisons tant elles étaient prégnantes.

Deux dragons qui montaient la garde les renseignèrent sur la ferme des Bonnefon. Ils traversèrent le hameau. Il restait, un peu à l'écart, à cent pas environ, un groupe de bâtiments bas enfermé dans l'enceinte d'un mur de pierre. Non sans hésitation, les visiteurs cherchèrent l'entrée, dont la ferme semblait privée sur la rue principale. Ils enfilèrent alors un passage sombre. Anselme levait le plus haut possible son falot, dont la flamme vacillante semblait absorbée par l'obscurité. Enfin, Lafontaine se décida pour un portail à claire-voie. On entendait le bêlement assourdi d'un troupeau de moutons qu'on avait parqué dans la resserre, à l'étroit. Et dans le prolongement de la courette, on distinguait par une petite fenêtre à moitié calfeutrée de paille la lueur jaune d'une lampe à huile. Ils trouvèrent enfin en tâtonnant la porte d'entrée, étroite et basse. Le naturaliste hésita à s'avancer le premier, jugeant que c'était le rôle du maire. Mais ce dernier paraissait bien emprunté et irrésolu, dans sa pelisse de fourrure. Pourtant, Lafontaine insista pour qu'il prît les devants.

— Etes-vous sûr que nous venons taper à la bonne porte? interrogea-t-il.

Il n'y avait pas d'autre ferme dans le voisinage. Et l'emplacement correspondait aux indications données par les dragons. Lourcières émergea dans une cuisine sombre, apparemment désertée.

— Ohé! fit-il. Il y a quelqu'un?

Une plainte d'enfant leur parvint du grenier auquel on accédait par une échelle meunière. Lafontaine comprit que les parents s'étaient rendus sur le lieu du drame, laissant leur petit garçon dans son galetas. Dans la cheminée, un faitout pendu à une crémaillère chantonnait sur un tas de braises.

Lafontaine ressortit aussitôt, et à grands pas se rendit sur un môle dominé par un vieux frêne dont les ramures émondées ressemblaient à des moignons qui priaient, comme des mains. Dans la direction du couchant, une écorchure rouge bordait le ciel, jetant sur le lointain son dernier feu étranglé par la nuit jaillissant de la terre noire.

Dans le contrebas, à la lisière d'un chemin bordé d'arbres dénudés, où miroitait une mare, Vivien distingua la lueur des torches. Il la montra à Anselme qui l'avait rejoint. Puis ils se mirent aussitôt en chemin, sans attendre monsieur de Lourcières. A grands pas, ils dégringolèrent la sente étroite bordée de pierres. La neige avait été tassée par le piétinement des troupeaux que l'on menait boire au point d'eau, matin et soir. Sans doute était-ce là que la bête avait frappé. C'était l'usage dans le pays de laisser aux enfants le soin de mener les animaux.

Un chien vint leur renifler les genoux, mais Anselme l'écarta vivement de sa badine. C'était une sorte de vieille femelle bâtarde, aux oreilles cassées, aussi peureuse qu'une fouine. Et au cri qu'elle poussa en se faisant éconduire, Lafontaine déplora que les chiens de troupeaux manquassent ordinairement de race. « Ne serait-il pas plus sage d'en posséder quelqu'un dont la férocité soit égale à celle des chiens loups ? se dit-il. Mais trop de race en fait aisément des gardiens enragés qui peuvent, à tout moment, se retourner contre le troupeau lui-même. Dès lors que le chien a goûté le sang du mouton, il devient irrécupérable. Et il ne reste plus au berger qu'à le tuer. »

Lafontaine enjamba le muret de pierres sèches pour

gagner la pâture. C'était un petit raccourci qui lui évitait de traverser un bosquet. Anselme l'imita, à contrecœur. Il appréhendait l'instant où il lui faudrait approcher la malheureuse enfant. « Il n'y a que cela qui intéresse mon maître, pensa-t-il, examiner le cadavre, le disséquer, et tirer ses conclusions. Devrai-je souffrir ces longs préparatifs en silence, sans émoi particulier, ainsi qu'on l'exige d'un assistant scrupuleux ? »

— Ne pourrais-je attendre ici, mon bon maître ? Je ne vous serais d'aucune utilité. Et vous savez combien je suis sensible devant les malheurs...

Le naturaliste ne lui laissa pas le temps de finir sa phrase.

— Avance donc, poltron. Qu'as-tu à craindre ? Cette fillette n'était rien pour toi. Une inconnue.

— Je ne comprendrai jamais votre caractère, maugréa Anselme. Tant de dureté en vous. A quoi vous sert-il d'être savant, si vous êtes incapable de compassion ?

Vivien haussa les épaules. Il ne songeait plus qu'à son enquête. Et l'examen du corps, les marques que la bête y avait imprimées, lui apprendraient plus sur la nature du prédateur que mille témoignages fallacieux, aussi contradictoires les uns que les autres. Il approcha du groupe qui avait fait cercle autour de la fillette, ramassée dans le cercle lumineux des torches. Elle n'était plus qu'une longue tache blanche sur le pré. Et accroupis auprès d'elle, le père et la mère éplorés. Le père pleurait en silence, tandis que la mère était prise de convulsifs geignements. Elle avait déjà versé beaucoup de larmes. Et elle semblait épuisée par son chagrin, au point d'étreindre les jambes de son mari. Les dragons qui s'étaient postés alentour, dont Duhamel, ne savaient plus que faire pour dissiper ces douleurs. A plusieurs reprises, ils avaient essayé d'entraîner la mère vers la ferme, mais elle avait refusé.

— Je veux la voir! pleurait-elle. Je vous en prie, mon Dieu! Laissez-moi la voir! Pourquoi vous ne voulez pas? Pourquoi? Ma petite Jeanne...

Duhamel s'était interposé entre la tache blanche et elle. Il lui fallait absolument l'empêcher d'approcher le corps, et surtout le visage. Le visage qui n'avait plus rien d'humain.

— Allez ma Fanchon, se résigna le père Bonnefon, qui avait vu, lui, dans quel état la bête avait mis sa fille, il faut que tu rentres à la maison. Il n'y a plus rien à faire. Elle est morte, notre petite Jeanne. C'est Dieu qui l'a voulu ainsi. Nous n'y pouvons rien. Allons! Ecoute-moi. Il faut que tu trouves le courage de venir.

Le capitaine fit signe à Lafontaine d'approcher. Ce n'était pas son affaire, soulager la douleur d'une famille éplorée. C'est pourquoi il avait demandé à son sergent d'aller chercher le curé de Saint-Chély. « Les curés savent trouver les mots qui apaisent », se disait-il. Sans doute eût-il été facile pour lui d'ordonner à ses hommes d'emmener Fanchon Bonnefon de force, mais il ne pouvait s'y résigner. User de la force contre la douleur lui paraissait une décision inhumaine.

— Il faut transporter la fillette à Saint-Chély, dit Lafontaine, afin que je l'examine. Ensuite, nous la rendrons à la famille. Disons, demain matin.

— Oui, ajouta le capitaine en touchant l'épaule du père. C'est ce qu'il nous faut faire.

— Pourquoi vous voulez emmener ma petite Fanchon? Elle sera aussi bien à la maison où nous la veillerons. Avec des prières. Pour que Dieu l'accueille en son paradis.

Lafontaine baissait la tête.

— Nous devons comprendre ce qui lui est arrivé, dit-il.

— Par Dieu, je l'sais bien ce qui lui est arrivé. C'est ce monstre qui lui a sauté dessus. Cette malbête que vous êtes incapables de tuer. Pourquoi vous faut-il torturer encore ma petite Jeanne ? Je veux qu'on la laisse en paix. Vous entendez ?

— Ce n'est pas possible, dit le capitaine. Monsieur Lafontaine doit l'examiner. C'est un savant, une sorte de médecin, expliqua-t-il. Et c'est la loi. La loi.

— La loi de quoi ? Elle est à nous, parbleu, not' p'tite Jeanne. Et même que je vais l'emporter à la maison.

Mais les larmes et les cris le reprirent et, sans force aucune, le malheureux se laissa conduire par les soldats. Puis Fanchon aussi, épuisée, qu'il fallut soutenir. Cela forma un étrange cortège dans la nuit, dans la lueur des falots qui dansaient comme des lucioles.

Le corps de l'enfant avait été ficelé dans son drap maculé de sang, ainsi qu'il se présentait, brisé, torturé, éviscéré. Mais à l'instant de le charger sur la place arrière du cabriolet, l'abbé Vachères s'interposa.

— Qu'est-ce que je viens d'apprendre ? Vous voulez emmener la petite Jeanne ? Mon Dieu ! Rendez-la à sa famille pour que nous puissions prier ensemble pour le repos de son âme.

Duhamel regarda Lafontaine, incrédule.

— Monsieur Lafontaine doit examiner le cadavre. C'est nécessaire à son enquête.

— Examiner le corps ? s'exclama l'abbé Vachères. Mais c'est un sacrilège. Un horrible sacrilège. Dieu ne permet pas de tels outrages.

Le capitaine se détourna du cabriolet en marmonnant. Lafontaine le rejoignit contre le muret où il s'était assis.

— Vous avez entendu ?

— Je me moque bien de cela ! fit le naturaliste. Aurez-vous assez d'autorité pour conduire la petite Jeanne à Saint-Chély, oui ou non ? Une telle hésitation ne me facilite pas la tâche.

— Allez donc convaincre le curé, fit Duhamel dans un geste de lassitude.

Anselme avait rejoint monsieur de Lourcières dans sa voiture. Ce dernier feignait l'assoupissement pour ne pas avoir à prendre une décision. Il avait déjà consolé les parents Bonnefon et cet exercice avait exigé beaucoup de lui. Les cris, les larmes, les lamentations, tout ce qu'il exécrait en somme. L'horreur de la situation ne se pouvait comprendre, ni expliquer.

— Se trouvera-t-il un grand louvetier de renom pour venir à bout de ce misérable loup ? répétait-il sans fin. Nous sommes impuissants devant le phénomène et j'enrage.

Anselme se voulait rassurant à sa manière.

— Allez, monsieur le juge maire, il finira par trouver son maître, tôt ou tard.

Mais c'était, dans sa bouche, une manière de consoler, presque polie. Le serviteur de Lafontaine se fichait bien de cette malbête dont il eût voulu se tenir éloigné, aux cent diables. « Si ça se trouve, pensait-il, elle nous nargue à dix pas d'ici, terrée dans la nuit, car je lui soupçonne plus d'intelligence qu'on ne le croit, et plus de vice qu'il n'en existe d'ordinaire chez les animaux. Quelle raison y a-t-il d'aller tourmenter une petite fille, alors que tant de moutons pourraient faire l'affaire ? Ces brebis stupides et bêlantes, qu'un rien effraie, sans défense, ne sont-elles pas des proies toutes désignées ? Et finalement, inventées par le Créateur pour satisfaire cette besogne. Le loup dévore l'agneau innocent — innocent à ce qu'on dit parce que sans défense ni méchanceté —, telle est la loi de Dieu. La férocité toujours vainc la candeur. N'est-ce pas la volonté de Dieu qu'il en soit ainsi ? Sinon, notre Seigneur aurait pourvu l'agneau de griffes et de mâchoires puissantes. Et la petite Jeanne était semblable à l'agneau, dans sa candeur innocente. Dieu l'a livrée à la bête malfaisante, sans autre défense que son sourire de petite fille. »

Tout en devisant intérieurement, Anselme tentait de chasser de son esprit la tache blanche sur le pré. Les dragons avaient pris soin de dérober l'enfant aux regards avec un drap, tant la petite chose était pénible à voir. Et telle que l'affaire se présentait, dissimulée sous un voile, elle était plus terrible encore, car on pouvait tout imaginer des blessures que le monstre avait infligées. Anselme comprit que ce cauchemar le harcèlerait jusque dans son sommeil. Cent fois le drap se dresserait devant ses yeux, cent fois il se détournerait de cette image obsédante.

Vivien Lafontaine se rapprocha de l'abbé Vachères en train de prier auprès de Jeanne. Il s'était agenouillé face à la portière, sur le marchepied.

— Monsieur le curé, je dois savoir comment est morte cette petite fille et par quelles blessures. Ainsi, peut-être pourrai-je me faire une opinion sur l'origine du prédateur. S'agit-il d'un canidé, d'un félin ou de tout autre espèce ? Ces renseignements guideront nos recherches. Et ainsi contribueront-ils à mettre la bête hors d'état de nuire. Vous ne pouvez vous y opposer. La raison l'exige.

— Je ne connais rien à votre science. Mais je sais qu'en certains endroits on pratique la dissection. On ouvre des cadavres, on visite les organes, extirpe le cerveau. Comme si l'on avait la vanité de découvrir où se cache l'âme. C'est un crime que de chercher ainsi l'immatériel. Car Dieu seul est notre créateur. Et Lui seul connaît la finalité des choses terrestres. Etes-vous l'un de ces profanateurs, monsieur Lafontaine? Je le crains. Et Notre Seigneur ne saurait tolérer que vous vous adjugiez le droit de visiter un corps qui Lui appartient. Désormais, il retournera en poussière. Telle est la parole.

— Avant qu'il ne retourne en poussière, je veux lui arracher son secret, mon père. Connaître l'identité de la bête qui l'a frappé. La bête malfaisante.

— Tout ce qui est humain est l'œuvre de Dieu!

— La malbête aussi.

— Je ne connais les desseins de notre créateur. Il se peut qu'il nous ait envoyé cette épreuve comme un suprême avertissement.

L'abbé Vachères se redressa enfin, et prit la pose extatique qui lui était familière lorsqu'il interprétait la parole divine. Le capitaine et ses hommes s'étaient approchés aussi, intrigués par la tournure de la conversation.

— Diriez-vous, mon père, que la petite Jeanne a subi une punition divine?

Le prêtre parut bouleversé par la question brutale du naturaliste. Et ses mains jointes vinrent se plaquer sur son visage. Ainsi demeura-t-il une longue minute dans le silence, comme si les mots qu'on lui ordonnait de prononcer avaient une valeur définitive, devant Dieu et devant les hommes. Nul, pourtant, ne l'obligeait à la sentence, mais c'était son rôle, ici-bas, d'éclairer le chemin tortueux par où l'homme monte vers la lumière.

— Je vous en supplie, mon père, éclairez-moi sur cette question. Se peut-il que Dieu autorise ce crime affreux? Quelle punition nous inflige-t-il de la sorte, avec une telle cruauté? Faut-il que nous ayons gravement péché pour mériter ce destin... Je veux bien admettre que le diable anime ce monstre. Cela m'est supportable et flatte l'entendement. Mais Dieu? Le dieu miséricordieux que nous chérissons ne pourrait autoriser qu'on sacrifie sauvagement sa créature.

Ses mains glissèrent de son visage, et enfin armé du masque qui lui était familier, il récita :

— « Je suis un Dieu qui punit l'iniquité des pères sur les enfants jusqu'à la troisième et la quatrième génération de ceux qui me haïssent. »

— Exode, fit Lafontaine. Et j'ajouterai : « Et qui fais miséricorde jusqu'en mille générations à ceux qui m'aiment et qui gardent mes commandements. »

L'abbé Vachères hocha la tête.

— Oui, mon fils. Ici, on a beaucoup péché, autrefois. En Gévaudan et en Cévennes, au temps où les temples se dressaient devant nos églises. On a haï Dieu en brûlant ses sanctuaires, en tuant ses bergers. Les hérétiques protestants ont jeté sur nos terres la colère de Dieu jusqu'à la troisième et la quatrième génération. La bête frappe tous ceux qui ont adjuré Notre Seigneur, ses enfants, ses petits-enfants, ses arrière-petits-enfants.

— Les Bonnefon étaient-ils des protestants, jadis? Vous pourriez me répondre. L'étaient-ils? Camisards et descendants de camisards?

Mais le curé Vachères garda le silence. Et Vivien Lafontaine comprit qu'il n'obtiendrait plus de lui une seule parole. Le naturaliste se détourna, déçu, et soudain laissa sourdre la fureur en lui.

— Conduisez Jeanne l'hérétique à Saint-Chély, ordonna-t-il aux dragons qui s'impatientaient autour du cabriolet.

Alors, l'abbé tomba à genoux, à même la neige et la boue du chemin. Que le profanateur eût pu prononcer ce mot terrible, qui déchirait l'Eglise depuis 1431, « Jeanne l'hérétique », lui fit l'effet d'un coup d'épée.

L'événement avait attiré sur la place tous les habitants de Saint-Chély. Une foule compacte de tous âges, recueillie et silencieuse, attendait quelques explications des autorités. Des femmes étaient agenouillées, égrenant leur chapelet. Vivien et Anselme passèrent au milieu, accompagnés par des balbutiements. A l'entrée de la maison consulaire, Lafontaine se retourna et vit, dans la lumière des torchères suspendues à la façade, les visages cuivrés qui le fixaient intensément. Le clair-obscur ajoutait une note tragique à la scène. Et le naturaliste ressentit un sentiment d'angoisse devant autant de désarroi et de détresse. Le juge maire avait préféré entrer dans ses appartements par une porte dérobée du cimetière, par crainte qu'on l'interpellât. Pourtant, monsieur de Lourcières eût été bien inspiré de dire quelques mots d'apaisement à ces gens. Mais le tocsin se mit à battre au clocher de l'église, au bas du village, un tintement grêle et sinistre dans lequel chacun reconnut la musique funèbre des jours de peine. Et les femmes abandonnèrent les prières pour se rendre à l'église, où le curé les invitait à une messe des morts. C'était le seul remède apporté aux angoisses qui torturaient les esprits de Saint-Chély, sans doute bien plus efficace que les propos embarrassés qu'eût ânonnés le juge maire s'il en avait eu le courage.

Les soldats du capitaine Duhamel avaient installé le corps de Jeanne Bonnefon dans la salle du conseil. L'endroit ne se prêtait guère à la besogne qu'on allait y accomplir, mais il avait l'avantage de comporter en son centre une longue table et d'être fort bien éclairé par des girandoles et des lustres. Les domestiques avaient pris soin de tirer les rideaux afin que les curieux ne pussent y voir. Duhamel fit déplacer les fauteuils contre les tentures qui garnissaient les murs. Celles-ci représentaient des scènes champêtres, fort naïves, suivant le cycle des saisons.

Monsieur de Lourcières s'était retiré au premier étage, peureusement. La simple vue d'un petit corps écharpé était au-dessus de ses forces. Et Anselme eût bien voulu lui tenir compagnie au coin du feu, mais son maître s'y opposa fermement. Il avait besoin de lui pour tendre les instruments de chirurgie : scalpels de différentes tailles, pinces à dissection et à anneaux, scies droite et à chaînette, spéculum, aiguilles et fils à suture... Le capitaine Duhamel offrit également ses services. Ce spectacle ne l'impressionnait guère. Pouvait-il être plus effroyable qu'un champ de bataille peuplé de blessés et de morts ? Au contraire, il prit la mine débraillée d'un officier du roi retranché dans ses quartiers, devisant haut et fort, plaisantant avec les domestiques et distribuant des rasades de gnôle.

Deux femmes amenèrent un baquet d'eau fumante et un paquet de serviettes en lin blanc. Duhamel le fit installer près de la table où était étendu le corps, étroitement ficelé dans son linceul. Puis Anselme sortit un à un les instruments chirurgicaux dont son maître aurait besoin pour l'autopsie, et les aligna soigneusement, ainsi qu'on le lui avait appris à l'Académie royale des sciences. Mais, cette fois, il s'agissait de tout autre chose que de disséquer un animal. La seule idée qu'on pût ainsi charcuter un cadavre humain, trancher les chairs, mettre au jour les linéaments des muscles, les organes, écarteler une poitrine, fendre une boîte crânienne, lui soulevait le cœur.

Au moment où Lafontaine vint couper la cordelette qui saucissonnait le corps de Jeanne, tous s'éloignèrent de la table, même le capitaine. Pourtant il avait vu, déjà, à quoi ressemblait la fillette. Dans le pré de Brassac, il n'avait pu réprimer un sentiment d'horreur. Les manches retroussées et vêtu d'un long tablier blanc, le naturaliste ôta précautionneusement le drap souillé.

— Oh, quelles horribles blessures nous avons là ! fit-il. Quel acharnement ! Se peut-il que ce soit possible ? Je n'ai jamais vu chose pareille. N'est-ce pas, capitaine ?

Duhamel s'approcha de la table. Et ce que la lumière crue du salon lui révéla était d'une autre impression que ce qu'il avait vu dans le pré. Le visage de la petite Jeanne était déchiré, et ses chairs pantelantes mélangées à sa chevelure brune. Le nez, les yeux, les lèvres étaient déchiquetés. A croire que la bête s'était acharnée en cet endroit comme si elle avait voulu effacer toute forme humaine. La poitrine aussi et une partie du ventre avaient subi les pires outrages. La chair, le sang et des humeurs plus profondes, noires et jaunes, se trouvaient mélangés au tissu de cadis de la robe. Vivien s'employa à ôter les vêtements en lambeaux en jouant des ciseaux. Et lorsque le petit corps fut dénudé, il ordonna à Anselme de nettoyer le cadavre, soigneusement, avec les serviettes imbibées d'eau chaude.

— Oh, mon maître, vous rendez-vous compte de ce que vous me demandez ? J'en ai des haut-le-cœur rien qu'à y songer...

— Faudra-t-il que j'officie seul ?

Duhamel ne semblait guère attiré non plus par la besogne.

— Vous faites de piètres compagnons, jura Lafontaine.

Les deux femmes qui avaient apporté le baquet d'eau se proposèrent. Mais l'affaire fut des plus compliquées, car le sang ne se pouvait éponger qu'en rougissant les chairs alentour, au point que le cadavre ne ressemblait plus qu'à une forme molle qu'on eût barbouillée d'alizarine. Néanmoins, le naturaliste exigea qu'on lui rendît, à force de soins, sa couleur de chair blanche, car il voulait en examiner les plus infimes blessures, en estimer la profondeur, l'épaisseur, le nombre, ainsi que l'espacement. Tout était de nature à le renseigner sur la bête qui avait accompli le forfait.

— Monsieur Duhamel, dit Vivien, je crois que vous possédez un sacré coup de crayon?

— En effet.

— J'aimerais que vous dessiniez sur une feuille de vélin la forme d'un corps, sans rien négliger de l'anatomie, même si le dessin est superficiel. Et vous y noterez soigneusement l'emplacement des blessures, avec quelques indications de mesures en marge. Cela vous paraît-il possible?

— Assurément.

— Ainsi, mon cher, nous gagnerons du temps. Notre affaire n'est pas près de s'achever. Je crains que nous y passions la nuit. Je suis méticuleux au-delà de ce qu'il est possible d'imaginer.

Le capitaine Duhamel savourait son enrôlement. Jouer le scribe d'un éminent naturaliste était flatteur pour lui, et le dispensait surtout d'assister aux opérations de dissection. Il fit amener, à deux pas du champ opératoire, un petit bureau Mazarin et tout ce qu'il fallait pour conduire sa besogne : de l'encre, des plumes d'oie bien taillées pour les calligraphies larges ou fines, et de belles feuilles en papier de vélin sans vergeures ni pontuseaux, accommodées au dessin et à l'esquisse.

Le naturaliste commença ses observations par la tête, ou ce qu'il en restait. Toute trace de sang avait été effacée. Sauf dans les rigoles profondes de la chair où il stagnait encore, noir et coagulé. Armé d'une pince, Vivien prit soin d'ôter les cheveux qui s'étaient collés à la chair. Après en avoir relevé chaque mèche, il les sectionnait avec un scalpel. Bientôt, le front fut écuré jusqu'à l'occiput. Le champ dégagé, il redressa les lambeaux de la chair que la griffe de l'animal avait déchirée en quatre fragments réguliers, de l'os frontal aux maxillaires. Ainsi reconstitué, le visage de la petite Jeanne semblait reprendre forme humaine. Afin que les peaux et les muscles pussent tenir sur l'ossature, Lafontaine fit quelques points de suture.

— Voici une recomposition intéressante, dit-il comme pour attirer autour de lui l'assistance qui se tenait résolument éloignée.

Duhamel se crut obligé d'approcher.

— Regardez, capitaine, c'est instructif. Les griffes de l'animal, ou supposé tel, ont déchiré le visage de la fillette de l'os frontal au point mentonnier. Nous distinguons cinq blessures rectilignes. Cela est fort aisé à constater avec l'assemblage du zygomatique et du masséter.

Lafontaine mesura alors la profondeur des griffures, et nota qu'elles atteignaient trois lignes. Et bien plus encore dans les orifices auriculaires où les griffes de la bête avaient fait éclater l'os malaire. Duhamel retourna devant son écritoire et fit répéter au naturaliste tout ce qu'il avait constaté. Et il nota soigneusement, par cinq traits parallèles, l'emplacement des griffures.

— Notre bête malfaisante est nantie d'une patte de quatre pouces de largeur portant cinq griffes. Comme les cinq doigts de la main, s'esclaffa Vivien avec un air de triomphe. J'en déduis donc qu'il ne peut s'agir d'un loup. Car le loup ne possède que quatre doigts aux pattes.

— Le chien peut avoir cinq griffes, releva Duhamel, à supposer qu'il s'agisse d'un chien sauvage de fort belle constitution, pour que sa patte atteigne au moins quatre pouces de largeur.

— L'hypertélie des griffes n'existe pas chez les loups.

Nous pensons même que l'existence de ce cinquième doigt atrophié propre au chien est un signe de domestication.

— Un ours alors?

— L'ours possède en effet cinq griffes. Et cette blessure pourrait être l'œuvre d'un *ursus*, ajouta Lafontaine.

— Mais toutes les descriptions que nous avons collectées à ce jour contredisent cette hypothèse, dit Duhamel. La bête décrite détiendrait une longue queue alors que celle de l'ours est fort courte. Et le pelage? L'ours possède un pelage d'une seule couleur alors qu'on nous parle incessamment d'une raie dorsale.

— En tout cas, reprit le naturaliste, il nous faut écarter la famille des loups, des chiens sauvages et autres canidés.

Le naturaliste poursuivit son examen avec autant de soin qu'il avait mis à étudier le visage de la fillette. Une partie de l'épaule gauche avait été lacérée de même, à coups de griffes, et présentait cinq traînées évidentes jusqu'à l'abdomen. La bête s'était acharnée à dévorer l'un des seins et une partie du muscle pectoral. La blessure en cet endroit était si profonde qu'elle avait atteint le cœur. C'est du moins ce que dut constater le dissecteur avec l'éclatement des côtes. En installant les cuillères de son spéculum, et en faisant coulisser précautionneusement l'écarteur, Lafontaine trouva des artères sectionnées ainsi que la partie supérieure du cœur endommagée. Le naturaliste dut introduire quelques mèches de tissu pour éponger le sang qui avait tardé, en cet endroit, à coaguler.

— Notez, dit-il à Duhamel, que le tueur s'est acharné sur l'appareil cardiaque et a déchiré en profondeur les tissus à l'aide de fortes canines. Un loup eût pu perpétrer une telle déprédation, ou même toute espèce carnassière.

Tout de même, il s'agit d'un prédateur excité par le sang humain, c'est pourquoi il a creusé la chair en cet endroit, assuré d'y trouver ce qu'il cherchait en abondance. Sans doute est-ce par cette blessure que la fillette perdit la vie? Car la blessure au visage, aussi terrible qu'elle se présente, ne fut pas mortelle. Peut-être fut-elle assommée par la violence du coup de griffes, commotionnée, ce qui permit ensuite au tueur d'accomplir son forfait avec sa mâchoire. Le reste du corps n'offre que des blessures superficielles. Des griffures et des hématomes sur les jambes, dans le dos, aux bras. On pourra les dénombrer très exactement pour compléter notre étude, mais elles ne constituent pas des indices. Sans doute le tueur a-t-il traîné sa proie sur quelques mètres, afin de trouver un endroit tranquille pour se désaltérer de son sang et dévorer la mamelle gauche. Celle de droite présente quelques morsures étranges. Je n'ose trop me prononcer pour l'instant, et préfère garder mes soupçons. Il est vrai que cette fillette, qui doit approcher les quatorze ans, présente un développement mammaire assez avancé pour son âge.

Ayant achevé son ouvrage, le naturaliste recouvrit le corps de Jeanne d'un drap propre, en jetant un grand soupir. Le capitaine quitta aussitôt son écritoire pour lui apporter les notes et croquis qu'il avait tracés avec le maximum d'attention. Vivien les examina et parut satisfait.

— Dans une heure, nous rendrons le corps à la famille. Auparavant, nous lui banderons le visage avec une gaze afin que ses proches ne soient pas trop impressionnés par les blessures. De même pour la poitrine, que je vais recoudre et bander. Voilà, messieurs! fit-il en ôtant son tablier maculé de sang.

Duhamel insista pour que Lafontaine goûtât enfin son eau-de-vie. Cette fois, il n'osa refuser. Après avoir trinqué dans un silence sinistre, ils se retirèrent tous deux dans le petit cabinet où le capitaine avait installé son quartier général.

— Alors, monsieur le naturaliste, quelles sont vos conclusions? A supposer que vous en ayez à formuler. Moi, je suis déconcerté. Plus nous avançons dans cette affaire et plus elle s'obscurcit.

— Peut-être, capitaine, releva Lafontaine, êtes-vous en train de perdre vos certitudes selon lesquelles il ne pouvait s'agir que d'un loup.

— Vous ne m'avez pas convaincu. Certes, la blessure au visage de la petite Bonnefon est troublante, telle que vous l'avez décrite. Mais ne pourrait-il s'agir d'un loup hybridé avec quelque fauve?

— Ces croisements sont impossibles entre les espèces. Ce serait comme d'obtenir un produit entre un lion d'Afrique et un lycaon. Et plus singulièrement, entre une femme et un mâle orang-outan...

Duhamel se mit à rire. C'était l'exemple le plus séduisant qu'il lui eût été donné d'entendre, et il n'y avait jamais songé jusqu'alors. Et il se surprit à rêver à la chose, à cet étrange coït, et peut-être à la créature qui naîtrait ensuite d'un tel accouplement. Un grand singe à l'allure humaine, avec le visage plus affiné que les horribles gorilles qui peuplaient les vastes forêts équatoriales. Une sorte de nègre poilu, en somme. Duhamel n'était pas loin de penser que le nègre devait être le produit le plus achevé d'un tel croisement.

— La chose se peut concevoir. Le nègre n'est-il pas, tout compte fait, cela?

Lafontaine le fixa avec gravité.

— Mon Dieu! Que d'ignorance! L'homme noir appartient à notre espèce, l'*Homo sapiens*. Notre évolution sur la terre fut parallèle. Le nègre est avant tout un homme, tel que le Blanc ou le Jaune. Ce qui nous différencie est la pigmentation de la peau et quelques détails négligeables.

Le capitaine n'en croyait rien, puisqu'il avait toujours éprouvé au contact du Noir une sorte de répulsion, tant il se fiait, d'ordinaire, à son instinct primaire pour juger son voisin. Et un tel esprit n'avait jamais éprouvé le besoin de s'interroger sur l'évolution des espèces et la complexité du monde. L'apparence et l'a priori lui tenaient lieu de religion et de philosophie. C'était bien suffisant.

A sa moue dubitative, Lafontaine comprit que son voisin ne partageait pas ses opinions. « Mais comment lui en vouloir, se dit-il, dans une société aussi inégalitaire que la nôtre, où la pauvreté est une tare, l'indigence une maladie, le crétinisme une folie ? Une société avec une race supérieure, fondée sur les droits du sang et engendrée pour régner, pour perpétuer des princes et des nobles et, enfin, une race inférieure condamnée à la servitude, au servage et à l'asservissement... »

— Vous avez cité un exemple plaisant. Le croisement entre une femme blanche et un orang-outan... J'avoue que cette idée est séduisante.

— Mais, mon cher capitaine, la chose a été réalisée à Londres. Il se trouva qu'on offrit une fille publique payée pour cela à un orang-outan ou un Pongo, je ne sais plus, dans l'espoir de voir naître une race mitoyenne. Et, à ce qu'en rapporte monsieur Zimmermann, la conclusion ne laisse aucun doute. Un échec total. On ne vit point apparaître de cette copulation contre nature l'*Homo sylvestris* tant espéré et si abondamment rêvé par Fortunatus Licetus. Quoique parmi nos savants les plus distingués, il s'en trouve beaucoup pour croire ces balivernes, comme De Pauw ou Maupertuis. Il nous faut citer Aristote pour comprendre, enfin, que l'homme est unique : « Tous les animaux ont la tête en haut, relativement à leur corps; mais l'homme est le seul qui, dans sa perfection, ait cette partie en rapport avec l'axe du monde... »

Vivien Lafontaine consulta sa montre. L'heure était si avancée qu'il en fit la remarque au capitaine. Ce dernier semblait embué par les vapeurs d'alcool. C'était dans sa nature de boire plus que de raison aux heures oisives. L'officier s'ennuyait dans les Etats du désert du Gévaudan, s'ennuyait de n'avoir rien d'autre à faire que de commander des battues infructueuses, de dresser des rapports de chasse, et de se lamenter sur son impuissance. A côté, le naturaliste paraissait plutôt content de lui. Cela se voyait à la façon dont il croisait les mains, le corps épandu sur son siège, un sourire béat aux lèvres.

— Nous avons fait un grand pas, fit-il en se relevant soudainement de son fauteuil avant que le sommeil ne le prenne.

— Pour vous, ce ne peut être un loup, marmonna le capitaine. Mais pour moi, ce le sera! Je me contenterai d'offrir un beau spécimen au roi, quitte à l'arranger un peu pour lui donner une allure terrifiante.

— Comment cela?

— J'ai promis aux conseillers de Sa Majesté de leur adresser la fameuse bête avant le mois d'avril. On voudra l'exposer à Versailles, pour amuser la cour. Tous les poiloux et autres useurs de parquets y salueront mon exploit. Et, mon cher Lafontaine, c'en sera fini de la bête du Gévaudan.

— Et si les attaques meurtrières se poursuivent? Comment les justifierez-vous?

— Qui le saura? Nos seigneurs imposeront aux gazettes le silence. Monseigneur de Choiseul-Beaupré, évêque de Mende, tout autant que monsieur le comte d'Eu, gouverneur du Languedoc, ou que monsieur de

Morin, lieutenant-général des armées du roi, souhaite qu'on en finisse avec cette affaire d'une manière ou d'une autre. Trop de peur, de désordre, de ridicule nuit à l'autorité royale.

Lafontaine écoutait ces propos en se souvenant de ce que lui avait dit le juge maire. Ils corroboraient parfaitement la crainte de monsieur de Lourcières. Et il songea, non sans déplaisir, à l'instant de se quitter : « Nous pourrons compter sur notre bonhomme pour réveiller la rumeur si elle vient à s'assoupir. »

6

Où Vivien soupçonne, pour la première fois, l'existence d'un duo meutrier formé par l'homme et la bête sur les hauts du Gévaudan

Se pourrait-il qu'il y eût une connivence de sauvagerie et de crime entre l'homme et la bête ? Un terrible tandem menant la danse dans le Gévaudan ? Le naturaliste ne pouvait ôter ce soupçon de son esprit. Et il songeait continûment à ce qu'il avait entendu dans la bonne cité de Saint-Flour, au Coq hardi. Zacharie et sa louve ? Et l'étrange silence du jeune vacher, lorsqu'il avait demandé quelques explications... L'autopsie pratiquée sur la petite Jeanne Bonnefon ne laissait place à aucun doute : un animal, loup ou ours, avait peut-être frappé, mais on avait aussi trouvé trace de la main humaine. Un animal, tout aussi sauvage et meurtrier qu'il soit, se soucie-t-il d'attaquer en priorité les mamelles et la tête, plutôt que le ventre ou les cuisses, qui offrent une nourriture bien plus abondante ? Se préoccupe-t-il de défigurer sa proie ? De la vider de son sang par une blessure fort adroitement appliquée ? Mais il y avait encore plus troublant. Et le naturaliste avait omis d'en parler à Duhamel, qui eût été trop réjoui de l'entendre. Lors de l'examen, Vivien avait découvert sur l'emplacement de morsures peu importantes, emprisonnés dans les croûtes de sang, quelques poils longs, gris et blancs, de loup. On ne pouvait faire la confusion avec ceux d'un ours. Quant aux petites morsures qu'il avait trouvées sur le ventre de la victime, dans les parties tendres, un à deux pouces au-dessus du pubis, il avait noté qu'elles avaient été faites par une dentition humaine. Dès lors, l'association de l'homme et de la bête lui parut l'évidence même.

Le vent avait molli pour laisser place à un réchauffement propice aux précipitations neigeuses. Sans doute eût-il été préférable de demeurer à Saint-Chély, bien au chaud, dans la maison consulaire où monsieur de Lourcières offrait le gîte et le couvert, mais le naturaliste était trop impatient de reprendre son enquête. Et rien n'aurait pu l'en détourner, fût-ce la perspective d'une tempête de neige, comme on pouvait le craindre devant l'assombrissement du ciel sur les hauteurs de la Margeride.

— Savez-vous, mon bon maître, où nous allons ainsi, à l'aveugle ? se lamentait Anselme.

Il avait compris que le chemin menait vers les montagnes. Et au fur et à mesure que l'équipage avançait, avec ses charges de couvertures et de vivres, la neige se faisait épaisse et craquante sous les pas. Le naturaliste avait pris soin de compléter son expédition d'un troisième barbe pour supporter le fourniment de campagne, qui comprenait une provision de cartouches de poudre et de gros plombs, dont quelques lingots, ainsi que deux fusils et une carabine. Le capitaine Duhamel avait supervisé cet équipement. Selon lui, il y avait plus à craindre de l'attaque d'une meute de loups que de la malbête. « Si vous bivouaquez, prenez soin d'allumer un feu et de l'entretenir la nuit durant, et de choisir un endroit fort dégagé », avait-il conseillé avant de donner une claque vigoureuse sur la croupe du troisième cheval, un vigoureux mâle dressé à l'escorte.

Vivien Lafontaine avait choisi de ne pas répondre à son serviteur, reprenant le masque impénétrable qui avait présidé à leur long périple de Paris au Gévaudan. Le maître éprouvait du courroux à l'égard d'Anselme de ne trouver à cette aventure aucun attrait et de ne songer qu'à son petit confort. Pour un peu, il l'eût volontiers abandonné à Saint-Chély, entre les mains du capitaine. Mais il y avait un principe simple auquel on ne pouvait déroger sans apparaître d'une coupable faiblesse : les cinquante pistoles au journal allouées méritaient obéissance.

Au moment de se désaltérer de neige fondue, Anselme décida de consulter la carte. Puisqu'on ne voulait apporter réponse à ses questions, il s'entêtait à visiter les fontes de son maître. Lafontaine le laissa faire, sans commentaires. Il avait décidé de se murer dans un mutisme complet. Cet état silencieux était salutaire à son esprit. Sans repos, il était accaparé par son affaire, et aucune considération matérielle ne trouvait grâce à ses yeux, fût-ce la soif, la faim ou la crainte de l'inconnu. Le bonhomme situa assez bien le chemin emprunté, et mesura à vue d'œil la distance parcourue.

— Nous allons à Grèzes, n'est-ce pas?

Lafontaine hocha la tête.

— Ce village me semble dépourvu de commodités, poursuivit Anselme sur un ton de mauvaise humeur. Est-il nécessaire de s'éloigner de Saint-Chély, puisque la bête y vient commettre ses forfaits? Le trouvez-vous? A croire qu'elle a pris le parti de nous narguer. Sans doute aura-t-elle compris qu'un distingué savant est venu engager avec elle un duel, et la voici fidèle au rendez-vous...

Anselme laissa courir un long silence. Son maître était

adossé à son cheval et fixait la montagne devant lui, dans son jus laiteux.

— Mais je sais où nous allons, mon bon maître, je ne suis pas tombé de la dernière pluie. Et cette perspective m'angoisse, comme elle doit aussi vous angoisser, sinon, grand Dieu, il n'y aurait rien d'humain en vous.

Le serviteur prit une poignée de neige et se frictionna énergiquement le visage. Ainsi voulait-il éteindre le feu qui échauffait sa figure. Ainsi la nature l'avait-elle fait, petit, trapu, rougeaud. « Trop de sang en moi », avait-il coutume de dire, alors que son maître était d'une nature inverse, grand et mince, le teint pâle. Même une forte rasade d'eau-de-vie n'arrivait pas à lui chauffer les oreilles.

— Zacharie et sa louve, ajouta-t-il, presque dans un murmure. Voilà notre quête. Car vous soupçonnez, mon bon maître, que l'étrange duo pourrait être la malbête? Et nous irons là-haut courir après lui, vers le Montchauvet, à moins qu'il ne s'agisse du mont Mouchet. Voyez? Je suis aussi perspicace que vous...

En approchant des premières masures de Grèzes, Lafontaine et Hilaire surprirent les troupeaux qui se désaltéraient dans la Seuge. Un clédal séparait les vaches des brebis, sur lequel des gamins s'étaient juchés. A la patte-d'oie, un paysan veillait, un chapeau noir de berger sur la tête. Il tenait une carabine, le canon appuyé dans la saignée du coude. Son regard noir suivait chaque mouvement des cavaliers, sans trop se soucier des enfants qui menaient les troupeaux. C'était devenu un rite, la surveillance des petits paysans par un membre du village, à tour de rôle, dans la crainte que la bête vînt à attaquer. Mais cela était désormais prouvé, elle ne se risquait jamais à portée de fusil, et craignait tout autant les cornes des taureaux et des vaches.

Lafontaine fit presser sa monture d'un coup d'éperon pour gagner le haut du chemin avant que les bêtes ne s'en retournassent dans leur étable. Dans l'Aubrac, elles avaient la réputation d'être sauvages, fort agressives contre tout ce qui paraissait devoir les menacer, les loups, les sangliers, mais aussi les chevaux. Le bonhomme siffla ses deux chiens pour qu'ils vinssent à ses pieds, docilement.

— Je me nomme Lafontaine, cria Vivien dans le vent qui s'était levé depuis une bonne heure déjà. Et je cherche un logis pour mon compagnon et moi.

Il accompagna sa proposition d'une bourse tendue.

— Je paye dix pistoles la nuit.

Le paysan fixa la bourse qu'on lui proposait, ébahi. Puis il se retint avant de répondre, par prudence. Lafontaine avait plutôt l'allure d'un gentilhomme et cette apparence n'était pas des plus favorables. « Pourquoi un jeune bourgeois viendrait-il loger dans mon humble demeure ? » se demandait le vacher. Les paladins avaient l'habitude d'agir à leur aise avec les manants, en les obligeant à ouvrir leurs portes et à entamer leurs réserves de nourriture. Son observation se tourna vers le second visiteur ; avec son allure de serviteur bonhomme, il lui parut plus rassurant.

Le bouvier abaissa son fusil dont le chien n'était pas relevé. Et, machinalement, il ôta son chapeau, révélant une chevelure noire et graisseuse. « Quelle face de putois ! » se dit Anselme en le dévisageant. Et déjà, il éprouvait de la répulsion à devoir partager l'intimité d'un tel individu, rustre et butor. Mais telle n'était pourtant pas l'opinion de Vivien, qui trouvait le paysan plutôt accort. Il lui avait suffi qu'il abaissât son arme et qu'il se décoiffât pour le rassurer. « Tout autre se serait jeté sur ma bourse sans réfléchir », pensa-t-il.

— Quel vent vous amène ? demanda le paysan.

Sa cape de grosse toile bistre était nouée par une cordelette au ras de son cou et lui tombait sur l'échine. Le vent en s'engouffrant dans l'ouverture la gonflait par intermittence, comme une voile. C'était un étrange spectacle que cet homme dressé sur son chemin de terre devant les cavaliers qui le dominaient d'une demi-toise. Pourtant, il paraissait grand et fort, ainsi planté sur sa glaise noire, avec son visage buriné par le froid, son regard noir d'aigle.

— Comment vous nommez-vous, mon brave ? questionna Lafontaine.

L'homme hésita à répondre. Il tenait sa prudence de ses ancêtres, car ils n'avaient pas manqué, les aventuriers de tout crin à arpenter ses montagnes, semant terreur et désolation sous le pas de leurs chevaux, au temps des invasions barbares, des querelles féodales et des guerres de religion.

Vivien l'observait sans désemparer, guettant sa réponse. Sinon, autant passer son chemin.

— Martial Valet, dit-il. Ma ferme est en haut.

Et il montra une longue bâtisse enfermée derrière un muret de pierres sèches.

— Avez-vous la place de nous loger ? insista Lafontaine. Et de quoi nous nourrir ?

L'homme hocha la tête.

— Va pour les dix pistoles, dit-il. Le coucher et le manger.

Tandis que le troupeau de vaches remontait lentement le chemin, dans les aboiements des chiens qui allaient et venaient d'un bord à l'autre, en pinçant quelques jarrets pour faire activer la manœuvre, les deux visiteurs déportèrent leurs montures à l'écart. Les bovins rendaient les chevaux nerveux, et Anselme n'était pas des plus heureux à contenir sa jument. Un sourire de connivence se dessina entre le paysan et Lafontaine.

— D'où venez-vous par ce temps de loup? demanda Valet.

— Saint-Chély, dit Vivien.

L'homme avait rajusté sa cape pour n'offrir aucune prise au vent. Et il marchait d'un pas large à côté du cheval de Lafontaine, la carabine passée à l'épaule, le canon vers le sol.

— On se déplace plus sans ça, fit-il avec un air navré. A cause de la malbête. C'est pas que j'aie peur. Bon Dieu, non. Les loups, ça m'a jamais empêché de courir la Margeride. Mais c'est surtout à cause des gamins. Y en a quelques-uns qui ont été attrapés, fit-il. Et depuis, on craint pour les siens.

— Ils sont à vous? demanda Lafontaine en montrant deux petits qui couraient derrière les vaches avec des bâtons.

— Oui, fit-il. C'est mon Pierre. Et là, ma petite Francette. De rudes enfants. Ça nous fera des paysans solides, dit-il fièrement, si Dieu le veut.

Marie Valet était occupée à son brouet, dans l'âtre immense qui tenait un côté de la cuisine, lorsque les hommes entrèrent. Le bouvier prit sa femme à part et l'entraîna vers la bergerie qui était contiguë à la pièce commune. Une simple cloison de torchis séparait les deux pièces. Le maître des lieux revint au bout de quelques minutes.

— Nous vous logerons dans le grenier du dessus. C'est tout ce que nous pouvons faire. Mais vous n'aurez pas froid, en couchant contre le bâti de la cheminée.

La fermière était une petite brunette au sourire jovial.

Lafontaine trouva même qu'elle était bien jeune, malgré les cicatrices laissées par la rudesse de la vie à la campagne, sur les hauteurs désolées de l'Aubrac. Une tout autre existence l'eût maintenue sans doute à son avantage, mais elle n'avait aucune raison de s'en plaindre, puisqu'elle ne connaissait rien d'autre de la vie que traire les vaches et les brebis, faire provision de foin et de bois, semer et récolter le blé noir, affiner les fromages. Vivien l'observait, ému, le regard triste. Ce n'était pas de la compassion, puisqu'il ne possédait au fond de l'âme aucune affectation religieuse, mais plutôt un sentiment de révolte.

Et cette impression le gagna de nouveau au moment de s'asseoir à table, devant la soupe de gruau. La soirée chez les Morangiès lui revint en mémoire, avec ses défilés de plats, ses vins capiteux, et les visages délicats de Labarthe et du fils Valcœur, les traits fins de Juliette, grimés de poudre de céruse, de vermillon et d'huile d'amande. Entre la richesse insolente et la pauvreté digne, il éprouvait le même malaise, lui qui vouait tout à la science et au savoir, doutant parfois qu'ils pussent un jour triompher de la fatalité. Mais pour l'heure, Vivien Lafontaine avait choisi d'entrer dans le cercle intime d'un paysan de la Margeride, de s'y fondre corps et âme. « Sans doute apprendrai-je plus ici que dans les salons de monsieur de Molette ? Du reste, la malbête ne se trompe point d'appâts, puisqu'elle préfère le sang des pauvres à celui des aristocrates... »

Marie avalait en silence, le visage fermé, surveillant ses enfants du coin de l'œil pour qu'ils n'élevassent point la voix. Le père offrait la même mine hautaine et fière que Lafontaine avait eu tout loisir d'observer près de la Seuge. « Ce bouvier est souverain en son domaine, songea Vivien. Comme les seigneurs d'autrefois, à qui la course des jours, la prière et le dévouement aux nobles causes de chevalerie tenaient lieu de bonheur sur la terre. Les titres, les fortunes, les champarts, les dîmes et les lois ont formé des classes ennemies, fomenté les injustices, encensé les haines, partagé le royaume en son cœur même, que nulle haute sagesse ne pourrait réconcilier. La société a voulu reproduire la nature ou tirer de son exemple des justifications morales, en faisant de l'homme un prédateur ou un gibier, selon sa puissance ou sa disgrâce. Les cours, les clans, les coteries vivent en meutes, ainsi que les loups, harcelant leurs proies favorites jusque dans le sein de la terre nourricière, dont Dieu voulut faire un jardin d'Eden. Le soleil ne se lève-t-il point pour tout le monde? Et le sang qui coule dans nos veines n'est-il pas de la même essence? Je tiens donc l'homme pour responsable des injustices qu'il perpétue à son profit, et si son esprit le prédispose à la violence, à la prédation et au crime, c'est que sa raison s'en accommode et qu'il trouve, par-delà le mal, une grâce. »

Dominé par ses pensées, Vivien avalait machinalement son brouet, sans même s'apercevoir qu'il avait un goût d'avoine brûlée. Anselme, lui, rechignait à la besogne, guettant du coin de l'œil les fromages que Marie Valet avait posés sur le coin de la table. Il espérait fort se rattraper sur eux à la première occasion. Le paysan s'essuya les moustaches d'un revers de manche, et se mit à observer ses pensionnaires. Il s'amusa de l'embarras d'Anselme, qui tenait son écuelle à distance afin de n'être pas dérangé par son fumet malodorant.

— Ça ne vous plaît guère? questionna-t-il. Pourtant, mon ami, c'est notre lot quotidien.

Le serviteur voulut s'en excuser, mais après quelques bredouillements, renonça. Il était visible que Valet s'en fichait, d'autant que le gentilhomme, lui, n'avait montré aucune hésitation.

— Nos domestiques sont devenus difficiles, dit Vivien railleur. Il leur faut un rôt chaque midi, fort bien arrosé.

— Est-ce ainsi que l'on vit chez les gens de Paris? questionna Marie.

— Même chez nos seigneurs du Gévaudan, ajouta Lafontaine.

Le paysan hochait la tête. Il n'y avait rien qui pût désespérer cet homme-là, rompu à la servitude, payant ses corvées sans rechigner. Les contrôleurs lui prenaient quelques brebis sans qu'il en éprouvât la moindre humeur. C'était ainsi depuis la nuit des temps, avec les seigneurs. Et il n'osait même pas en cacher quelques-unes, comme on faisait, paraît-il, dans les Cévennes. Là-bas, les bergers avaient l'âme rebelle. Des orgueilleux, qui n'adoraient pas le même Dieu.

— Vous avez été reçu par les Morangiès? demanda Marie.

Vivien baissa la tête. Il éprouvait de la honte à devoir répondre à une telle question.

— Le rôt tout le jour sur la table, avec des fruits que l'on fait venir d'Espagne, expliqua Anselme, les yeux brillants.

— Je t'en prie, animal! interrompit le naturaliste. Nos hôtes nous font l'honneur de partager leur table, et cela est un grand plaisir pour nous, ajouta-t-il, le regard mouillé.

Le petit Pierre et sa sœur cadette écoutaient sagement. Avant de commencer le repas, Marie leur avait fait dire une prière approximative, et c'était tout. Un charabia informe auquel les malheureux enfants ne comprenaient sans doute rien, mais qui tenait lieu de rite.

— Nos maîtres sont justes et bons, dit Martial Valet.

Après Dieu, Jésus et les saints apôtres, il y avait les seigneurs et leurs curés. Chacun avait sa place dans leurs prières. Et le père et la mère ne pouvaient imaginer qu'ils pussent être mauvais. Même tout simplement indifférents à leur sort. A la messe, le curé Vachères avait brandi les méfaits de la bête comme un avertissement divin. Et chacun, dans la petite église de Grèzes, avait regardé ses enfants avec la peur au ventre. « S'il leur arrive quelque chose, ce sera donc ma faute ! » se disaient-ils. Et depuis, Martial montait la garde aux alentours de sa ferme pour éloigner la punition divine, comme tous les autres paysans qui interdisaient à leur progéniture de s'attarder dans les chemins creux, ou de musarder à l'orée des bois.

— Oh ! releva Lafontaine perfidement, monsieur de Morangiès ne se soucie guère du sort de ses sujets.

Puis il attendit les réactions sur les visages. Mais rien ne sembla en affecter les traits, nulle surprise, nul courroux. Le silence, seulement, porté par le vent. Le naturaliste précisa sa pensée dans la crainte de n'avoir pas été compris.

— Sans doute ont-ils autre chose à penser qu'à nos misérables carcasses, dit Martial d'une voix molle.

— Pourtant, vous êtes leur fortune, la richesse de leurs terres. Que vaudraient-elles sans vous ? Sans votre labeur ?

— C'est un bonheur, monsieur, que nos maîtres nous autorisent à la travailler, dit Marie. Et nous leur en sommes reconnaissants. A quoi nous servirait un tel orgueil ? Ce serait un péché, monsieur. Un grand péché.

— De quelle sorte d'orgueil parlez-vous ? interrogea Vivien.

Marie et Martial se regardèrent, en silence, tandis qu'Anselme poussait son écuelle vers les enfants pour qu'ils pussent se partager son brouet, dont le fumet l'avait tellement incommodé.

— Vous voulez dire qu'il serait pour vous un péché de disputer au maître le fruit de votre labeur ?

Martial dressa alors, sous la lampe à huile du plafond, son beau visage buriné, taillé à la serpe. Il coulait dans son regard une étrange sérénité.

— Nous ne sommes point comme nos voisins des Cévennes, des croquants acharnés. A quoi leur a-t-elle servi, leur belle révolte ? A voir leurs villages rasés, leurs familles dispersées... Cela me déplaît fort, leurs messes nocturnes au cœur des forêts. On nous a donné un curé. Cela nous convient, monsieur, puisqu'il parle au nom du Dieu qui nous voit et nous juge.

Marie partagea un gros fromage de chèvre et le pain. C'était une vieille tourte rassie à la farine de sarrasin. Il leur fallait attendre la belle saison pour en agrémenter le goût avec de jeunes aulx qu'ils parvenaient à faire pousser dans un jardinet, aussi étroit qu'un enclos, protégé par ses murs de pierres sèches. Elle tira de la tourte cinq tranches fines et régulières à la force du poignet. La lame du couteau, aussi aiguisée qu'elle pût l'être sur la pierre de lave, peinait à trancher la croûte racornie. Elle les distribua aux invités d'abord, puis aux enfants. Et elle récupéra promptement les miettes sur la table, que la petite Francette vint lécher au creux de sa main. Lafontaine comprit non sans surprise que cette offrande était un privilège accordé à sa cadette.

Les enfants couchés, chacun se rapprocha de la cheminée où Martial avait réservé une grosse bûche de frêne. Le vent, en s'engouffrant dans le conduit, par ses coups de boutoir successifs, perturbait le tirage. Aussi la fumée picotait-elle les yeux. Seuls Lafontaine et Hilaire en étaient affectés, tandis que leurs hôtes étaient accoutumés au désagrément. Au contraire, cela contribuait à sécher et à affiner le goût des saucisses et jambons pendus dans le conduit, pour les jours de fêtes grasses. A la longue, les murs de pierre, les cloisons de torchis, les poutres et les planches des plafonds avaient été patinés par le noir de fumée, au point que la pièce n'était plus qu'un prolongement naturel de l'âtre. L'odeur de suie avait gagné l'atmosphère, la même odeur que l'on retrouvait jusque dans les soupes, les fromages et le pain.

Anselme s'était rencogné à l'écart de l'âtre pour échapper aux turbulences, sur un petit siège en bois de châtaignier. Il avait ramené son chapeau sur son visage et faisait semblant de somnoler. Le vent sifflant au-dehors lui glaçait les os. Il n'avait plus qu'une envie, c'était de gagner sa couche au plus vite, et tirer des fontes de son manteau la fiole d'eau-de-vie achetée à Clermont.

Pour mériter enfin ce modeste confort, il eût fallu que son maître en donnât le signal. Toute initiative qui ne fût acquiescée par Lafontaine lui semblait interdite. C'était une règle qu'il s'était imposée par décence pour celui qui lui allouait cinquante pistoles par jour. Au reste, son patron n'était pas le plus mauvais des employeurs qu'il avait eu l'honneur de servir dans sa vie. Certes, un brin oublieux à l'endroit des promesses, comme tous les maîtres qui se respectent... Où étaient-ils donc les repas pantagruéliques, les filles de joie, promis et jamais donnés ?

Lafontaine, les mains croisées sur la poitrine, ne cessait d'intriguer son hôte. Valet avait risqué quelques questions, demeurées sans réponse. Après tout, il ne se sentait pas le droit de l'interroger encore, dès lors que l'étranger avait délié sa bourse et s'était montré plus généreux que de raison. Après quelques bâillements, Marie se retira en saluant les visiteurs. Martial pensait sans doute que c'était à cause d'elle que le gentilhomme rechignait à se déboutonner. Et à peine eut-elle gagné la remise où ils dormaient, au-dessus de la bergerie, à l'étroit sous les combles, que Valet quitta son banc. Il n'avait pas l'intention de traîner longtemps dans le mutisme qui s'était imposé entre eux. Et ne se résolvait pas non plus à dormir sans en savoir plus.

Le naturaliste se leva aussi pour prendre son manteau qu'il avait accroché derrière la porte. Le feu déclinant dans la cheminée, le froid recommençait à sourdre des mille interstices de la masure.

— Je vous dois, monsieur, quelques explications, dit-il.

Le bouvier gardait la tête baissée vers le sol de terre battue.

— Qu'auriez-vous à me dire? fit-il. Je ne suis pas curieux de nature. Tant de gens traversent nos contrées pour des destinations secrètes. Il est vrai qu'on ne s'y attarde guère. Ici, les affaires sont rares. Les gens peu plaisants, tout occupés à leur besogne.

Vivien l'observait avec agacement. « Pourquoi tant de paroles inutiles? pensait-il. Comme s'il voulait me contenir dans le secret. »

— A la différence des autres voyageurs, je compte m'attarder dans la Margeride.

Les gros sourcils broussailleux se froncèrent sur un regard noir.

— Tant qu'il vous plaira, monsieur...?

— J'ai entrepris des recherches sur la bête du Gévaudan, à la demande de certains seigneurs.

Martial Valet le fixait, incrédule.

— Seriez-vous chasseur, vous aussi? Je ne vois point d'armes ni de chiens. Comptez-vous l'amadouer par quelque sortilège?

Lafontaine éclata de rire.

— Mon art consiste à étudier cet animal prodigieux pour en tirer un portrait.

— Croyez-vous, monsieur, qu'il se laissera observer? Certains disent l'avoir vu de si près qu'ils ne parviennent à le décrire tant la terreur les a gagnés. Moi, je ne l'ai jamais croisé, pour tout dire. Jamais. Mais j'ai vu ses victimes. Et chaque fois, ce fut une rude épreuve.

Lafontaine hochait la tête, se félicitant déjà de la bonne fortune qui l'avait placé sur le chemin de ce Martial Valet, pétri de bon sens.

— Il est des indices qui ne trompent pas un homme de science. La bête court, certes, mais elle sème derrière elle mille signes que je viens étudier. S'agirait-il d'un loup? ajouta Vivien. Rien ne le prouve. D'un ours? Encore moins. Alors, de quoi retourne-t-il?

— Un animal surnaturel... avança le bouvier. Une créature maléfique...

— Le croyez-vous vraiment?

— Oh! mon bon monsieur. Tout au plus, vous dis-je, ce que j'entends, par-ci par-là.

Les bourrasques de vent reprirent, faisant claquer les lauzes de granit sur la toiture. C'était une musique dont il faudrait s'accommoder, peu à peu, jusque dans le sommeil. Mais Vivien Lafontaine ne se sentait guère le besoin de dormir. Au contraire, tant d'impatience bouillait en lui qu'il eût voulu reprendre le chemin des montagnes au plus vite. Mais il eût été déraisonnable de s'aventurer dans la nuit glacée et noire, par des sentes incertaines, croisant tourbières et ruisseaux.

— Avez-vous entendu parler d'un ermite nommé Zacharie ? Un étrange bonhomme solitaire perdu dans ses montagnes avec, pour toute compagnie, une louve ?

Martial ne répondit pas, le regard tourné vers le sol. Il se passa un long silence, perturbé par les coups de vent. Vivien voulut insister, mais renonça. La question, pourtant, était des plus intelligibles. Il n'était qu'à voir le trouble qu'elle avait semé dans l'esprit de son hôte.

— Je suis prêt à vous payer grassement pour que vous nous meniez à ce Zacharie, ajouta-t-il.

Dans son recoin, Anselme tremblait de froid ou d'angoisse, à l'idée de devoir suivre son maître dans cette folie. « Mon sommeil en sera gâché, à coup sûr, se dit-il. Toute la nuit, ce Zacharie hantera mes rêves. Mon Dieu, qu'ai-je fait pour mériter une telle épreuve ? La compagnie d'un naturaliste n'est point de tout repos. Et si j'en reviens, qui me croira ? La neige, le froid, le vent, les tempêtes, les loups, les cadavres, maintenant les démons... Que n'inventera-t-il pas, ce misérable pays, pour me gâter la vie ? »

— Zacharie est au mont Mouchet, révéla Martial.

— Oui, ajouta Lafontaine. Je le savais. Mais la contrée est vaste.

— Ce meneu'd'loups ne se laisse point approcher, dit Martial.

— Pourquoi ?

— Chaque fois que, d'aventure, il m'est arrivé de l'approcher, tout aussitôt il s'est évanoui dans ses forêts qu'il connaît si bien. Et sa louve est une fière bête que je ne me risquerais pas à braver.

— Cela est peu commun, dit Vivien. Les loups ne se laissent pas apprivoiser. Il n'est animal plus sauvage, plus rusé que ceux-ci. Et le prodige mérite quelques explications. Je veux connaître l'histoire de Zacharie qui apprivoisa une louve.

Martial Valet hésitait à se décider. Une bourse bien pleine, pourtant, était tentante. Il pouvait gagner en quelques jours de quoi nourrir sa famille des mois durant sans verser une goutte de sueur.

— Je ne vous promets rien, bredouilla-t-il.

— Quoi donc ?

— Nous irons au mont Mouchet. Quelque part entre Paulhac et Auvers. Rien de plus facile. Si ce n'est la neige qui, en cette saison, est si abondante qu'elle dissimule chemins et repères. Et la brouée tombe avant qu'on ait eu le temps de s'organiser. Alors, il faut y préparer un bivouac de fortune. Et prendre patience jusqu'à ce que le brouillard s'efface. Toute hâte est mauvaise conseillère. On s'y perd aisément, cela est arrivé, déjà, à nombre de colporteurs. Sans compter ceux qui furent attaqués par une meute de loups affamés.

Lafontaine écoutait distraitement, assuré dans son for intérieur que le bonhomme ajoutait ces terrifiants détails pour faire monter le prix de son engagement.

— Si je pouvais m'y rendre seul, croyez-vous que je m'adjoindrais votre concours ? ajouta Vivien.

— Je vois que monsieur est bien téméraire. Et une telle promenade mérite quelque avertissement. Quant à approcher avec vous ce Zacharie, n'y comptez point, monsieur. Oh non ! Je garderai mes distances avec le sauvage. On peut prévoir les réactions d'un animal féroce, s'en prémunir, mais un fou de cette sorte, cela dépasse l'entendement.

Le ton soudain craintif du bouvier tranchait singulièrement avec sa haute physionomie, qui dégageait une mâle assurance. Aussi le naturaliste ne prit-il guère ces réserves au sérieux. Elles lui paraissaient, une fois encore, dictées par le gain.

— Cinquante pistoles par jour, annonça Lafontaine pour couper court à la conversation. Cela vous convient-il?

— Oh monsieur, c'est une bien coquette somme...

— Ainsi ne t'entendrai-je plus gémir...

Un sourire s'attarda sur le visage d'Hilaire. « Voici qu'il le tutoie, désormais, comme s'il le connaissait depuis toujours. D'où lui vient-elle donc cette hardiesse, qui tranche avec une si noble éducation? Il suffit qu'un marché soit conclu. Et tout est différent. Le bouvier est déjà son obligé. Et il ne tardera pas à lui faire des remontrances. »

— Maintenant, allons dormir, ordonna Lafontaine en tapant dans ses mains.

Anselme ne se fit pas prier. Déjà, il avait jeté sur ses épaules sa lourde pelisse de fourrure, et escaladait la petite échelle conduisant à l'étage. Martial hésitait à quitter la cuisine.

— Qu'as-tu donc? Tu crains que je ne respecte pas ma parole?

— Quand partirons-nous? s'inquiéta Valet.

— Dès le jour.

— Mais il faut que je prépare mes bêtes...

Vivien ne lui laissa pas le temps de discuter. Déjà, il avait gagné la soupente. Un endroit si exigu, en vérité, sous le toit, qu'on ne pouvait s'y mouvoir qu'à quatre pattes. L'air froid tombait sur le visage, dans le tintamarre des lauzes jouant des castagnettes. De bonne grâce, le naturaliste autorisa son serviteur à coucher près du conduit de la cheminée. La pierre était tiède et son contact à même le dos apportait un peu de confort. Vivien se roula dans son manteau et se rencogna comme il put sous les étais de la charpente. Un vieux sac de jute rembourré de foin obturait la lucarne.

— Ça ne vaut pas le château de monsieur de Morangiès, se plaignit Anselme.

Le serviteur avala quelques goulées d'eau-de-vie pour se réchauffer. Puis il tendit sa fiole à Vivien qui la refusa d'un geste énergique.

— Est-ce aux messageries de l'île Saint-Louis que tu as appris à boire ?

Anselme ricana doucement. Et se resservit, pour montrer à son maître qu'il était aussi capable de lui tenir tête.

— Je ne répondrai pas à votre question. J'en mesure la perfidie, mon bon maître.

— A moins que tu n'aies assidûment fréquenté, et je le croirais volontiers, les cabarets des Halles. La Belle Suzon, cela ne te dit rien ?

— Comment savez-vous cela, mon bon maître ? Il n'est pas d'endroit pire que celui-ci...

— Oh, je t'en prie, Anselme. Ne fais pas le dégoûté. Tu y as troussé le jupon.

— De viles ribaudes ! jura le serviteur. Des catins mal embouchées...

— La vie de cocher, quoi.

— Nous avons cette réputation. Mais comme toutes les réputations...

— N'est-ce point là que je t'ai tiré des griffes d'un Grison, rapière à la main ?

Anselme se retourna sur sa couche de fortune, le nez contre le bâti de la cheminée. Mieux valait encore respirer la poussière de suie que subir les ricanements du sieur Lafontaine.

— J'ai perdu ma première femme, ma chère Ninon. Et depuis, que voulez-vous, j'en demeure aussi inconsolable qu'un...

— Qu'un ramier, acheva Vivien.

Le serviteur ne prisa guère l'allusion, bien qu'il soit connu, même d'un petit cocher, qu'il n'est plus fidèle dans la nature qu'un couple de pigeons, jusqu'à la mort. A la vérité, il avait trop de peine. Comme chaque fois que lui revenait à l'esprit sa Ninon, à l'instant de sombrer dans le sommeil. La peste l'avait emportée à Marseille, au temps où il travaillait sur le port au déchargement des galions faisant commerce avec le Levant, où s'entassaient tapis, soies, mousselines, toiles peintes, laques, peaux, riz, blé et vins de Chypre.

— Mon bon maître, même les pauvres éprouvent du chagrin.

— Bien entendu, se défendit Lafontaine, tout occupé à installer ses sacoches sous sa nuque pour en faire un traversin.

— Je croyais que vous me déniiez ce sentiment...

— J'ai toujours considéré que les pauvres possèdent une dignité à laquelle les riches n'accéderont jamais.

A mi-journée, la neige reprit de plus belle. Drue et poudreuse, elle s'entêta sans discontinuer, emplissant les chemins, faisant ployer les branches des sapins, et effaçant peu à peu les reliefs des montagnes. Les chevaux peinaient à se frayer un passage dans l'épaisse couverture blanche. Et pour rassurer leurs montures, les cavaliers marchaient à côté en leur tenant la bride. Ainsi escaladèrent-ils le flanc nord du Montchauvet, en suivant fidèlement la route marquée par des murets. En certains endroits, plus découverts, là où la neige était amassée par le vent, Martial Valet avait la plus grande difficulté à retrouver les passages empierrés. Il craignait de se laisser embarquer dans les terres noires imbibées d'eau, dans les tourbières profondes que la neige masquait.

L'équipée décida de prendre un peu de repos, maintenant que les forêts de Servières étaient à portée de regard. De l'avis même du bouvier, la route serait plus aisée sous les frondaisons des grands épicéas. Anselme fit circuler sa fiole de gnôle. Même le naturaliste en prit une lampée. Martial en profita pour examiner les chevaux, les jambes surtout qui avaient à souffrir dans de telles conditions de marche.

— Ce sont de rudes bêtes, confia Vivien, habituées à souffrir.

— D'où viennent-elles ? s'inquiéta Valet.

— C'est Duhamel qui me les a confiées. Le capitaine des dragons.

Martial Valet ricana.

— L'ordonnateur des grandes battues, dit-il.

Et il tira des fontes de sa selle un travers de poitrine fumée. C'était du sanglier. De ceux qu'il allait tirer à l'automne à Font du Grifou, d'un affût dont il avait le secret. Avec son couteau de chasse, il trancha trois parts égales dans la longueur, coupant net les petits cartilages blancs, si agréables à mâcher pour atténuer la faim.

— C'est bien trop salé, cette affaire-là, dit Anselme que rien, décidément, ne pouvait combler.

— Au moins, on ne manquera pas d'eau pour étancher la soif, répliqua Martial.

Les hommes se mirent à mastiquer leurs travers de sanglier avec gourmandise. Ils ne s'étaient guère chargés en nourriture. Un peu de viande séchée et quelques fruits secs, des noix, des châtaignes, des nèfles.

— Alors, tu connais Duhamel ? questionna le naturaliste.

Le bouvier était occupé à apaiser sa faim, le regard tourné vers le plateau de la Poutarelle. Ce chemin, il l'avait parcouru bien des fois, avec ses charrois de bois à l'automne. En accord avec les Monclar, il possédait quelques droits d'essartage dans la montagne, un tiers pour lui, deux tiers pour le seigneur. C'était la règle en usage. Ce labeur lui apportait assez de provisions pour l'hiver, en vieux frênes et hêtres, et de quoi entretenir ses clôtures dans les petites coupes des bordures de chemin, là où son droit d'essartage se limitait à soixante pieds.

— Tu ne veux pas répondre? insista Lafontaine. Que crains-tu?

— J'ai appris à me taire, à mes dépens, dit le bonhomme.

— Pourtant, tu peux me parler en toute tranquillité.

— Cela est l'affaire de nos maîtres, dit-il énigmatique. Tout ce que je sais, c'est que la bête court encore, malgré les grandes manœuvres.

— Ça! s'exclama Vivien. Tu peux le dire.

— Duhamel commanda jusqu'à dix mille de nos gens. Nous fûmes tous mobilisés, à courir des jours entiers derrière les meutes de chiens, guettant le travail des limiers. On massacra des centaines de loups.

— Des centaines de loups? Tu exagères!

— J'en vis des montagnes brûler, vous dis-je, monsieur. De belles meutes, toutes massacrées. Mais qui s'en plaindra? Il n'est pas beaucoup de nos gens, grand Dieu, qui prisent cette engeance.

Lafontaine avait du mal à croire un tel récit et il se demandait si le bouvier n'exagérait pas l'affaire. La neige et le vent regagnèrent de la vigueur dans un endroit de la montagne fort exposé. Et chacun comprit qu'il ne fallait tarder plus longtemps, au risque de refroidir les chevaux.

— Sans compter, ajouta Valet, nos gens qui tombaient de fatigue et de faim. Tandis que nos maîtres banquetaient avec les provisions amenées par leurs domestiques, les soldats de monsieur Duhamel nous faisaient ratisser les collines, sans se soucier de notre sort. Il a fallu que nos curés s'en mêlent pour arrêter les manœuvres. Car ils furent en tous points compatissants devant notre fatigue. Et l'un d'eux, l'abbé Vachères de Saint-Chély, prêcha même qu'il ne servirait à rien de courir de la sorte par monts et par vaux, que la bête maléfique étant l'œuvre du diable aucun de nos plombs ne parviendrait à la terrasser. Alors, le saint homme proposa qu'on s'en revienne dans nos églises, jurant que nos prières seraient plus efficaces que les battues.

— Tu le crois, Martial, que les prières suffiront à détruire la bête ?

L'homme ne répondit pas.

— La fillette que j'ai examinée, ajouta Lafontaine, ne portait pas sur le corps les traces d'un sortilège. Tu peux me croire.

— Je crois que l'abbé Vachères a trouvé ce prétexte pour arrêter les battues. A la longue, elles auraient fait, parmi nos gens, plus de victimes que la bête elle-même.

Dans la forêt de sapins, sous l'épaisse voûte végétale écrasée de neige, l'équipée trouva un peu de réconfort, au point que Lafontaine imagina même d'y organiser un bivouac pour la nuit. Cette proposition fit rire le bouvier.

— L'église de Paulhac sera plus accueillante, dit-il.

Anselme soupira de soulagement. Fermant la marche, il ne cessait, en bon poltron qu'il était, de surveiller ses arrières, par crainte des loups. Malgré l'hécatombe des battues, il ne pouvait croire qu'ils fussent décimés à ce point. « Et, au contraire, subodorait-il, les survivants ont gagné en sauvagerie et en roublardise. »

L'église de Paulhac était une belle bâtisse de granit, dressée au milieu des maisons comme un coq de basse-cour veillant sur sa progéniture. Le bouvier alla chercher dans une ferme un faix de fougère. Celle qui tapissait la nef puait la litière, souillée par les chemineaux. Près du maître-autel, ils dénichèrent un endroit à leur convenance, et en firent une couche honorable.

Une vingtaine de misérables séjournaient déjà dans la demeure de Dieu, au milieu de leurs excréments. Et le plus insupportable, sans doute, était l'odeur de l'urine qui moirait les dalles de pierre. Heureusement, la froidure contenait les miasmes pestilentiels. L'huis de l'église fermait mal; une bourrasque suffisait à entrouvrir les portes. Et il ne se trouvait plus un voyageur assez courageux pour les refermer, tous abandonnés à la fatigue, hommes, femmes et enfants, dans l'abrutissement du sommeil. A plusieurs reprises, Anselme se risqua, en enjambant les couches, à colmater les issues. Il accomplissait cette bonne action par égard pour son maître, en bon serviteur qu'il était, dévoué et attentif. Lui, peu lui importait que le vent s'engouffrât dans la nef en portant des nuées de neige. Il ne craignait pas le froid. Tout au plus s'en garantissait-il par quelques gorgées d'alcool. Mais à force d'aller et venir, il renonça lui aussi à rendre ce lieu aussi hospitalier que possible.

L'assoupissement de Lafontaine le rassura enfin. Et, trouvant un peu de confort le dos calé par la contremarche de l'autel, il se mit à penser à sa belle Marseillaise. Il avait conservé d'elle un visage de jeunesse, celui qui l'enchantait toujours, et dont il n'avait su jouir autant qu'il l'eût souhaité. Nulle autre femme n'avait pu la remplacer dans son cœur. Telles sont les premières amours, immortelles en nos vies, singulièrement uniques. La seule prière qui occupait sa solitude était celle qu'il adressait à Ninon, espérant parfois dans sa détresse qu'il la retrouverait un jour, dans un jardin céleste. « La mort sera-t-elle une bonne affaire ? » avait-il demandé à Lafontaine en traversant un petit cimetière. C'était quelque part dans la forêt de Tronçais, avant d'aborder les rudes montagnes d'Auvergne. « C'est un pari risqué, avait-il dit, mais nous n'aurons pas le choix. » La réflexion était de celles qui occupent longuement l'esprit. « Vous voulez dire que la nature nous oblige à cette extrémité, et que nous passons notre vie à balancer entre la peur et l'espérance ? » Lafontaine avait hoché la tête avec un petit sourire de sous-entendu. « La sagesse, sans doute, commanderait de s'y résigner. Mais c'est un état supérieur qui ne se conquiert qu'avec le temps. »

Le vent avait donné toute la nuit, avec la vigueur obstinée qu'on lui connaît dans le pays. Et à force de bourrasques, le paysage lactescent était remodelé. Partout où le relief du sol formait des barrières naturelles, la neige s'était amassée, sur les flancs des chemins, contre les murets, à l'orée des bois, boursouflant les buttes, enflant la crête des vallons.

Dans le jour levant, ils montaient ainsi, en file, vers la forêt qui se dessinait devant eux au Sogno, arc-boutés sur leur monture. Le soleil dorait la Margeride. Et chacun pensait, frileusement, que ce serait tout compte fait une belle journée. Rien n'arrêterait le vent du nord, si froid et piquant sous un ciel bleu. Les chevaux avaient repris des forces et la neige craquante excitait leurs pas. Martial Valet avait pris la tête de l'équipée, parce qu'il connaissait tous les recoins du mont Mouchet. Et cette longue et patiente montée se faisait sans à-coups, à la cadence idéale qu'il imprimait d'autorité. Ce n'était pas du goût de Lafontaine qui eût préféré que celle-ci s'opérât plus nerveusement. Il avait hâte d'atteindre les hauteurs majestueuses du bois de Borey dont l'ombre bleue se dressait devant eux. Ils traversèrent une petite rivière au filet cahoteux. L'eau lumineuse charriait des glaçons qui formaient des embâcles en certains endroits, là où les arbres morts s'étaient amassés. Ils laissèrent les canassons se désaltérer, puis la marche reprit sur un pan étroit de colline où la neige était rare.

A la bergerie, l'équipée fit halte. L'intérieur était garni de vieux foins, de fougères piétinées et de genêts. Un abreuvoir de pierre était appuyé contre le mur d'où s'écoulait un filet d'eau qui traçait dans la neige une rigole noire. Valet en profita pour emplir son outre en peau de brebis et la boucha soigneusement. Près d'un buisson noir, l'attention du naturaliste fut attirée par du poil gris qui s'était accroché aux piquants des arbustes sauvages. Il s'en saisit pour en examiner les brins, qu'il renifla ensuite. Il fit un pas vers des traces qu'il n'avait pas remarquées au premier abord. Elles étaient assez nettement dessinées dans la neige gelée pour qu'on en mesurât les dimensions et la forme. Vivien fit signe à son serviteur d'approcher.

— Qu'avez-vous trouvé, mon bon maître ? La bête du Gévaudan ?

Valet tenait son cheval à la bride, scrutant la longue traînée dans la neige qui formait un arc de cercle jusqu'au bois, à moins de cent pas.

— Un loup, marmonna-t-il. Ce n'est pas bien sorcier de deviner qu'il s'agit d'un loup.

— Un loup ! s'exclama Anselme. Ici même ? Plus haut, je veux bien, mais...

Puis, il mesura au silence de ses voisins la stupidité de ses propos.

— Peut-être un chien sauvage ? suggéra-t-il pour se rassurer.

Vivien Lafontaine s'était accroupi devant la trace.

— Le pied du loup ressemble, il est vrai, à celui d'un gros chien, dit-il, mais le pied du loup est plus étroit et plus long que celui du chien. Le talon est plus gros, les ongles plus forts. J'ajouterai même que le pied du chien est moins régulier de forme, et les doigts du milieu sont ouverts. Oui, mes amis, il s'agit d'un fort beau loup, et de belle taille.

— Qu'est-ce donc qui vous fait dire cela? questionna Anselme.

— La profondeur de l'empreinte formée dans la neige. Je dirais même que cette bête doit peser dans les cent livres. Et là, on voit que les ongles sont émoussés. S'il s'était agi d'un louvart, ils eussent été plus pointus.

Lafontaine se redressa en clignant des yeux.

— Disons un fort beau loup de cinq ou six ans. Voilà ma conclusion!

Anselme s'était rapproché de son cheval.

— Désormais, je propose que l'on chemine nos carabines à la main.

Il avait hâte de remonter en selle comme s'il craignait qu'une meute vînt attaquer. Et cette crainte fit éclater de rire ses voisins. Mais la manière dont on prenait la chose dans ce désert de neige et de grande solitude, où l'on ne distinguait âme qui vive à trois lieues à la ronde, n'était pas pour le rassurer. Et peu lui importait, en vérité, que ses voisins le jugeassent poltron. Il tenait trop à la vie, bien qu'elle lui fût souvent misérable et sombre, pour se risquer à la moindre témérité. Et l'affaire du Gévaudan ne l'intriguait pas au point de commettre un faux pas. Cette passion déraisonnable, il l'abandonnait volontiers à son maître.

Anselme s'était déjà juché sur sa selle et fouillait dans l'étui de cuir qui contenait sa carabine. Pendant ce temps, Vivien montrait au paysan les poils de loup qu'il avait collectés sur les buissons noirs.

— La bête est venue se frotter aux épines, dit-il.

C'était un mélange de poils blancs et gris.

— Ça vient du ventre, jugea le paysan. Le dos est gris et noir. Comme vous le jugerez, monsieur, si notre route croise celle de cette engeance.

— Croyez-vous que ces fauves se montreront? s'inquiétait Anselme.

Il tenait son fusil le canon dressé en l'air, en affichant un air bravache.

Le naturaliste fit le tour de l'arbuste et dénicha enfin dans la neige ce qu'il cherchait : quelques traces d'urine gelée, comme des perles d'ambre.

— L'animal est venu marquer son territoire, s'écria Lafontaine.

— Je l'aurais parié, ajouta Valet. Le chef de meute est descendu jusqu'ici tandis que les autres l'attendaient là-haut, à l'orée du bois.

Le paysan hocha la tête. Il n'était point savant, lui, mais il savait parfaitement ce qu'est un territoire de meute, une zone de chasse marquée par des laissées odoriférantes. Nul loup solitaire, nulle autre meute ne se pouvaient, dès lors, risquer dans la zone ainsi investie sans encourir les foudres du mâle. Vivien comprit au sourire du bouvier qu'il était inutile de discourir plus avant, et que, dans une certaine mesure, ils appartenaient à la même race, l'un instruit par les livres et l'étude et l'autre par la patiente observation de la nature. Un sentiment d'humilité l'envahit aussitôt. « Nous croyons être les seuls dans nos officines savantes à transcrire les lois de la nature, afin de les enseigner par l'écrit et par l'image à des populations ignorantes, alors que les petites gens en ont déjà la clairvoyance, mais ne savent, au juste, comment les expliquer. Il y aurait beaucoup à découvrir au contact de ces malheureux, peinant sur leurs terres ingrates, si nous daignions enfin descendre de notre estrade. N'ai-je pas souvent clamé à mon maître, monsieur Georges-Louis Leclerc de Buffon, que sa réclusion solitaire au château de Montbard ne pouvait lui être salutaire, et que les populations de nos villages ont sur les choses de la nature des connaissances insoupçonnées qui enrichiraient nos théories? »

Et, reprenant le cours de leur périple, ils suivirent fidèlement les traces de pas que le loup avait imprimées dans la neige. Celles-ci les conduisirent, comme ils l'avaient soupçonné, à l'entrée des forêts de sapins et d'épicéas qui couvraient les hautes collines de la Margeride. Ainsi dénombrèrent-ils une douzaine de spécimens. Un carré de dix pas de côté était piétiné, et même roulé en certains endroits où les animaux s'étaient reposés. Puis la meute avait repris sa course vers la montagne. On pouvait en suivre aisément le trajet dans la neige, marqué par un passage étroit, parce que les loups avaient l'habitude de cheminer en file.

Valet refusa de quitter le chemin lorsque les traces de la meute s'enfuirent dans le sous-bois. Vivien eût voulu, lui, abandonner chevaux et vivres pour gagner à pas d'homme le cœur du territoire. Il fallut que ses deux compagnons le tançassent pour qu'il abandonnât enfin son projet dangereux.

— N'ayez crainte, monsieur, le rassura Martial, nous les retrouverons avant la nuit. Et peut-être plus vite que nous le souhaiterions.

Anselme ne quittait plus son arme et se portait plus souvent qu'à son tour volontaire pour occuper la seconde place dans la file. Il avait entendu dire que les loups attaquaient les traînards dans les colonnes. Et chaque fois que l'équipée s'engageait dans un chemin creux, la crête du talus à hauteur des cavaliers, il appréhendait d'en voir surgir un, les crocs menaçants.

Ainsi atteignirent-ils, à marche lente, les hauts du bois de Borey. La forêt, dans ses profondeurs glacées, était épaisse et noire, surtout lorsque la neige se remit à tomber, doucement, à gros flocons. Le paysage fut vite brouillé et gagné par la brume. Celle-ci stagnait entre les arbres, lourde et ouatée. Il était à peine quatre heures de l'après-midi, mais la nuit semblait venir avant son terme. Valet montra une clairière bordée de bouleaux et de hêtres. Et ils s'y engagèrent, retrouvant enfin un peu de jour perdu.

— Nous allons allumer un feu, dit le paysan en sautant de son cheval.

— Ici ?

— Oui, ici, insista Valet.

Anselme grattait la neige qui recouvrait la crosse de sa carabine, le pontet et le chien tendu sur son ressort. C'était une de ses angoisses que l'amorce ne répondît point à la gâchette à cause de l'humidité. Et, sur le coup, il s'en voulut d'avoir ôté l'arme de son étui.

« D'où me viennent-elles, ces angoisses irraisonnées ? Je subodore tellement le danger que j'en hâte la venue », se dit-il. Ainsi avait-il vu partir sa femme avant même qu'elle fût malade. « A force de voir mourir autour de moi, j'ai imaginé que ma Ninon allait attraper la malemort. Et dans mes rêves aussi. Je l'enfouissais, sans repos. La terre résistait à ma pelle tandis que je la voyais se décomposer. O Dieu, que la peur est tenace ! »

— Les loups vont venir, dit-il. Je les sens !

Valet, qui préparait la nourriture des chevaux, se retourna, furieux.

— Que dis-tu, l'ami ?

Lafontaine éclata de rire. Un rire nerveux. Et Anselme sentit que son maître n'était pas si rassuré qu'il voulait bien le montrer.

— Va donc chercher du bois, ordonna-t-il. Et sans cette maudite carabine qui t'embarrasse.

A contrecœur, il la glissa dans son étui accroché à la selle. Il monta d'un pas las vers les grands hêtres qui dominaient la clairière. Autour des troncs, le petit bois ne manquait pas. On pouvait en mesurer la présence sous le peu de neige qui le recouvrait. Anselme revint aussitôt avec une brassée. Lafontaine avait été chercher des paquets de fougères sèches qui bordaient la trouée. Il fit deux ou trois voyages, de quoi former un lit pour allumer le feu, et une couche suffisante sur laquelle se reposer.

Soudain, les hommes se figèrent, sans un mot. Ce qu'ils venaient d'entendre ne pouvait laisser planer le moindre doute. Un cri étiré en longueur. Hououououou! Puis une réponse, plus lointaine à ce qu'ils crurent. Plus étirée encore. Plus profonde. Plus triste.

Anselme courut à son fusil et revint, agité comme un dément.

— C'est une folie, mon maître, de rester ici. Nous n'aurons pas assez de poudre pour venir à bout de la horde!... Je vous en conjure, fuyons. Fuyons avant qu'il ne soit trop tard.

Valet et Lafontaine ne répondirent pas. Le bouvier avait hâte de voir monter, vers le ciel de bronze, une grande flamme crépitante. Celle-ci dévora la bruyère en formant une épaisse volute de fumée jaune. Ensuite, le foyer s'étouffa de lui-même, sans s'étendre au petit bois. Il fallut courir en chercher d'autre jusque dans les fourrés, où il n'était pas trop recouvert de neige. Cette fois, Martial forma des touffes serrées qu'il glissait, une fois enflammées, sous le fagot. Il répéta plusieurs fois la manœuvre, jusqu'à ce que les brindilles de hêtre fussent attaquées par les flammes. Le paysan recommanda à ses voisins de quérir une réserve de bois, car il était dans ses vues de maintenir, la nuit durant, un feu d'enfer. Cette occupation les mena jusqu'à la nuit. Et ils furent bien récompensés lorsque la braise fut si abondante qu'elle enflammait sans discernement les bûches et rondins qu'on lui présentait.

Avec son sabre, Lafontaine avait coupé des ramures basses d'épicéa, qu'il avait étalées autour du feu pour se faire une couche aussi confortable que possible. Une petite quantité était réservée afin de ranimer la flamme, en cas de besoin. Martial fit griller quelques pièces de viande, au préalable dessalées dans la neige par une friction énergique. C'était de la vieille brebis rance, peu goûteuse. L'ordinaire, en somme, pour un petit paysan de la Margeride. Avant d'en tailler équitablement des parts, le bouvier demanda un peu de poudre à fusil. Et à la grande surprise de ses voisins, il en saupoudra le quartier, puis y mit le feu.

— Ça lui donnera un peu de goût, dit Martial.

Anselme attaqua son festin avec hésitation. La viande grillée n'était pas des plus mauvaises, bien au contraire. La poudre à fusil avait éliminé l'odeur rance du suif de mouton.

En pays hostile, le naturaliste laissait à son guide le soin de diriger les opérations. Sans doute était-ce plus sage, comme lorsqu'il vint à lui interdire de suivre les traces de la meute dans le bois de Borey. Martial Valet connaissait mieux que quiconque les dangers des montagnes de la Margeride en cette saison. Et, dans son extrême humilité, Lafontaine avait compris que le bouvier était mieux à même d'apporter les bons conseils dont il avait besoin. Sa nature impétueuse, passionnée, ardente, et dont il devait souvent se garder, était son premier ennemi, au point même de lui faire perdre de vue l'essentiel de sa quête : trouver Zacharie.

Valet décida l'ordre des quarts qu'il fallait prendre pour surveiller le bivouac. Anselme fut le premier à monter la garde, près des chevaux. Que craignait-on, au juste ? Les loups. Seulement les loups... On n'osait nommer le danger, mais chacun l'avait présent à l'esprit. C'est pourquoi les carabines étaient prêtes à faire feu, les poires à poudre et les plombs à portée de main.

Tandis que ses compagnons dormaient déjà, tout près du feu qui éclairait la clairière, repoussant les ombres jusqu'au sous-bois peuplé de bruits inquiétants, Anselme n'en menait pas large. La peur même lui ouvrait l'imagination, et il voyait se dessiner des dangers partout autour de lui. Aussi passait-il le plus clair de son temps à scruter la nuit épaisse, à épier la moindre rumeur. Tout était sujet à exciter son angoisse, telle la chute brutale d'un paquet de neige glissant sur une branche de sapin. Au loin, il entendit de nouveau l'appel du loup. Un seul, long et étiré. Et il fallut quelques minutes avant que deux ou trois autres y répondissent. Afin de se rassurer, il ajouta une bûche sur le foyer. Le bouvier avait recommandé qu'on gardât le feu actif, la nuit durant. Et de la pointe de ses bottes, il repoussa les brandons vers le tapis de braises, afin que la cendre ne pût gagner sur les bordures du brasier.

La neige se remit à tomber, lourde et lente. Alors, Anselme alla chercher sa pelisse de fourrure roulée dans les fontes de sa selle, dont il s'enveloppa soigneusement, en veillant à ce qu'aucune ouverture ne donnât prise au vent. C'était une rude protection contre le froid de la nuit, sur les hauteurs du Gévaudan. Mais, présentement, le pire, sans doute, venait du sol. Le tapis formé par les branches de sapin n'arrivait pas à les garantir de l'humidité. Les chevaux eux-mêmes rechignaient à se coucher sur leur litière de fougère, préférant rester debout sous la neige qui les recouvrait peu à peu. Anselme éprouvait de la pitié pour les bêtes, mais son maître n'avait-il point expliqué que c'étaient de rudes montures, habituées à affronter les pires situations ? Aussi, afin de se dégourdir les jambes et surtout de soustraire son derrière au contact de la terre gelée, alla-t-il les visiter, rajustant la couverture qui leur couvrait les flancs. Il caressa leurs naseaux. Et au contact chaud de leur langue râpeuse, le serviteur reprit courage.

Cette soudaine connivence entre l'homme et l'animal ne se trouvait que dans les moments d'extrême peur. « S'ils viennent, se dit-il, nous aurons tout juste le temps de rajuster nos selles et de fuir au galop. » Et dans son for intérieur, Anselme ne pouvait imaginer que la nuit se déroulerait sans péril. Ce serait peut-être au moment du second quart, après minuit. Martial avait proposé que Vivien Lafontaine assurât, précisément, le deuxième tour de garde. « Restera-t-il éveillé, au moins ? Je connais mon maître, insouciant et téméraire. Ce serait bien son genre, à cet homme-là, de dormir au milieu des dangers, comme si rien ne pouvait l'atteindre. Les gens gâtés par l'existence croient que la vie est rangée de leur côté, indéfiniment. Ce n'est pas comme moi, qui connus tant de malheurs et pour qui les joies de l'existence sont comptées. Cent fois, il m'arrive de craindre que le sourire du jour me soit repris dans l'heure suivante, car rien n'est gratuit pour le pauvre. C'est une terrible condition pour qui a vu de ses propres yeux les douceurs consolantes de la richesse. Et sans doute, pour le repos de son esprit, serait-il préférable de n'en rien connaître. Ainsi, l'ignorant s'éviterait d'inutiles tourments, de ténébreux désirs, et de vilaines haines. Le pauvre, dans sa crasse ignorance, croit que la société tout entière est à son image, réduite elle aussi à la mendicité et au labeur, hormis rois et princes qu'il idolâtre, hors toute raison, tels des dieux inaccessibles. Parfois, j'aimerais n'être qu'un de ces naïfs au sourire béat qui peuplent nos villages et nos hameaux, et n'avoir rien vu d'autre de la vie qu'un petit horizon de paysan. »

C'est alors que les chevaux s'agitèrent, piétinant, piaffant et balançant la tête. Anselme s'en voulut d'être venu perturber leur tranquillité. Et il prononça quelques paroles apaisantes pour les ramener au calme. Rien n'y fit. C'était comme s'ils venaient de flairer quelque chose dans l'immensité de la nuit.

Le serviteur s'éloigna d'eux d'un mouvement de recul. Il savait où étaient les selles, les carabines. Mais ses gestes lui parurent d'une lenteur pesante. Cette fois, il avait trouvé la réponse à sa question. Des yeux jaunes trouaient la nuit. Il y en avait des multitudes, à ce qu'il lui semblait. Une armada d'éclats dorés qui scintillaient à trente pas. Cela allait et venait, comme des feux follets, dansant, sautant, valsant.

Il s'était accroupi près de sa carabine. « Où faire feu? pensa-t-il. Je ne vois rien que des ombres maléfiques. Et si par chance j'en atteins une, dix autres surgiront. » Anselme avait dressé son canon à hauteur de la ligne sombre de la lisière, là où s'agitaient les yeux pénétrants des loups. On pouvait entendre leurs piétinements comme des gouttes d'eau frappant une toile.

— Ne tire pas, imbécile! dit une voix dans son dos.

Martial Valet avait posé une main sur son épaule.

— Et redresse-toi! Montre-leur que tu es un humain. Que tu n'as pas peur d'eux. Regarde. Je suis debout.

Soudain, une ombre glissa dans la lisière blanche où se projetait le cercle de lumière du foyer.

— C'est le chef de meute. Tu vas voir comment je vais lui faire payer son audace.

Le bouvier se saisit d'un brandon rougeoyant et le lui lança d'un geste énergique. La meute reflua dans les sapins. Anselme se mit à rire, nerveusement, puis haussa le timbre de sa voix. C'était à ses yeux une manière d'encouragement.

— C'est peureux comme un chien, s'esclaffa-t-il. Tirons quelques coups de fusil, et nous leur ferons lâcher prise définitivement.

Le paysan lui intima de n'en rien faire.

— Crie donc si tu veux, ajouta-t-il. Montre-leur que tu as de la voix, toi aussi.

— A condition que tu cries avec moi.

— Harlou ! Harlou ! poussa Valet.

Et ils recommencèrent en chœur, plusieurs fois. C'était le cri des louvetiers pour exciter les chiens. Et sans doute cet appel-là était-il de ceux que les loups craignaient le plus. Le cri de guerre des hommes.

— L'effet ne durera pas longtemps. Il nous manque l'essentiel, l'aboiement du limier exhortant sa troupe à la traque.

Anselme poussa un grand soupir de déception.

— Alors, il nous faut battre en retraite. Seller nos chevaux et nous en revenir à Paulhac...

Lafontaine, que tout ce vacarme avait tiré de son sommeil, rechargeait le foyer en bonnes bûches, faisant jaillir dans le ciel noir une pluie d'escarbilles. Le paysan avait rassemblé les fusils près des chevaux, y compris la carabine d'Anselme. Dans sa couardise, il craignait que le bonhomme s'en servît, ce qui ne ferait qu'exalter la férocité des bêtes. Un loup mort, aussitôt dévoré par ses frères, c'était offrir à la meute le goût du sang chaud à bon compte.

Valet et Lafontaine préféraient faire front devant la horde qui occupait la lisière du bois en chargeant au pas de course, un brandon à la main. Ainsi s'approchèrent-ils des premiers loups, de quelques pas seulement. Le chef sauta en l'air à l'approche des hommes, puis retomba sur ses pattes lestement. Il fixait la pointe de feu incandescente qui oscillait devant lui, les crocs menaçants. Ses frères se tenaient juste à l'arrière, de trois pas seulement, flancs ployés. Seul le chef offrait quelque résistance à l'assaut. Martial se servit de son brandon comme d'une épée, et piqua vers la gueule, résolument. La bête reflua d'un bond. Le bouvier comprit à cette reculade que la crainte était maintenant du côté des loups.

En effet, la horde se débanda aussitôt dans les profondeurs de la sapinière. Le silence s'en revint, sans un cri, sans une alarme.

— J'en ai dénombré une bonne douzaine, dit le naturaliste en soufflant dans ses mains pour les réchauffer.

— Une belle bande, jugea Martial Valet tout excité.

Il avait peine à reprendre sa respiration. La rage, un mélange de courage et de peur, s'était emparée de lui. Le duel avec le chef de meute était une folie. Le loup eût bondi sur lui qu'il n'eût rien pu faire pour l'éviter. Et ses crocs de deux pouces et demi l'eussent égorgé en quelques secondes. Pourquoi l'avait-il épargné ? La crainte du feu ? La certitude de revenir à la charge, avec ses frères, dans un moment plus propice ?

— Nous pouvons nous recoucher, dit Valet en épongeant son visage baigné de sueur.

— Mon Dieu, avoua Anselme, je crains de ne jamais trouver le repos en un pareil endroit.

— Ils ne reviendront pas cette nuit. Je peux vous le garantir, insista le bouvier.

Lafontaine se proposa pour prendre la deuxième veille. Mais Valet refusa. Et le naturaliste ne se fit guère insistant car il était perclus de douleur, rompu de sommeil, paralysé de froid.

7

Où l'on voit comment Zacharie règne sur la Margeride, comme un dieu funeste, et sauve nos héros in extremis

En relevant la fourrure qui lui couvrait le visage, Vivien reçut une poignée de neige poudreuse. Celle-ci le fit suffoquer, surtout lorsqu'elle vint à glisser jusque dans le col de sa chemise. Et d'un geste vif, il se débarrassa tout entier de sa couverture. A deux pas, le feu se consumait dans sa cendre grise. Tout juste rendait-il encore un panache de fumée jaune que le vent rabattait dans sa direction. Puis, se dressant péniblement sur son séant, il chercha du regard ses compagnons. Anselme dormait encore. On distinguait à peine, sous la couche neigeuse, le feutre de son chapeau. Tout le reste n'était qu'un renflement incertain, une bosse immobile qui se confondait avec le relief de la clairière. Le naturaliste se retourna vivement, pris par le doute. Ce n'était pas une situation normale, puisqu'on avait omis de le réveiller pour prendre la dernière veille. Mais il aperçut les chevaux dans le brouillard dense qui recouvrait la percée, et cette présence le rassura aussitôt. Il se leva d'un bond, jetant un cri de surprise.

Anselme, lui aussi, à peine réveillé, se mit à chercher le bouvier. Ils montèrent ensemble jusqu'aux sapins, hésitèrent à s'engager dans la forêt. Il n'y avait aucune trace au sol. Rien qui pût déceler l'empreinte d'un pas. Et là où les loups avaient mené leur sarabande au milieu de la nuit, on ne distinguait rien non plus. La neige, qui était tombée dru, au petit matin, avait étouffé les marques.

Les mains en porte-voix, le serviteur appelait Martial, sans se lasser. Sa voix portait loin dans la montagne, à ce qu'il paraissait, d'autant plus loin que le silence était grand.

— Cesse donc de t'égosiller ainsi, dit Vivien. Tu vois bien que notre guide a disparu. Et ce ne sont pas tes cris qui le ramèneront.

— Qu'est-il advenu, mon Dieu?

Et, fébrilement, Anselme se mit à chercher aux abords de la clairière les traces d'une lutte, des marques de sang ou, pire, la dépouille du malheureux.

— Nous allons subir le même sort, marmonnait-il en furetant, l'œil aux aguets.

Vivien était redescendu près des chevaux, et avait tiré de leur étui les carabines. « Pourquoi ne nous ont-ils point dévorés aussi? Douze loups, c'est plus qu'il n'en faut, se dit-il. A moins que notre guide ait choisi de se sacrifier pour nous, en attirant la meute loin de la clairière... Ce serait un trait de caractère hautement chevaleresque. Trop sans doute pour correspondre au personnage. Pourtant, ne s'est-il pas déjà trouvé de semblables cas chez des domestiques dont le besoin de servir était tellement aiguisé qu'il confinait au sacrifice? » Lafontaine chassa bien vite cette hypothèse de son esprit et s'en revint à des supputations plus simples. « Rien ne prouve que les loups soient revenus à la charge. Notre homme aura voulu s'en revenir vers sa famille, jugeant notre expédition bien incertaine. Et qui pourrait l'en blâmer? Quant à notre meute, elle aura gagné les hauteurs de la Margeride, en quête de proies plus abordables que deux misérables chrétiens... »

A la vérité, Lafontaine n'avait pas une connaissance suffisante de cette faune pour analyser sereinement la situation. Il avait vu comment le chef de meute conduisait ses frères, en bon ordre, et la manière dont Valet les avait éloignés en le mettant en échec. Nul ne s'était avisé à désobéir à celui qui les menait. Et de même, le chef avait sonné la retraite sans qu'un de ses compagnons ne se fût avisé de le déborder. « Il y a plus de stratégie que de sauvagerie dans une telle équipée, se dit-il. Et César, lui-même, a rencontré dans la Gaule insurgée nombre de tribus désorganisées et indociles auxquelles cette meute de loups eût pu tout apprendre par la simple observation. A croire qu'un loup, tout compte fait, a plus de bon sens et d'intelligence qu'Ariouistus à la tête de ses Germains, sachant battre retraite plutôt que s'exposer inutilement. » La comparaison n'était pas inutile pour un Lafontaine qui entretenait son latin en lisant et relisant *Commentarii de Bello Gallico* de Jules César, dont il possédait un précieux exemplaire dans ses bagages.

En voyant son maître s'emparer d'un fusil, Anselme redescendit en courant. La peur l'avait gagné d'un trait.

— Croyez-vous qu'ils vont revenir?

— Je ne sais pas.

— Pourquoi vous ne savez pas? Oh mon Dieu, vous qui savez tout expliquer...

— Les loups nous surpassent lorsqu'ils sont sur leur terrain favori. A cette seconde, mon bon Anselme, nous pouvons mesurer notre petitesse. Nous voici condamnés à affronter l'inconnu. Et nos armes sont dérisoires. Lorsque nous aurons tiré deux coups chacun, et que par chance, nous aurons réussi à en tuer quatre, il en restera assez pour nous attaquer. Alors, je me dis que cette poudre et ces plombs ne servent pas à grand-chose, sinon à nous rassurer.

Vivien éclata de rire. Et Anselme tomba à ses genoux, de désespoir.

— Est-ce la folie qui nous guette? questionna-t-il en le fixant de ses gros yeux apeurés.

Le serviteur enserrait de toutes ses forces les jambes de son maître pour faire taire son rire, qui lui déchirait l'âme.

— Il faut nous en remettre à la grâce de Dieu.

— A la grâce de Dieu, reprit Anselme. C'est vous qui dites cela? Alors, la situation est désespérée, bien plus désespérée que je ne le pensais.

— Au destin, si tu préfères, reprit Vivien. Les loups nous tiennent désormais à leur merci. Nous avons envahi leur territoire. Et pourtant, nous sommes encore vivants. C'est donc qu'ils l'ont décidé, à ce que je crois.

— Ainsi qu'un chat qui joue avec une souris. Avez-vous vu cela? Un coup de patte pour l'estourbir un peu. Mais rien de trop pour qu'elle espère encore lui échapper.

La comparaison était tout à fait appropriée, et Vivien la salua avec un petit sifflement d'admiration.

— Je vois, mon bon maître, que vous vous raillez de moi. Croyez-vous que la situation soit bien choisie?

Soudain, un éclair de tristesse traversa le regard du naturaliste. Il songeait à Martial Valet et ne comprenait pas pourquoi il avait disparu si soudainement. A la vérité, Vivien ne pouvait se résoudre à croire que les loups l'avaient attaqué et mis en pièces. Il n'y avait aucune trace tangible dans la clairière qui pouvait laisser accroire cette hypothèse. L'homme s'était évanoui dans la nature en laissant son cheval, son arme, son fourniment, comme un fantôme.

— La malbête, alors? hasarda Anselme.

On avait trouvé des victimes ainsi traînées sur des centaines de pas. Et le plus souvent, éviscérées, décapitées... Des fillettes, des garçonnets, de tendres petits pâtres, de graciles jouvencelles, mais jamais de bouvier.

Pour calmer l'attente de son serviteur, le naturaliste accepta de perdre un peu de temps à fouiller les environs. Ainsi, ils explorèrent les sapinières, les hêtraies, visitèrent les chemins et les sentes, cavalant à travers les ravines dans un rayon d'une lieue. Sans succès.

A l'instant de renoncer, Anselme entra dans une vive colère.

— Vous, les gentilshommes, vous faites peu de cas de la valetaille...

Lafontaine tenta de raisonner son compagnon.

— Crois-tu qu'un drame se serait joué dans notre voisinage sans que nous en fussions alertés? Pas la moindre trace de sang dans la neige... Et Martial Valet est un rude homme, à ce que nous en savons, plein de ressources.

Le serviteur boudait comme un enfant, le visage collé à la croupe de sa jument.

— Je sais maintenant que vous seriez capable de m'abandonner de la sorte. Oh monsieur, comment pourrai-je vous faire confiance désormais? N'est-ce point dans l'adversité que l'on juge son prochain?

Le naturaliste ne prenait guère au sérieux ces pleurnicheries.

— Voudrais-tu, par hasard, que j'augmente tes émoluments?

Anselme se retourna vers lui, piqué au vif.

— Je n'ai qu'une parole. Les petites gens ont leur honneur aussi. Et le mien vaut le vôtre, monsieur.

Lafontaine rajusta son chapeau et releva sa mentonnière. En un instant, il fut juché sur son cheval et ordonna le départ. C'était la seule façon de mettre un terme à la discussion, car il était douteux que monsieur Hilaire se risquât à regimber derrière lui. Le gentilhomme quitta le premier la clairière en donnant de l'éperon. Et le serviteur ne tarda pas à accélérer le mouvement aussi, en grognant tout son soûl, expédiant de vigoureux coups de badine dans les ramures des sapins saturées de neige.

Après qu'ils eurent escaladé les derniers degrés du bois de Borey, le ciel sembla s'éclaircir devant eux. Ils traversèrent précautionneusement une coulée d'éboulis, et atteignirent une pente dégarnie. Plus un seul nuage. Et la brume elle-même s'estompait par paquets, se cantonnant dans les versants boisés. Vivien se sentait plus à l'aise devant l'espace dégagé du mont Mouchet, comme s'il avait atteint, peu à peu, après mille périls, l'autre côté de la peur, celui où elle n'a plus prise sur les esprits. Anselme montait aussi à bonne allure, en récitant sa prière, toujours la même, une sorte d'ode à un dieu personnel. Cela amusait le naturaliste d'entendre cette voix rauque communiant avec la nature.

La déploration lui apportait un peu de courage. Et sans doute espérait-il que sa dévote occupation éloignerait les loups de son horizon. Ainsi, la carabine était restée dans son étui. A croire que la prière serait plus efficiente qu'un lingot de plomb fiché dans un canon. A la grâce de Dieu ! Tel était le mot que son maître avait su trouver pour faire taire son angoisse. Et ce lui suffisait de penser que le Seigneur veillait sur lui, que sa main miséricordieuse contenait les périls à bonne distance de sa noble personne. A tout bien réfléchir, il avait été, tout au long de son existence, aussi dévot qu'un autre, et méritait que Dieu le conservât en vie encore quelques années.

L'illusion, pourtant, fut de courte durée. Un large chemin, bien dégagé, entre deux zones boisées, menait à la crête. C'était l'ultime épaulement avant le point culminant du mont Mouchet. Il suffisait de suivre la cime vers la droite, sur une demi-lieue, puis de grimper de nouveau dans la forêt pour en gagner le comble.

L'épaisseur de la neige, en cet endroit, les obligea à quitter la selle. Les chevaux peinaient à avancer.

— Et lorsque nous serons là-haut, mon bon maître? interrogea Anselme.

C'était une question que redoutait le naturaliste. Il se la posait incessamment. Des heures entières, il avait espéré que l'approche du mont Mouchet lui apporterait la réponse. Et désormais, il commençait à douter de son entreprise. « Pourquoi Zacharie t'attendrait-il ici? Rien ne prouve qu'il acceptera de se montrer devant des étrangers! »

La marche dans la neige lui avait mis le feu aux joues. Et la mentonnière l'étouffait plus qu'elle ne le protégeait du vent froid et piquant. Au contraire, il avait besoin d'en sentir la morsure sur sa chair. Il le tenait tous sens en éveil.

— Oh malheur! s'écria soudain Anselme, paralysé par la peur.

— Quoi donc?

— Vous ne voyez point ce que je vois? Dans quelle folie nous emmenez-vous!

Le serviteur ne quittait plus du regard la crête du chemin. Là-haut, des ombres se mouvaient.

— C'est un mirage! hurla Lafontaine. Tu vois des loups partout.

— Regardez! Ils nous attendent. Quelle sarabande!

Vivien en dénombra une dizaine. Cinq ou six allaient

et venaient. Les autres attendaient. Le chef poussa son hurlement. Une fois, deux fois.

— Pourquoi n'attaquent-ils pas? marmonna Lafontaine.

— Parce qu'ils sont assurés de leur triomphe, dit Anselme.

Le naturaliste s'empara de sa carabine qui était suspendue à la selle de son cheval.

— A la grâce de Dieu! A la grâce de Dieu! cria Anselme.

Et un rire terrible le submergea, maintenant qu'il n'y avait plus que le doigt de Dieu pour les sauver. Les paroles de prière se bousculaient sur ses lèvres. Il parlait sans que l'association des mots eût le moindre sens.

Vivien Lafontaine avançait résolument vers les loups, tandis que les chevaux hennissaient à l'arrière. Ils étaient encore trop loin pour qu'il pût espérer les atteindre d'une balle de fusil. Il escomptait tuer le chef, lorsqu'il pourrait le mettre dans sa ligne de mire. Tuer le chef de meute pour désorganiser la bande. C'était le seul espoir auquel il s'accrochait. Une idée de stratège militaire, en somme. Une idée qui ne recouvrait aucune espèce de logique. Rien au juste ne prouvait que les loups pussent se déterminer en fonction d'un tel acte. Il se pouvait aussi que la mort du chef excitât leur férocité.

Vivien épaula à plusieurs reprises, et renonça chaque fois à faire feu sur celui qu'il avait désigné comme étant le meneur. Certes, il était aisément reconnaissable, assis comme un sphinx au sommet du chemin, immobile. De par sa taille, il surpassait tous ses congénères. C'était lui qui avait poussé son cri terrible. Lui encore qui guettait, assuré de sa supériorité, et contenait l'impatience des autres, qui s'agitaient alentour.

Anselme était resté près des chevaux qu'il tenait encore

à la bride. Mais pour combien de temps... Il suivait avec angoisse la marche de son maître, que rien ne pouvait plus arrêter. Dix pas, vingt pas. C'était se jeter sur l'ennemi, fort démuni.

Vivien distinguait parfaitement le chef de meute. Il le tenait prisonnier de son viseur. Il ne tremblait pas. Il était sûr de le terrasser, net, du premier coup. Pourtant, le loup demeurait immobile, indifférent devant le danger qui le menaçait. Lafontaine sentait juste sous sa phalange la résistance de la gâchette. « On doit presser lentement, se dit-il, jusqu'à ce que le cran lâche, afin d'éviter un coup de doigt qui fausse la ligne de feu. » C'était tout ce qu'on lui avait appris à l'académie militaire. Et cela suffisait à le rassurer. Mais après ? Serait-ce la débandade tant escomptée ? Ou pire ! La charge mortelle ? « Mais tu ne peux tirer sur une cible immobile, lui disait une voix intérieure. Ce serait d'une lâcheté immonde. » Il songea vivement à Duhamel qui eût payé cher pour une telle proie. Un animal de cette taille, cent vingt livres au moins, c'était la fin de son tourment. Une malbête fort présentable à Versailles. Un trophée somptueux. De quoi se voir enfin élevé dans le grade de brigadier aux armées du roi. Mais, décidément, Lafontaine n'appréciait pas assez l'officier pour lui offrir ce cadeau sur un plateau.

Son doigt s'écarta lentement de la gâchette, jusqu'à ce qu'il rompît le lien qui le retenait à l'arme. Sa main glissa sur le pontet froid. Et le canon s'abaissa lentement vers le sol.

Le fameux loup n'avait pas bougé d'un pouce. Il le fixait de ses yeux d'ambre, dans la pleine lumière de neige, éblouissante, qui occupait tout l'espace autour de lui. « Je ne te veux pas de mal ! murmura-t-il. Tout juste comprendre. Ma vie entière se résume à la seule volonté de percer les secrets de la nature. Et tu es une énigme, pour moi. Raide mort, tu ne me serais d'aucune utilité. Même si je dois y jouer ma vie. »

Il fit encore un pas, fort hardi, dans la direction du chef de meute. Et ce mouvement brusque excita une sarabande de plus parmi l'armée qui se cantonnait derrière son capitaine. Visiblement, on avait hâte d'attaquer, de front, l'intrus qui osait les braver.

— Mais tirez! Tirez donc! disait Anselme à trois pas en arrière, la poigne serrant les brides des chevaux qui s'agitaient d'impatience.

A la vérité, Lafontaine escomptait forcer la fuite des loups, simplement en marchant sur eux, en bravant leur férocité naturelle. Devant lui se dessinait un chemin vers les hauteurs du mont Mouchet. Le passage se trouvait occupé par une meute, campée sur ses positions. C'était un affront fait à l'homme. Un défi lancé. « Qui donc triomphera? Celui qui saura dominer sa peur », se dit-il.

Le chef se dressa sur ses pattes. Et ses frères vinrent s'aligner instantanément derrière lui, comme pour former une masse compacte. Vivien soupçonna aussitôt que c'était là le signal de l'attaque, d'autant qu'ils portaient maintenant, à ce qui lui parut, la queue dressée à l'horizontale du dos. Signe de menace...

Le naturaliste suspendit son pas. « Minute de vérité », se dit-il. Dans sa vie, il en avait vécu quelques-unes de la sorte. Seulement avec des hommes. Et c'était une psychologie qu'il maîtrisait d'ordinaire assez bien. La férocité humaine était de toutes la plus vicieuse qui soit et rien dans la nature ne s'y pouvait comparer. Mais jamais il ne s'était mesuré à un loup. Espèce inconnue entre toutes. Tout naturaliste qu'il fût, élève de Buffon — et l'un des meilleurs, à ce que prétendait le maître lui-même —, il n'avait fait que méditer sur des animaux morts, composer des planches anatomiques, dessiner les linéaments des muscles et des nerfs, disséquer les organes, observer à la longue-vue les espèces dans leur milieu naturel, sans autre dérangement que la patience. Monsieur de Buffon n'avait-il pas toujours professé l'art de se montrer discret pour pénétrer le secret des animaux ? Et seulement piéger quelques spécimens pour en faire l'étude. Mais jamais les attaquer, tel un chasseur, association honnie des savants.

Un grand cri brisa l'air. Quelque part sur la lisière de la forêt. Là même où la nuit ne se défaisait jamais complètement dans ses apprêts bleutés. Et ce que vit, à cet instant, le naturaliste le laissa immobile. La meute se fit craintive, et plus encore, lorsque le cri se répéta, dans sa nuit invisible.

Vivien scruta les ombres à l'endroit où l'épaisse frondaison des épicéas brouillait les lignes de sa perception. Il s'attendait à en voir surgir quelque prodige. C'était ainsi que survenaient, dans la chevalerie, quelquefois, les mirages fantasmagoriques. Etait-ce le doigt de Dieu qui brisait là l'ordonnancement des choses ? A moins qu'il ne s'agît d'une hallucination, à l'instant de rendre les armes. Cela se racontait, parfois, chez les héros lorsqu'ils avaient atteint le seuil indépassable de leur destin. « Je vais mourir. Et les esprits de la forêt viennent m'honorer. Bientôt, mes restes se disperseront sur la neige, comme des traces alizarines. »

L'image de la petite fille martyrisée lui revint en mémoire, sur son palanquin de drap blanc. Ce qui lui était resté de visage le hantait encore. C'était comme si la bête avait voulu lui ôter son âme, d'un coup de griffe. « Elle viendra aussi pour moi, puisque je l'attends. Et tout ce qu'il me reste d'humain lui sera livré, dans l'effroi et la stupeur. »

L'agitation d'Anselme le sortit de sa torpeur. Le

serviteur avait bondi au-devant de la scène, et balançait ses bras comme s'il avait vu, lui aussi, la même fantasmagorie.

— Tu as entendu, toi aussi? Ces cris rauques?

Anselme riait en se tapant sur les cuisses. Pourtant, les loups étaient toujours là, à petite distance. Ils semblaient pétrifiés par le silence.

— Oh mon bon maître! Vous ne voyez donc point ce que je vois, là?

Et il montrait l'orée de la forêt de sa main tendue.

— Es-tu devenu fou? Je comprends que tu déraisonnes. Nous faisons de sacrés Don Quichotte, n'est-ce pas? Où sont donc tes moulins?

La réflexion du maître parut des plus incongrues à l'instant où la montagne venait d'accoucher d'un signe providentiel. Une sombre silhouette émergeait de la nuit. Puis elle dressa vers le ciel un long bâton. Le naturaliste scruta cette apparition à laquelle il ne croyait pas.

— Qu'est-ce donc? Qui va là?

Il se tourna vers Anselme, incrédule.

— Tu le distingues aussi bien que moi?

— Oh, certes, oui. Et je ne vois que cela, mon bon maître, notre sauveur. Regardez comme les loups lui obéissent.

— Mais cela est pourtant vrai. Notre fantôme ordonne et les loups se soumettent.

— Je parierais que c'est votre homme, insista Anselme.

— Tu veux parler de Zacharie?

— Et de qui donc voudriez-vous que je parle dans cette contrée désolée?

Lafontaine fit quelques pas malaisés dans la neige pour se porter vers lui. « Tant que je n'aurai pas touché sa houppelande, je ne le croirai pas », se dit-il. Pourtant, l'apparition était bien là, toujours campée sur ses hauteurs. Elle maintenait dressé le fameux bâton dans le ciel, droit au-dessus d'elle. Et à ce moment, alors que le naturaliste enjambait les paquets de neige qui entravaient ses pas, s'aidant de son fusil comme d'une canne, la louve surgit à son tour de la forêt. C'était une grande bête, altière, aux poils blancs, le museau dressé humant l'air. Elle poussa un hurlement. Et le bras de l'étranger s'abaissa lentement, ramenant son bâton tout contre lui, où il se confondit dans le long manteau qui le drapait.

Ce geste arrêta soudainement le mouvement craintif des loups sur la crête du chemin qui menait au mont Mouchet. Ainsi s'évanouirent-ils, un à un, sous la blancheur du ciel. Le soleil donnait à cette heure matinale ses feux dorés sur la neige, platinant les ombres. Lafontaine s'était arrêté pour regarder le prodige. L'effacement des loups. Ce n'avait été, tout compte fait, qu'un bref ballet.

— Est-ce toi que l'on nomme Zacharie ? cria-t-il.

L'homme se tenait toujours à la lisière du bois, immobile, la louve à ses pieds. « Bien sûr, se dit Vivien, il ne me répondra pas. Ce silence, cette immobilité, c'est sa manière de savourer son triomphe. » Et le naturaliste comprit que la situation requérait de lui quelques obligations. De chaleureux remerciements. Et peut-être un geste de prosternation, comme devant un dieu miséricordieux. Il se hâta vivement vers son sauveur.

L'homme portait la longue barbe noire des ermites. Et sa houppelande de grosse laine tissée laissait voir un habit gris patiné de crasse. Sur la tête, le chapeau de feutre à large bord des bergers. Vivien hésita à avancer à cause de la louve qui montrait les dents en grognant. La main du sauveur toucha l'encolure de l'animal, à peine un effleurement. Et le geste suffit à éteindre la colère qui possédait la bête.

« Voici l'homme qui commande aux meutes de loups dans la Margeride, se dit Lafontaine. Et peut-être plus encore ? L'homme qui ordonne les massacres dans tout le Gévaudan... » Le naturaliste fixait le long bâton de frêne qui avait dompté les loups. Et leurs regards se croisèrent, furtivement. Il sembla à Vivien qu'il saisissait là, en un éclair, une sorte d'amusement.

— Est-ce vous que l'on appelle Zacharie ?

L'homme hocha la tête. Un balancement bref et discret.

— Je me nomme Lafontaine, dit-il en tendant la main. Vivien Lafontaine, précisa-t-il, et je suis natu...

— Je sais qui tu es ! coupa Zacharie.

— Comment cela ?

— Si je ne l'avais su, tu serais mort à cette heure.

Lafontaine se força à sourire. Un mouvement grimacier du visage.

— Et mon compagnon, Anselme, dit-il.

Le serviteur se tenait derrière lui, à trois pas, méfiant. Zacharie ne daigna pas le regarder.

— Nous te devons toute notre reconnaissance, ajouta Lafontaine.

Il eût voulu tendre une main amicale, mais il sentit que Zacharie n'y répondrait point. Cet homme avait des manières d'ours. Cela se voyait jusque dans son regard. Tant de hauteur ne se pouvait expliquer que par la solitude. Et le naturaliste en éprouva aussitôt un fort sentiment d'exaltation. Comme s'il venait de trouver, dans un monde perdu, une espèce rare qu'il convoitait depuis longtemps.

— Pourquoi nous as-tu sauvés ? demanda-t-il.

Zacharie se détourna d'un geste las, puis se mit à frotter l'une contre l'autre ses chaussures de jambes empâtées de neige. La louve céda aussitôt à ce mouvement ;

elle avait hâte de se dégourdir les pattes. Lafontaine voulut s'en approcher. C'était la première fois qu'il avait l'occasion d'examiner un tel animal d'aussi près.

— Halte-là ! grogna Zacharie. Elle te mettrait en pièces. Ce n'est pas un chien. C'est Naomi, expliqua-t-il fièrement, une louve de trois ans.

Lafontaine lui fit répéter le nom de l'animal. Et il se souvint que dans le livre de Ruth, Naomi, femme d'Elimelec, possédait deux fils qu'elle éleva seule. Puis ils moururent, et la mère se trouva alors dans une grande solitude.

— Naomi avait deux louvarts que les sauvages de la plaine tuèrent au cours de leurs battues, expliqua Zacharie. Alors, elle resta auprès de moi.

— Tu l'as dressée ? demanda Lafontaine.

L'homme se mit à rire.

— Tu apprendras qu'on ne dresse pas un loup. C'est une espèce qui ne se domestique jamais.

— Pourtant, tu possèdes pouvoir sur eux, à ce que j'ai vu ?

— Peut-être suis-je devenu l'un des leurs.

— Un chef de meute, alors ? fit Anselme.

— Un frère d'infortune, rectifia-t-il. Sans meute aucune. Sinon mes souvenirs et mes larmes.

Vivien tendit sa carabine à Anselme pour qu'il la remisât dans son étui.

La louve partit en trottinant sur les traces de ses frères. Souvent, elle s'arrêtait pour humer les odeurs que le chef de meute avait laissées. Par mille détours hésitants, tantôt accélérant son avance d'une course effrénée et tantôt en arrêt pour flairer la piste, Naomi gagna les hauteurs que la bande de loups avait occupées avant de s'évanouir. Zacharie la suivit du regard, longtemps, les yeux mouillés.

Il éprouvait de la peine pour elle, parce qu'elle était devenue une louve solitaire, à jamais proscrite des clans qui hantaient la Margeride. Ni soumise, ni inféodée à un groupe, la louve avait pris l'habitude de chasser seule des semaines entières à la lisière des territoires, sans jamais s'aventurer plus avant à l'intérieur, pour ne pas faire allégeance au mâle dominateur. Alors qu'on la croyait perdue, elle s'en revenait vers le logis qui l'avait accueillie, sans faute, balançant entre la vie sauvage et la douce quiétude de la domesticité humaine.

— Je suis comme ma louve. J'ai perdu mon peuple, marmonna Zacharie. Pourtant, je porterai en moi sa mémoire douloureuse aussi longtemps que je vivrai.

Le naturaliste écoutait les paroles énigmatiques sans oser une question. Lentement, ils cheminaient dans la neige lourde, Anselme à l'arrière, menant les chevaux à la bride.

— Je suis venu ici pour te rencontrer, dit Vivien.

— Je sais, répliqua Zacharie.

— Comme le sais-tu ?

— Les rumeurs de la vallée montent jusqu'à moi. Et je n'ai pu trier le bon grain de l'ivraie, la vérité du mensonge.

L'homme aimait à s'exprimer par métaphores, ce qui témoignait d'une connaissance des textes sacrés inhabituelle dans le pays. Pourtant, cela n'étonnait guère Lafontaine, qui avait repéré la bible que Zacharie portait suspendue à son cou par une cordelette de cuir. L'oubli du monde était comblé par la présence, sur sa poitrine, de la parole divine. L'ermite ne s'en séparait jamais, puisant en elle la force nécessaire pour traverser les jours. Et souvent, comme ses ancêtres des Cévennes, dont il avait partagé un temps le destin, il déclamait à haute voix, parmi les bois et les champs, quelques psaumes aux accents prophétiques.

L'ermite retrouva sa louve sous le mont Mouchet, dans une sente étroite qui se faufilait dans l'épaisse forêt. Elle avait abandonné la piste aussitôt, et s'en était revenue vers les hommes. Aucun animal n'était plus capricieux et imprévisible qu'elle. Souvent, Zacharie se surprenait à lui parler, comme il eût fait avec un compagnon, la réprimandant ou la flattant, selon l'humeur du temps et la marche des événements. Cette fois, Naomi vint à lui en ployant l'échine, comme pour lui demander de l'accepter, encore une fois, dans son territoire, et de supporter ses caprices, ses foucades insensées. Une fois rassurée, la louve repartit à l'assaut du chemin, l'abandonnant bien vite pour le flanc de la colline d'où elle dominait la situation.

Les marcheurs écartaient les branches des sapins pour se frayer un passage, faisant choir sur leurs épaules des paquets de neige gelée. L'ermite marchait à l'avant, d'un pas égal, sans jamais s'arrêter, sans prendre le temps de reprendre sa respiration. Infatigable, il menait ses voisins à son rythme. Et Lafontaine avait compris que la marche était la première activité de Zacharie, sans répit ni relâche. Aussi la Margeride n'avait-elle plus de secret pour lui. Il en connaissait tous les recoins, toutes les caches, tous les repères. Il vivait juste de braconnage, tantôt jeûnant une semaine entière, tantôt se goinfrant des offrandes du ciel. Ainsi se livrait-il au hasard des jours, à la volonté de Dieu, sachant que la providence lui viendrait toujours en aide. Il avait acquis ce détachement du monde après la mort de ses frères.

— Jadis, expliqua-t-il au moment de traverser le point culminant du mont Mouchet, je possédais un troupeau. Puis je l'ai perdu...

Zacharie s'était assis sur une pierre à sacrifice. On pouvait discerner dans l'architecture du bloc de granit les alvéoles et les petites rigoles par où, jadis, s'écoulait le sang druidique. Et au sommet, le plateau taillé dans le roc où l'on disposait les offrandes aux dieux Tétatès, Bélénos, Esus, Dispater et à la déesse Téranis... De la pointe de sa canne, il décolla de ses houseaux les paquets de neige.

— Tu étais berger? questionna Lafontaine.

— Un bon berger à ce qu'il paraît. Un jour, mon troupeau fut dispersé. Par la force.

— Les loups? avança Vivien.

— Pire. Les hommes! répliqua Zacharie. Ainsi, il fut décimé jusqu'au dernier.

— Par qui donc?

— Les sauvages qui investirent ce pays, il y a vingt ans de cela.

— Tu étais le berger d'une communauté d'hommes? dit Lafontaine. C'est bien cela? Leur pasteur, en somme.

— Tous de bons et honorables chrétiens que l'on voulut convertir à la religion catholique.

— Pourtant, les dragonnades étaient terminées dans les Cévennes aux années dont tu parles. Après la mort de Louis XIV, la répression cessa.

L'ermite caressa sa bible sous sa houppelande. C'était un geste habituel chez lui, chaque fois qu'il évoquait le souvenir de ses frères, comme s'il portait une part de leurs âmes en sautoir.

— Alors, je suis monté au Montchauvet bâtir un temple, de mes propres mains. Et j'ai gravé dans la pierre chacun de leurs noms, pour que le monde n'oublie jamais.

— Un temple où personne n'honore plus aucun dieu, dit Lafontaine d'une voix basse.

— C'est un lieu où les loups vont hurler. Une légende prétend que les âmes de mes frères martyrisés se sont réincarnées dans la bête, dit Zacharie.

Lafontaine s'approcha de l'ermite et vint s'asseoir à ses côtés, sur la pierre à sacrifice.

— Tous ces massacres dans le Gévaudan, dit le naturaliste, cela se perpétuera donc jusqu'à la troisième génération ?

Zacharie détourna la tête. A cette seconde, dans le silence pesant de la nature, étouffante alentour, dans le bleu pâle du ciel et dans le bleu gris des forêts, Lafontaine soupçonna l'ermite, fort de ses pouvoirs, de conduire ses loups à l'hallali, de les avoir initiés à ces meurtres monstrueux.

— « Dieu venge l'iniquité des pères sur les enfants, jusqu'à la troisième et la quatrième génération... », récita Zacharie.

Lafontaine se souvint que l'abbé Vachères avait utilisé le même verset de l'Exode pour évoquer la colère de Dieu. C'était du reste un de ses sermons favoris aux messes des morts, lorsqu'il devait bénir les petites victimes de la malbête.

— Tout mon être se refuse à cette monstruosité, se rebella Vivien. La colère de Dieu ne se peut opérer ainsi sur d'innocentes victimes. Fussent-elles les descendantes de familles catholiques. Ou alors sont-elles choisies au hasard ?

— Je ne sais rien, dit Zacharie en se prenant le front dans ses mains. Je ne sais rien. Car je n'ordonne point les crimes dont tu parles.

Le naturaliste parut rassuré. Il ne croyait point que ce bon pasteur pût mentir sur une question aussi grave.

— Tel est l'objet de ma visite, insista Lafontaine.

Connaître la vérité. Dans la vallée, de forts soupçons pèsent sur toi.

L'ermite éclata de rire. Il était plaisant quelque part, au fond de lui-même, de penser que sa personne inspirait une telle crainte. Et, dans son air d'amusement, Lafontaine crut déceler plus de vanité que d'étonnement. La solitude n'est-elle pas de nature à éveiller des sentiments de supériorité ? Le naturaliste imaginait assez Zacharie en train de psalmodier des paroles funestes. « Moi qui règne, tel un prince solitaire, sur mon armée de loups, je puis vous les envoyer un à un jusqu'aux portes de vos cités pour venger les crimes anciens perpétrés au nom du Seigneur ! Voici ma menace et voilà ma sentence. » Et dès lors, jouir de la colère qu'il avait semée sur les terres du Gévaudan, pour venger les noms de ses frères gravés dans le granit. Et peut-être étaient-ce eux, au juste, réincarnés en loups, qui allaient porter la mort dans les villages. Mais, à la vérité, et bien que l'idée fût séduisante, le naturaliste ne croyait pas en la métempsycose. Tout au plus une légende, fort appréciée des littérateurs, dont Ovide qui en avait tiré, comme on le sait, un grand profit. La transanimation de Pythagoras n'avait cessé d'inspirer des fables. Mais pour que la thèse fût fiable, encore faudrait-il qu'un être réincarné pût se souvenir qu'il avait été en son état premier un autre être et qu'il pût en témoigner par des preuves irréfutables. Cela ne se conclut jamais de la sorte même si certains voient dans leurs rêves les réminiscences d'une autre vie, qui auraient ainsi traversé la barrière de la mort.

Une heure plus tard, l'équipée parvenait en vue de la montagne où Zacharie avait élu domicile. En cet endroit, le hêtre remplaçait l'épicéa. Et l'abrupt accès s'opérait au milieu d'éboulis. Une étroite sente avait été aménagée dans le chaos rocheux, patiné de mousse, couleur vert-de-gris. A son terme, Anselme et Vivien découvrirent une forte bâtisse de granit. Elle semblait posée sur un promontoire, en position instable, mais les visiteurs découvrirent que ce n'était là que pure illusion d'optique. Au contraire, une partie de la maison de Zacharie avait été taillée dans la roche dure. Et rien au monde n'eût pu la décrocher, sinon une catastrophe de nature à faire s'effondrer les montagnes.

Lafontaine s'arrêta à vingt pas pour examiner l'architecture de l'édifice. Cela tenait un peu des chapelles que les pèlerins de Saint-Jacques avaient essaimées sur leur route, siècle après siècle. Et par d'autres aspects, les ouvertures étroites, avec leurs croisillons de pierre, évoquaient une demeure de templier. En faisant le tour de l'édifice, le naturaliste finit par opter pour une chapelle de l'ordre de Cîteaux, comme on en avait bâti quelques-unes dans le haut-pays pour conjurer l'hérésie cathare. La simplicité des lignes, avec ses pans carrés, rigoureux d'épure et de dépouillement austère, ne pouvait laisser planer aucun doute. Une partie de l'édifice, sur le flanc gauche, avait été abattue, ne laissant apparaître que les fondements entre lesquels l'ermite remisait son bois de chauffage. Ainsi la chapelle coiffée d'un toit de lauzes sommaire, dont on avait aussi rasé le clocheton, offrait une vision de délabrement extrême. Sans doute le maître des lieux l'avait-il mise en cet état en démolissant tout ce qui lui donnait un aspect d'église catholique. Ramenée à sa forme basse et ramassée, ses pics gommés, elle avait plutôt l'allure d'un temple, comme ceux que les papistes avaient saccagés en masse dans les Cévennes.

Sur les conseils de son maître, Anselme mena les chevaux se restaurer vers la hêtraie. Les bordures étaient garnies d'herbe sèche. Vivien lui recommanda de prendre avec lui une carabine au cas où il ferait une mauvaise rencontre. Mais le serviteur était des plus rassurés maintenant qu'il avait vu le charme de Zacharie opérer sur les loups.

Les deux hommes entrèrent dans l'antre sombre de la chapelle voûtée. Une odeur de vieille huile rance prenait à la gorge. Zacharie alla s'asseoir sur son siège favori qui trônait vers le chœur. Toute trace d'ornements religieux avait été effacée. Et les socles des anciennes statues servaient d'étagères. Pour sa commodité, l'ermite avait conservé une chaise de chœur en ronce de noyer. Avec sa houppelande et son chapeau sur la tête, il ressemblait à un de ces anciens capitaines camisards, fier et hautain, juché sur un trône d'église ravi aux catholiques.

— J'ai pleine confiance, dit-il en abaissant le regard sur son hôte. Les gens de la vallée te paieraient cher pour connaître l'emplacement de ma tanière.

— Fort bel endroit, reconverti... souffla Lafontaine.

Et il hésita à terminer sa phrase, jugeant par avance son sens inconvenant.

— ... aux forces obscures, ajouta Zacharie. C'est ce que tu penses de moi? Tu me vois en hérétique...

— Loin de moi cette idée, rectifia le naturaliste. Nombre de mes amis de l'Académie des sciences sont des protestants. Certes convertis de fraîche date. Mais le fond protestataire demeure, envers et contre tout. C'est dans la nature de l'esprit humain de s'opposer aux tyrannies.

L'ermite se leva pour bouter le feu dans la cheminée, qu'il avait maçonnée dans un angle de la chapelle. Le fagot de hêtre s'enflamma aussitôt en crépitant, et une fumée âcre se répandit dans la pièce.

— Pourquoi les gens de la vallée te chercheraient-il noise? questionna Lafontaine. Et de quels gens veux-tu parler? Nos paysans sont trop abasourdis par leur malheur pour se risquer à croire qui que ce soit.

Zacharie reprit sa place sur son trône. Il aimait à réfléchir avant de parler, à peser ses propos, à contenir ses émotions. Sans doute tenait-il ces traits de caractère du temps où il était pasteur dans le bas-pays, d'où les armées du roi de France l'avaient chassé.

— Je veux parler des seigneurs d'Apcher.

— Monsieur de Molette?

— En effet. Morangiès est un sanguinaire. On ne compte plus les loups que son armée a massacrés au cours de vaines battues.

— Dans l'espoir d'atteindre la malbête, ajouta Lafontaine.

— Et le crime court toujours, déplora Zacharie d'une voix profonde. C'est donc que l'espèce est innocente, et qu'on la décime à tort. Et partout où je vais, je prophétise, moi aussi, contre ces fats qui croient toutes les calembredaines qu'on leur raconte. Je leur dis que le loup est innocent. Je leur dis : « Ne touchez pas à nos frères, car ils sont innocents », répéta-t-il. Me comprends-tu?

— Penses-tu que le loup soit aussi étranger à notre affaire? Il se peut qu'il existe dans le Gévaudan quelques bêtes vicieuses, échappées des meutes.

Zacharie éclata de rire. C'était un rire plutôt forcé. Pour donner le change.

— Comment un savant comme toi pourrait-il se laisser abuser! fit-il en levant le regard vers le sommet de son repaire comme s'il voulait prendre Dieu à témoin. J'ai observé quelques victimes. Et j'en ai conclu qu'il ne pouvait s'agir d'un loup. L'as-tu fait, seulement?

— Oui, dit Lafontaine. J'ai autopsié une fillette. Et je ne crois pas que le prédateur était un loup.

— Il arrive aussi que les meutes trouvent l'un de ces

malheureux et qu'elles s'acharnent sur lui, comme elles le feraient avec une charogne.

— J'entends bien, admit le naturaliste. Mais qui, alors ?

— Il n'est pire loup pour l'homme que l'homme lui-même, jeta Zacharie d'une voix sentencieuse.

Puis son visage se ferma. Vivien voulut en savoir plus, insista tant et tant qu'il n'obtint qu'un long silence. Alors, le naturaliste comprit que Zacharie ne parlerait plus de l'affaire, espérant sans doute, par son mutisme, inciter l'étranger à poursuivre ses propres investigations.

A la fin du jour, un épais brouillard gagna la vallée et le plateau. Seul le mont Mouchet fut épargné, tout entier doré par les rayons déclinants du soleil. L'ermite mit ses hôtes à contribution pour faire cuire un lièvre qu'il avait pris au lacet. De son côté, Anselme déballa toutes les denrées que leurs sacoches de selle transportaient. Mais Zacharie avait un appétit d'oiseau, et toutes les richesses qu'on étalait devant lui ne l'intéressaient guère.

Au déclin du soleil, l'ermite se retira vers la montagne pour prier. Seul. Il avait choisi pour ses dévotions un endroit formé par une pierre plate, large et longue, qui dominait la vallée. Et à genoux, ainsi, il égrainait un à un tous les noms de ses frères morts le jour où l'on avait brûlé son village. C'était ainsi, depuis le drame, une fidélité à la parole donnée, une louange au Dieu qui avait accueilli l'âme de ses martyrs et qui n'attendait plus que lui pour que le cercle fût bouclé.

Alors qu'il s'en revenait de sa prière, Naomi l'accueillit en louvoyant devant lui, gémissant et ployant l'échine. Vivien observait ce spectacle avec ravissement. C'était un étrange ballet, qui renvoyait loin en arrière le sentiment de terreur que le loup pouvait inspirer à l'humain. Le naturaliste se mit à crayonner sur son calepin quelques attitudes de Naomi. Et, un moment, dans le feu de l'exaltation qui s'était emparée de lui, Lafontaine voulut la caresser. Mais le bâton de l'ermite le mit en garde.

— Prends garde ! Sa férocité est entière.

Le naturaliste parut sceptique. Ce qu'il voyait le confortait au contraire dans la pensée que la louve s'était accoutumée à l'homme et que, toute peur éloignée, son agressivité s'en trouvait naturellement gommée.

— Je n'arrive pas à le croire. Le loup peut-il être apprivoisé ? Je suis enclin à le penser.

— Ni dieu ni maître, insista Zacharie, sinon le chef de meute qui pourrait l'accueillir. A la condition qu'elle fasse amende honorable et qu'un groupe veuille bien d'elle.

En tournant autour de Naomi, le naturaliste s'attira quelques grognements. La louve fronçait le nez, découvrant ses crocs menaçants. Lafontaine se recula, instinctivement, et l'animal, sentant qu'il avait le dessus, parut se rasséréner.

— Moi, à votre place, suggéra Anselme, je me tiendrais à l'écart. Oh mon Dieu ! que de témérité ! ajouta-t-il en direction de l'ermite.

Celui-ci hocha la tête. Rien n'empêchait Lafontaine de croire que Zacharie en rajoutait pour se donner de l'importance.

— Il est des expériences qui ne s'acquièrent que dans le tourment, persifla le serviteur. Monsieur Lafontaine est de cette catégorie d'hommes. Tant que la louve n'aura pas planté ses crocs dans le gras de sa cuisse, nous ne serons pas avertis. Ne seriez-vous point comme avec les femmes, tel que je vous ai connu à Paris, cherchant quelque coup de griffe au visage pour en tâter la vertu ?

Lafontaine riait de bonne grâce. C'était flatterie, tout de même, que de s'entendre dire une chose pareille en un tel endroit, perdu dans la Margeride, à dix lieues de toute âme qui vive.

— Mon serviteur préfère les catins, fit-il en regardant l'ermite, offertes à l'amour pour quelques pistoles.

Zacharie tenait son bâton dressé vers le ciel. Et de l'autre main, il défit le lien de sa houppelande.

— Je vais te montrer une chose édifiante qui tarira à jamais tes illusions sur le sujet.

D'un geste, Zacharie lança son manteau noir devant la louve. Et cette masse sombre qui tombait devant elle déclencha soudain une vive réaction. Avec férocité, Naomi se jeta sur le vêtement et se mit à le mordre en poussant des grognements, à l'agiter autour d'elle, cherchant dans cette forme molle la chair, les os, le sang... Hébété, Lafontaine se recula vivement.

— Ce n'est pas Dieu possible.

Zacharie poussa un cri rauque, le même cri qu'il avait utilisé devant la meute, sur le chemin du mont Mouchet. Puis il leva son bâton. Et la louve se recula, babines retroussées sur la mâchoire. De la pointe de sa canne, l'ermite ramena vivement sa houppelande à lui.

— Voilà, mon ami. Il suffit que tu tombes devant elle. Et tu es mort.

— Pourtant, ce manteau portait ton odeur, releva Lafontaine. Une odeur entre toutes reconnaissable.

— Naomi n'obéit à aucune autorité. Je ne suis pour elle que l'homme qui chemine à ses côtés et qui partage son destin de louve solitaire. Ainsi pourrait-elle me dévorer comme un loup malade, blessé, mourant.

8

Où Vivien apprend que la belle Juliette, elle aussi, cherche le loup et où l'on imagine quel nom donner à la bête maléfique

De retour à Grèzes, Lafontaine courut, bourrelé d'angoisse, à la ferme Valet. La petite Francette lui ouvrit. Elle tenait contre elle une poupée de chiffon, ou plutôt une forme de poupée rapetassée de vieille cretonne encrassée. Le visiteur l'interrogea sur son père d'un ton si pressant qu'elle ne répondit pas, baissant la tête, intimidée. Soudain, la mère surgit derrière elle.

— Ah, nos beaux gentilshommes sont de retour! s'exclama-t-elle.

Anselme se tenait loin en arrière. Il n'était pas des plus courageux dans ce genre d'annonce. En chemin, ils avaient médité sur cette catastrophe, la disparition de Martial et ses conséquences familiales.

— Bien sûr qu'il est revenu, mon Martial! criailla-t-elle. Y manquerait plus que ça. C'est que nous autres, on a les troupeaux à s'occuper...

Vivien Lafontaine poussa un grand soupir de soulagement, et referma la porte aussitôt. Il avait compris que

Valet était occupé dans sa bergerie. Et sans même dire un mot à son serviteur, il y courut comme un forcené. Maintenant qu'il était assuré de l'affaire, ses jambes ne flageolaient plus. Au contraire, la colère s'était emparée de lui.

— Tu mériterais cent coups de bâton, misérable !

Martial releva la tête, le front ceint par la surprise. Et, pris de crainte, il recula, la fourche à la main, butant dans un tas de fumier.

— Oh, mille excuses, monsieur, mais...

— Mais quoi ? Tu nous as laissés aux prises avec une meute de loups. Et tu as fui comme un lâche. Ah ! ça ne se passera pas comme ça. La lâcheté aussi a un prix. Et je compte bien te punir. On ne se moque pas impunément de Vivien Lafontaine. Oh ! diable ! tu vas l'apprendre à tes dépens.

Le naturaliste leva sa badine sur Valet. Mais le bouvier faisait front, droit dans ses bottes. Et ce n'était pas dans les règles de frapper un homme qui ne courbe point l'échine. Le paysan laissa tomber sa fourche. Et ce geste singulier arrêta la colère du naturaliste. Il avait connu, de la sorte, un duel à l'épée où son adversaire avait jeté de côté sa rapière pour ne plus l'affronter. Cette attitude l'avait désarçonné au point de renoncer à défendre son honneur.

— Me diras-tu enfin ce qui a guidé ta décision ?

Valet sortit de la bergerie, les épaules basses.

— Mais il est vivant ! nom de Dieu, s'exclama Anselme. Oh, quel bonheur ! Savez-vous que j'ai craint pour votre vie ?

Le bouvier dodelina de la tête de dépit.

— Votre serviteur est plus aimable que vous, dit-il.

— Entre petites gens, on se soutient, maugréa Lafontaine.

— Quoi, monsieur ? s'insurgea Anselme. Vous n'êtes point satisfait de le revoir ? Je ne comprends plus. Savez-vous que nous nous sommes fait un sang d'encre? fit-il en se tournant vers le bouvier. Au point de nous enquérir de votre dépouille, dans la forêt voisine, à une lieue à la ronde.

Le paysan ne put s'empêcher de sourire. Il avait connu des gentilshommes plus vindicatifs que celui-ci. Monsieur de Monclar n'hésitait pas à le faire fouetter par ses gardes lorsqu'il manquait une brebis à l'appel. Et ces violences ne lui faisaient, au juste, ni chaud ni froid. N'est-il pas dans la nature du pauvre de souffrir dans sa chair?

— Je vous dois quelques explications... hasarda Valet.

— Tu as eu peur pour ta femme et tes enfants? interrogea Lafontaine. De ne plus les revoir? Je pourrais le comprendre.

— Non, avoua Martial. Je n'ai pas eu peur. Au contraire, j'ai distrait la meute pour qu'elle vous épargne.

— Distraire la meute... ricana le naturaliste. Comment croire une chose pareille?

— Je disposais d'une longue corde que j'ai laissée filer derrière moi. Ainsi, l'engeance sauvage s'en est prise à elle, à courir, batifoler, s'exciter. Ce mouvement-là, comme celui d'un serpent, savez-vous, monsieur, c'est une sale affaire pour les loups. Ça effraie! Ça effraie tout autant que de frotter des sabots ferrés l'un contre l'autre. Ce sont là nos façons de nous défendre. Et au matin, en approchant de Paulhac, la meute m'a abandonné, enfin. Et je me suis dit que j'avais accompli une bonne action.

Déjà, la colère du gentilhomme commençait à fondre comme neige au soleil. Son caractère n'était pas enclin aux longues et tenaces irritations, qui sont le propre des gens rancuniers. Vivien Lafontaine se laissait volontiers corroder par la pitié, surtout à l'égard des petites gens, endurcis à souffrir le caprice des maîtres et des seigneurs.

Sa badine vint fouetter l'épaule du bouvier, presque comme un trait de plume qui efface le débet.

— Tu auras tes cent pistoles comme prévu, dit-il.

Et d'un geste de la main, il ordonna à son serviteur de quérir la somme dans la fonte de selle.

— Je ne veux pas être en reste avec toi, ajouta-t-il.

Valet fit mine de s'agenouiller devant le naturaliste. Mais celui-ci vint lui placer la pointe de sa badine sous le menton pour l'obliger à rester debout.

— Tu ne les mérites pas. Alors, point de salamalecs. Je finirais par regretter ma générosité.

Comme Anselme tendait les pièces au paysan, il lui dit, perfide :

— Ne te crois pas quitte pour autant... Si mon maître vient à te rétribuer, c'est qu'il a encore besoin de toi.

Lafontaine fit mine de botter le derrière de son compagnon. Et ce dernier s'éloigna en poussant les hauts cris. Les poules, les canards, les pintades, apeurés par cette agitation, s'envolèrent en tous sens pour aller finalement se réfugier sur le tas de fumier qui bordait la courette. Le caquetage des gallinacés, excité par celui des coqs, mit la basse-cour en effervescence, au point qu'on ne s'entendait plus parler, et qu'il fallut s'éloigner jusque vers l'étable.

— J'ai quelque chose à vous révéler, dit Valet en attirant Lafontaine à part.

— Toi? s'étonna le naturaliste.

Les chevaux mangeaient leur soûl de foin, au bord du muret. Et cette pitance odorante, qui leur avait fait tellement défaut sur l'Aubrac, les excitait tant qu'il n'était plus possible à Anselme de saisir les brides. Après tout, c'était de sa faute; il leur avait ôté trop promptement le mors.

Valet ne savait comment tourner sa phrase. Il n'entendait rien à ces affaires auxquelles il se trouvait mêlé bien malgré lui.

— Une jolie personne est venue s'enquérir de vous, dit-il, tandis que nous étions au mont Mouchet. C'est Marie qui m'a conté cela. Et je ne sais trop si je dois vous en instruire.

— Une jolie personne... répéta Vivien. De qui s'agit-il? Est-ce que ta femme a pu te dire son nom? Sinon, nous ne serons guère avancés.

Le bouvier se caressait les mains, tout intimidé qu'il était, en vérité, depuis que son visiteur lui avait donné ses cent pistoles auxquelles il ne croyait plus.

— Je ne sais si je dois, car cette personne, pour tout vous dire, n'a laissé aucun message à votre intention.

— Qu'importe. Tu dois tout me dire.

— Oui, admit-il. Vous êtes si généreux avec moi que...

— Brisons là! Le nom de la personne, vite! Sinon je retire ma parole, fit-il en faisant mine de reprendre la bourse.

Le bouvier baissait la tête. C'était à tout bien réfléchir une affaire scabreuse. Et peut-être se mêlait-il d'une situation qui risquait de lui retomber sur le nez.

— Une noble personne, assurément. D'un rang supérieur.

— Oui. Mais encore?

— Je souhaiterais que cela reste entre nous...

— Allons! Encore un effort!

— Mademoiselle Juliette...

Lafontaine éclata de rire.

— Tu veux dire, Juliette de Valcœur!

— Pas si fort, monsieur, on pourrait nous entendre.

— Que me chaut, en vérité, qu'un indiscret surprenne son nom!

— Ne savez-vous pas?

— Quoi donc?

— Mademoiselle de Valcœur est fiancée avec le jeune comte de Monclar. On ne parle que de cela, au pays, du prochain mariage.

— Tu as raison. Juliette est une fort jolie personne.

Lafontaine toucha l'épaule du paysan. Ce dernier avait compris, au récit de sa femme, que la belle Juliette était un peu piquée de lui, et que, sans doute, l'affaire était réciproque.

— Elle voulait vous rejoindre au plus vite. Mais Marie n'a point voulu lui donner les raisons de notre escapade dans la Margeride.

— Oh! s'écria Vivien. Nous courons tous deux après le loup. Voilà la vérité.

Le bouvier se détourna, gêné. C'était une chose trop périlleuse, à son idée, de savoir que Juliette de Valcœur trahissait son serment. Le futur, le comte Béranger, était un jeune gentilhomme d'une cruauté sans mesure, d'un orgueil maladif.

— Prenez garde à Béranger de Monclar. Il vous tuerait s'il savait que...

— Me voici averti, jura Lafontaine en faisant claquer sa badine contre le revers de sa botte.

Lafontaine songea alors que leur unique rencontre, chez les Morangiès, avait été des plus innocentes, et leur conversation empreinte de badineries comme il s'en trouve dans les salons de l'aristocratie. Certes, en se séparant, la jolie Juliette lui avait fait comprendre que leurs chemins se croiseraient de nouveau. Et il avait semblé à Vivien, à ce moment, qu'une ouverture intéressante se présentait à lui. Ainsi, elle n'avait pu résister à la curiosité de le revoir, sans doute sous le prétexte de connaître les derniers développements de l'affaire du Gévaudan. « Eh bien! qu'elle vienne donc! puisque nous avons tous deux de l'attirance!... Et que son Béranger aille au diable! » se dit Lafontaine en entrant dans la cuisine des Valet.

Le bouvier n'était guère tranquillisé. Il avait livré un secret, à ce qu'il croyait, et n'avait en retour obtenu l'assurance que son nom ne serait jamais cité, quoi qu'il advînt à l'avenir. Lafontaine était aussi étranger à ces craintes que pouvait l'être un galant gentilhomme à la cour de Versailles. Combien de fois avait-il dû jouer de la rapière sur le pré pour essuyer l'affront d'un rival floué? Un peu de sang sur l'habit suffisait à faire taire les scrupules des plus acharnés. Et rarement, à ce jeu, le naturaliste avait perdu la partie. Les enfants du bonheur ne se croient-ils point protégés par une chance insolente? Telle était la disposition d'esprit de Vivien Lafontaine devant les affaires de cœur.

Anselme rejoignit son maître dans le grenier où ils avaient élu domicile. Ce dernier était occupé à rédiger une relation sur son voyage dans la Margeride. Bien entendu, il s'attarda à décrire la cavalcade des loups au mont Mouchet, l'irruption de Zacharie et les sentiments que cette aventure lui inspirait. Dans la marge de ses écrits, il ajouta, selon ses habitudes, quelques croquis détaillés sur la louve, et nota, non sans émotion, la fameuse scène où l'animal s'était jeté sur la cape de l'ermite. Il dessina même la demeure du mystérieux personnage, la chapelle borgne, avec son clocheton brisé.

Anselme l'observait, sans un mot, subjugué par la patience de son maître, mesurant sa chance d'être au service d'un savant pour qui l'écriture et le dessin n'avaient plus aucun secret. Le spectacle fut à son comble lorsque Vivien Lafontaine tira de son sac une boîte de gouache en bois clair, vernissé, et qu'il ajouta touche par touche, avec une dextérité d'ange, de la couleur sur ses croquis.

Parfois, les couleurs dépassaient les traits, mais c'était pour en rendre encore plus magiques les formes. Et sur la palette de porcelaine sertie dans le couvercle de la boîte de couleurs, le naturaliste mélangeait et mouillait si attentivement ses pigments qu'Anselme croyait retrouver les teintes exactes de la Margeride, les lisières bleutées des forêts, le cendré des roches, le vert jade des éboulis, et la pâleur froide du ciel. Il termina par les portraits de Zacharie et de Naomi. Avec de la mie de pain, l'artiste gommait ses traits, puis reprenait l'ouvrage, jusqu'à ce qu'il fût ressemblant. La couleur rajouta aux figures une vie qu'il ne soupçonnait pas. Et, à ces yeux, cela tenait du sortilège.

— Oh monsieur, de qui tenez-vous cette grâce? Cela se rapproche de Dieu puisque vous reproduisez la nature aussi bien qu'il l'a créée.

La réflexion d'Anselme laissa Vivien Lafontaine rêveur. C'était une question à laquelle il n'avait jamais songé. Car Dieu, après avoir inventé le monde, conçu la mer et la terre, et peuplé ces espaces d'infinies espèces, se résolut à pétrir dans l'argile une forme humaine qu'il dota d'intelligence. Son ouvrage terminé, Dieu lança un suprême avertissement, que nul ne se risquât à ajouter ou retrancher quoi que ce fût à l'univers qu'il avait ainsi conçu. Mais l'homme désobéissant se mit à imiter Dieu, à imaginer un univers qui ne fût pas exactement celui que l'Eternel avait désiré. Etait-ce trahir les créatures de Dieu que les dessiner et les peindre pour qu'on puisse les reconnaître et les nommer, les identifier et les répertorier, selon un savant classement? Alors, si tel était le cas, le naturaliste était le premier des rebelles, le premier qui s'entichât de contredire l'ordre divin.

— Crois-tu aussi que Dieu soit le créateur de la malbête? Celle qui terrorise le Gévaudan?

— Cela est quelque part dans la Bible, la bête qui affronte l'ange.

— L'Apocalypse, ajouta Vivien en essuyant son pinceau avec soin. Ecoute ceci...

Et il parut réfléchir pour rassembler les mots qu'il possédait en mémoire depuis ses premières années de scolastique.

— « La bête que tu as vue était, et elle n'est plus, récita-t-il. Elle doit monter de l'abîme, et aller à la perdition. Et les habitants de la terre, ceux dont le nom n'a pas été écrit dès la fondation du monde dans le livre de la vie, s'étonneront en voyant la bête, parce qu'elle était, et qu'elle n'est plus, et qu'elle reparaîtra[1]. »

Une fois refermée sa boîte de peinture, le naturaliste s'étira voluptueusement. Tant de fatigue à réparer lui donnait envie de s'allonger et de dormir. Anselme promenait un œil fasciné sur les dessins du maître, mis à sécher sur une couverture de grosse laine.

— N'as-tu jamais vu les oiseaux de monsieur Wilson? Il s'agit d'un Ecossais qui a ainsi peint et gravé les espèces de son pays. Ce naturaliste est tellement célèbre qu'un sous-genre des turdidés se nomme les Wilsonia. Mais il y a aussi la bécassine de Wilson, la grive de Wilson, le phalarope de Wilson...

— Avez-vous prêté votre nom à l'une de vos découvertes? Voilà qui serait plaisant.

Le naturaliste éclata de rire. Monsieur de Buffon détestait ce genre, consistant à associer son patronyme à une espèce, comme l'insigne vanité du vulgaire. Cette manie était plutôt en usage chez les Anglo-Saxons.

— Si vous trouvez la malbête, ajouta Anselme, il nous

1. Apocalypse, XVII, 8.

faudra bien la nommer. Et ainsi, vous entrerez dans l'éternité.

— Voudrais-tu suggérer, imbécile, que la bête du Gévaudan soit inscrite au répertoire des animaux fantastiques, comme les dryades des bois, les napées, les sylvains et les pans dont parle monsieur de Ronsard dans son *Hymne des Daimons* ? Et que ce monstre héritât de mon nom : un lafontaine ? Un terrifiant et cruel lafontaine ! Et chaque fois qu'on le prononcerait, la terreur s'emparerait des esprits ! Et ainsi n'irait-on plus se baigner à la fontaine pour y conter fleurette aux belles, tant on craindrait d'y rencontrer mon terrible homonyme...

— Oh monsieur, je ne vous rêve point une telle indignité. Et j'avoue avoir parlé un peu à la légère. Il est vrai qu'on ne saurait prêter son nom à un féroce animal. Ce serait tenter le diable.

Les deux compères tombèrent aussitôt dans le sommeil, voluptueusement. Cette nuit-là, leurs rêves furent peuplés de mille peurs, mille bravades, mille périls. Et toujours, l'œil d'ambre de la louve s'en revenait les hanter, ne sachant si elle appartenait au monde des animaux ou des monstres. A leur réveil, il leur parut avoir poursuivi leur périlleux voyage dans le Gévaudan, tant les cauchemars avaient ajouté à leur fatigue. Perclus de douleurs musculaires, Vivien s'en descendit dans le village de Grèzes pour s'y livrer à quelques exercices gymniques. Rien de tel pour se dérouiller les muscles que de s'escrimer furieusement à coups de rapière sur un sac rebondi d'avoine. Le paysan s'amusait à observer toutes ces simagrées. Bien avant le jour, il avait brisé son content de glace dans la serve pour faire boire ses animaux, traîné à la fourche foin et paille. Et de voir, ainsi, un gentilhomme se dépenser en pure perte, rien que pour le plaisir, lui fit mesurer ce qu'était le bonheur de naître riche. Sa femme et ses enfants s'en vinrent même admirer les passes d'escrime, les voltes savantes alliant avec le corps des figures extravagantes. Pour peu, Valet regrettait presque l'affrontement avec les loups dans la Margeride ; une telle dextérité dans le maniement de l'épée l'eût préservé de la mauvaise engeance. Et cet engagement lui eût surtout permis de contempler l'un des plus grandioses spectacles de combat singulier qui soient.

L'arrivée de deux cavaliers, des dragons en habit réséda à aiguillettes, arrêta sa démonstration. Aussitôt, les enfants de Valet s'enfuirent dans la bergerie. On leur avait appris à se méfier des soldats, et surtout des hommes à cheval. La mère, elle aussi, disparut sans demander son reste. Cette réaction craintive était ancrée en elle comme un instinct de conservation. Les dragons avaient la réputation d'abuser des jeunes femmes, de s'incruster dans les maisons pour s'y faire servir à boire et à manger. L'habitude remontait au temps des persécutions, avec les lois scélérates sur l'accueil de la soldatesque chez l'habitant. Aussitôt, Lafontaine reconnut le sergent de Duhamel.

— Le capitaine m'a chargé de vous conduire à Chanaleilles, dit Boldieu.

— Là où des enfants ont affronté la bête ? demanda le naturaliste.

Il avait souvenir de ce récit où un jeune berger avait réussi à mettre en déroute le monstre avec une fourchine.

— Elle a encore sévi sur un pâtre. On a retrouvé sa tête à cinquante pas, expliqua Boldieu.

Lafontaine rajusta son épée dans le baudrier avec un geste vif d'agacement. Il n'avait point besoin de poursuivre l'examen des victimes depuis qu'il avait acquis la conviction que les loups n'étaient en rien responsables des massacres. Mais le capitaine Duhamel avait hâte d'en finir avec sa mission. Et tout ce qui pouvait apporter de l'eau à son moulin, selon quoi le tueur était un vieux loup géant et vicieux, était accueilli avec exaltation.

Boldieu se laissa glisser de sa monture en soupirant d'aise.

— Où étiez-vous donc, bon Dieu? Ça fait une semaine qu'on vous cherche. On commençait à craindre pour votre vie.

Le naturaliste ne répondit pas. Sa virée dans la Margeride, son entrevue avec Zacharie, tout cela faisait partie de son enquête, toute personnelle. Et s'il devait un jour livrer ses conclusions, celles-ci seraient acheminées sous pli cacheté à monsieur Dufort de Cheverny, comme on le lui avait expressément recommandé. Néanmoins, le sergent insista d'autant plus que ses questions demeuraient sans réponse. Le naturaliste connaissait la curiosité de Duhamel, son art de faire, avec le moindre ragot, des fables à son avantage.

— Je vais vous suivre à Chanaleilles, dit-il. Auparavant, il me faut donner quelques ordres à mon serviteur.

Anselme se restaurait d'œufs au plat et de lard grillé lorsque son maître vint lui ordonner de se rendre sous trois jours à Saint-Chély, et de s'installer dans les appartements de monsieur de Lourcières. Le naturaliste lui rédigea un sauf-conduit qu'il marqua de son sceau, celui de l'Académie des sciences, dont il était membre.

— Vous m'y rejoindrez, mon bon maître? s'inquiéta le serviteur.

— Bien entendu.

— Prenez garde à vous!

— Les amis de monsieur Duhamel assurent ma protection. Aussi bien que si j'étais un grand capitaine.

— Vous êtes un savant, dit Anselme d'un air rêveur.

Et votre vie nous est précieuse. Aussi précieuse que celle d'un prince, dont notre royaume à la vérité ne manque point.

Avant de quitter la soupente, Anselme avait rassemblé les dessins et gouaches dans une cartère de cuir. Il en était encore sous le charme. En séchant, les couleurs avaient gagné en nuances, ce qui ajoutait de la vie aux figures et aux paysages que le maître avait croqués dans la simple lumière d'une lampe à huile.

Les cavaliers prirent les devants, au grand galop. Ainsi voulaient-ils faire forcer l'allure à leur compagnon qui se traînait à l'arrière. C'était dans son goût de musarder, d'observer la nature et les miroitements du soleil levant sur les pans de neige. Il songeait à Juliette de Valcœur. Pourtant, il ne l'avait vue qu'une seule fois, mais son visage était déjà ancré dans sa mémoire, tant il lui avait fait forte impression. Il se dit que c'était là, sans doute, l'effet du manque. Cela faisait deux mois au moins qu'il n'avait serré une femme dans ses bras, caressé un visage, mordillé un sein. Juliette ou une autre... « Pourvu qu'elle soit amoureuse de moi, tout le temps que je le désirerai. Même s'il me faut affronter la jalousie d'un fiancé, tout me sera permis, puisque c'est la règle en amour. Ma règle, du moins. Lorsque le désir déferle, rien n'est plus doux que de se laisser porter par la vague. » Monsieur de Cheverny lui reprochait souvent ses inconduites, et s'étonnait, chaque fois, qu'il fût le premier à rompre, plutôt que de partager sa part de chagrin. « Votre cynisme n'est point digne d'un gentilhomme », lui répétait monsieur Dufort sur un ton de reproche amical. Il est vrai que le conseiller du roi possédait une jeune épousée, et que son grand âge le rendait plus contemplatif de la beauté qu'il ne l'avait été dans sa jeunesse.

9

Où Lafontaine médite la parole de Zacharie, pour qui il n'est pire loup pour l'homme que l'homme lui-même...

A force de galop, l'équipée rallia Chanaleilles au moment de midi. Les hommes s'invitèrent d'autorité dans une famille de bergers et s'y firent servir tout ce que les malheureux possédaient. Lafontaine en ressentit une profonde gêne et, à l'instant de quitter la table, il s'arrangea pour glisser discrètement une bourse aux paysans. Sans perdre de temps, ils montèrent à bride abattue au Villaret, le hameau où s'était accompli le haut fait. A peine une douzaine de maisons basses, en granit gris fleuri de lichens jaunes.

Le redoux avait amorcé, brutalement, la fonte des neiges, si bien que les rigoles dégorgeaient leur eau sur les chemins. Et les paysans avaient profité de l'aubaine pour sortir les troupeaux. Seules les tourbières étaient devenues dangereuses, avec leurs touffes de joncs pointant sous la débâcle. Les chiens allaient et venaient autour des animaux, tout excités de les conduire vers les pâturages. Nulle nourriture suffisante, encore, car la neige et le froid avaient tout brûlé sur les arpents jaunes. En lisière des bois, une herbe sèche s'étalait, abondante encore pour les vaches d'Aubrac, résignées à la dureté du climat.

Depuis le matin, les paysans du Villaret, réquisitionnés par Duhamel, avaient gratté au râteau et à la pelle les dernières neiges sur le pré banal. Puis ils avaient creusé des trous dans la terre noire pour y planter des mâts, tous bien alignés, au cordeau, selon un plan dessiné par le seigneur de Monclar. Les enfants du hameau avaient aussi été mis à contribution pour rapporter des monceaux de pierres avec lesquelles, à coups de massette, on avait consolidé l'ancrage des poteaux. Ensuite, les jeunes dragons étaient montés à leur sommet, à la force du poignet, pour y accrocher les oriflammes du seigneur de Saugues. Enfin, on y avait ajouté les couleurs d'Apcher, dont la famille de Morangiès entretenait précieusement le souvenir.

— Comme vous l'avez ordonné, monseigneur, nos mâts font cent cinquante palmes[1].

Geoffroy de Monclar, drapé dans un grand manteau lie-de-vin bordé d'hermine, salua le capitaine d'un geste outrancier. Il y mettait plus de condescendance que de respect pour Duhamel, d'autant que tous les hommes suivaient la scène d'un œil soupçonneux. La rumeur courait dans les rangs, autant parmi la cavalerie de Clermont-Prince que chez les fantassins, que les seigneurs du Gévaudan — Monclar en tête — avaient hâte de voir le départ de l'aide-major, après l'échec des battues. Du reste, chacun y avait été de sa petite lettre protestataire au roi, les Valcœur, les Labarthe, les Fontenoy, pour qu'on se décide, enfin, à rappeler le « cynique personnage » ainsi nommé d'un commun accord pour les besoins de la disgrâce.

1. Unité de mesure (une palme = 2,9 cm).

Le seigneur de Saugues s'employa à visiter l'agencement, à mesurer à grands pas les distances entre les poteaux, à évaluer les hauteurs, à juger leur droiture. Il finit, sur la trentaine qui avaient été érigées, par en dénombrer cinq ou six qui n'étaient pas conformes. Le capitaine l'avait suivi, un peu en retrait, l'œil pénétré de mépris. La revue de détail lui paraissait des plus inconvenantes, au moment même où l'abbé Béraud annonçait trois nouvelles petites victimes au tableau de chasse de la bête du Gévaudan. « N'y a-t-il pas mieux à faire, se disait-il, que d'organiser, là, dans ce trou perdu, une cérémonie à la gloire de petits paysans ? » Mais ce qu'ignorait l'aide-major Duhamel, c'est que l'affaire avait été inspirée par les conseillers du roi eux-mêmes. On voulait montrer aux grands chasseurs, aux fiers louvetiers, aux valeureux officiers qu'un simple petit paysan de douze ans avait réussi, par sa bravoure, à repousser l'horrible prédateur. « Suffit-il de brandir une fourchine devant le monstre pour le mettre en fuite ? » se demandait le capitaine.

Monclar revint vers les cavaliers et les passa en revue à leur tour, puis ce fut à l'escouade d'infanterie, l'arme au pied, jambes écartées, comme l'exigeait la position de repos. Les hommes avaient revêtu leur tenue d'apparat, bleu et rouge, pour la circonstance. Et le vent qui s'était levé, fou comme à son habitude, sur les hauteurs, chahutait les tricornes. Les rangs si bien formés se débandèrent à un moment pour quérir les couvre-chefs dispersés dans le pré. Le rire gagna l'assistance. Sauf Monclar, qui ne prisait guère la plaisanterie.

A l'écart, Vivien Lafontaine grelottait de froid sur son coursier. Béranger de Monclar, le propre fils du seigneur de Saugues, l'avait rejoint sur son cheval blanc et tournait autour de lui pour montrer son étonnement de voir enfin réapparaître le grand savant.

— Alors, monsieur? Votre science nous apprend-elle de quoi il retourne, enfin? Un loup, n'est-ce pas? Rassurez-nous, je vous prie?

Lafontaine lui demanda son nom, car il n'avait pas eu l'honneur de lui être présenté. Après que le jeune cavalier eut décliné son titre, le naturaliste le fixa avec attention. « Ainsi, c'est cela, le fiancé de Juliette? se dit-il. Ce blanc-bec à la fine moustache? » A la vérité, il fut frappé par la blancheur laiteuse de sa peau, accentuée par une chevelure d'un noir de jais. Il portait un justaucorps de velours rouge et une chemise de soie à jabot empesé. Malgré le vent froid qui donnait sur le plateau, il lui parut peu couvert, comme s'il sacrifiait son confort à l'apparente élégance de sa mise.

Béranger reposa sa question sous une forme moins agressive, et dans l'espoir sans doute que le naturaliste lui répondrait. Si, par principe, il se défiait des étrangers, le jeune homme ne pouvait se montrer plus désagréable, n'ignorant pas que monsieur Lafontaine était avant tout l'hôte privilégié du comte de Morangiès. Et quoi qu'il n'aimât guère le seigneur de Saint-Alban, ses quartiers imposaient plus de respect et de crainte que n'en montrait le jeune Monclar. Le bruit avait aussi couru dans la noblesse du Gévaudan que le jeune naturaliste était le protégé de monsieur Dufort de Cheverny. Et on ne pouvait espérer meilleur sauf-conduit.

— Je ne sais pas, monsieur. Je ne sais pas, répéta Lafontaine.

— Vous avez examiné quelques victimes...

— Une seule, en vérité. Et je réserve mes conclusions à l'autorité qui m'envoie sur vos terres. Vous m'en voyez navré.

Le jeune Monclar esquissa un sourire.

— Nous ne pouvons croire qu'en un loup de taille monstrueuse, dit-il. Et même si vos conclusions diffèrent, je parie fort qu'on se rabattra sur cette vérité, parce qu'elle agrée à monseigneur de Choiseul-Beaupré.

— L'évêque de Mende? interrogea Vivien.

— Parfaitement. Et nous attendons les grands chasseurs qui vont enfin réussir le seul exploit auquel le royaume aspire. La mort du loup maléfique.

— Les Lafont et les Denneval n'ont-ils pas répondu à vos attentes?

Béranger éclata de rire.

— Ce sont de gros lourdauds.

— Des chasseurs avec des limiers, et une armada de chiens. Tout cela pour assister à des hourvaris.

Le jeune Monclar flaira dans le propos quelque ironie. Et sur le coup, Lafontaine lui parut plus sympathique que de prime abord. Aussi éperonna-t-il son cheval pour faire mouvement vers lui, et se porter à ses côtés.

— Les Denneval, père et fils, voudraient couvrir le Gévaudan de pièges terribles, bien plus énormes encore que les forteresses guerrières que César bâtit contre les Arvernes. Je crains que ces instruments ne fassent périr plus de paysans que de loups.

Et le jeune Monclar décrivit par le détail les fosses et les chausse-trapes dont les Denneval avaient peuplé les environs de Saint-Chély, du Malzieu et de Saugues. Ainsi, on avait transformé des semaines durant les habitants en terrassiers, menuisiers et charpentiers pour bâtir les trébuchets, les brayons et les embûches géants que la prise exigeait. Et maints loups avaient été exterminés sans qu'on fût à même de déterminer si l'un d'eux était la bête du Gévaudan. Lorsqu'une des prises dépassait la mesure courante, à savoir soixante kilos et un bon mètre trente de longueur, on croyait enfin avoir touché au but. Mais alors, il ne se passait pas une semaine sans qu'un curé ne vînt annoncer une nouvelle victime. Et tout était à refaire. Comme Sisyphe, le métier de piégeur était œuvre de roi déchu, condamné à recommencer sans fin l'ouvrage. Les Denneval, tout entreprenants qu'ils fussent, lassaient leur monde. Et chaque échec ne faisait que conforter les prêtres dans la certitude que le monstre indestructible ne pouvait être que de nature divine.

Le naturaliste se retira dans les quartiers du capitaine Duhamel. Ses hommes occupaient l'une des granges du Villaret, parmi le foin qui leur servait de litière. Le capitaine s'était ménagé une place dans la maison voisine, après qu'on en eut écarté les gens. C'était manière courante de procéder en ce temps où la soldatesque jouissait chez l'habitant de toutes les libertés.

Lafontaine trouva un Duhamel ivre de rage éclusant du vin chaud pour étancher son ennui. Il en offrit à son visiteur qui refusa.

— Alors ! s'écria-t-il. Vous l'avez vu, ce Zacharie ?

A sa manière de baisser la tête, l'aide-major comprit que le naturaliste l'avait rencontré sur les hauteurs de la Margeride. Et comme l'élève de Buffon n'était point homme à mentir, il se tint dans un profond mutisme. Tant de questions l'assaillirent qu'il voulut se retirer. Mais Duhamel se mit en travers de son chemin et le prit violemment au col.

— Nul ne vous autorise, mon cher, à vous taire. Vous devez m'instruire. Affaire du royaume ! Je puis vous faire arrêter sur-le-champ.

— Nous ne sommes pas en guerre, que je sache, se défendit Vivien.

Le capitaine ne fut guère désarçonné par la résistance de son voisin.

— Bien sûr que si. C'est une guerre que nous livrons, sur ordre du roi, contre un ennemi inconnu. Un ennemi implacable, qui décime la population. Et j'ai reçu mission du gouverneur militaire du Languedoc, monsieur de Moncan, de tuer le monstre par tous les moyens. Voudriez-vous vous en rendre complice? Il suffit que j'écrive un mot! Un mot, monsieur! Et votre sort est scellé.

— Ignoreriez-vous, fronda Lafontaine, que je tiens d'un conseiller du roi la mission d'établir une relation sur ladite bête? Et d'en transmettre mes conclusions à monsieur Dufort? Je puis écrire moi aussi un mot, un mot! comme vous dites, afin de signaler que vous m'empêchez de poursuivre mon enquête...

Duhamel chercha des yeux un des misérables sièges qui occupaient la cuisine, près de l'âtre où brûlait une grosse bille de frêne, et s'y laissa tomber dans un grand soupir. Il s'empara d'un pique-feu et le tendit en direction de Lafontaine.

— Zacharie mène l'affaire. J'en ai acquis la conviction. C'est un parpaillot qui veut venger ses frères, que nous avons persécutés au temps de monsieur de César de Peyre.

— Qui est-ce? demanda Vivien.

— L'ancien bailli du Gévaudan, dans les années 1708.

— Ce que vous dites est juste, Zacharie est un ancien pasteur. Désormais, il vit en ermite au mont Mouchet et cultive le souvenir de ses frères morts sous la torture. Mais cela suffit-il pour qu'il soit coupable?

— Il l'est, s'écria Duhamel. Et pour mieux cacher ses crimes, il les fait accomplir par une meute de loups qu'il a dressés. Cela est incroyable, mais l'affaire est possible. Ce n'est pas à vous que je vais l'apprendre. Sa louve lui sert à guider les fauves sur les villages. Sans doute leur a-t-il appris à priser la chair humaine, la chair juvénile de préférence. Et ces loups, mon Dieu, en sont enragés.

Le naturaliste se mit à sourire. Duhamel laissa retomber le pique-feu contre sa botte, puis alla le fourrer sous les cendres. Et d'un geste nerveux, il remua les braises pour en ranimer les flammes.

— J'ai cru, moi aussi, à cette hypothèse. Mais il nous faut l'abandonner, ajouta Lafontaine. Cet homme a la passion des loups. Une connaissance approfondie aussi. Et sans doute entretient-il avec eux de singulières familiarités. Mais le loup, à ce que j'en connais, capitaine, est un animal libre, que rien ne peut dresser. Il vit en meute, sur un territoire dont il assure la protection, au point qu'il interdit à tout autre loup étranger à sa bande de l'investir. Et l'engeance ne se laisse conduire que par le chef de meute. Une louve ne peut prétendre à ce pouvoir. Encore moins un homme. Il s'agit d'une affaire de domination qui ne répond point à nos codes.

L'aide-major se prit la tête dans les mains, découragé.

— Il serait aisé pour mes hommes d'abattre ce Zacharie. J'y ai songé, savez-vous. Mais je crains que l'opération ne réveille les vieilles querelles chez les parpaillots.

— Elle serait criminelle et inutile, clama Vivien.

— L'arrêter alors? Tuer sa louve? Exterminer la meute? Une de plus!

— Et le lendemain, tout recommencera. Et il vous faudra rendre sa liberté à l'ermite, dans le ridicule.

— Oui, admit Duhamel, c'est ce que je crains le plus. Avez-vous vu comment le comte de Monclar me traite?

— Il éprouve le même sentiment à l'égard des louvetiers et des piqueurs.

— Les Denneval! Encore de joyeux imbéciles! s'écria le capitaine.

De bonne grâce, le naturaliste accepta deux doigts de vin chaud que lui tendait l'officier.

— C'est la seule manière d'en atténuer l'aigreur, admit l'aide-major en se servant une louche.

Lafontaine accepta de trinquer avec lui. Et ce geste amical brisa l'animosité dont il avait fait montre au début de la conversation.

— Savez-vous ce que m'a dit Zacharie ? dit Lafontaine avec un air de malice.

— Trois psaumes ! Un verset de l'Apocalypse, ricana le capitaine. Et un couplet sur Babylone la corrompue... Et Jérusalem la vertueuse...

— « Il n'est pire loup pour l'homme que l'homme lui-même », récita Vivien. Et je ne cesse de penser à cette phrase, qui me hante. Je crois de plus en plus que notre prédateur est de taille et de force humaines. Un ou plusieurs, je ne sais.

Le capitaine se leva de son siège. Il fit le tour, deux ou trois fois, de la table souillée de miettes de pain, de flaques de vin et de gras de jambon.

— Croyez-vous qu'un homme puisse ainsi assassiner, mutiler, éviscérer son voisin ?

— Oh oui !

— Et en si grand nombre ?

— Sans doute sont-ils plusieurs à satisfaire leur folie.

— Mais, tous les détails qu'on rapporta sur la malbête ? Ne l'ai-je point aperçue, moi-même ?

— Je vous en prie, capitaine !

— Dites que je suis un menteur !

— Vous avez vu une forme de loup. Vous avez vu quelque chose qui ressemble à un loup. Vous avez vu du poil de loup !

— Mes hommes ont tiré sur la cible en question et les plombs, les lingots même, ont été sans effet. Croyez-vous qu'un homme puisse échapper à cette grenaille? Non! Cela est ridicule.

Le naturaliste demanda au sergent Boldieu de le conduire à la ferme des Portefaix, située à une demi-lieue du Villaret, au lieudit La Coutasseyre. Le jour allait déjà sur son déclin, sous un ciel cuivré par les derniers feux. Au loin, se dessinaient les monts de la Margeride, sombres et gris, inquiétants même. « Voici un pays qui ne doit point se laisser apprivoiser aisément, songeait-il tout en cheminant d'un pas égal dans celui du sergent qui le devançait. Un pays fermé sur lui-même, propice aux fantasmagories, aux peurs ancestrales. Nul autre lieu au monde ne pourrait inventer la malbête, tant la contrée du Gévaudan lui correspond, avec ses couleurs froides, ses forêts bleuies par un ciel si proche de la terre. Sans doute ne pourrais-je jamais l'aimer, ce pays étrange, au point d'y revenir. Mais, à la vérité, je ne l'oublierai pas. Il m'aura causé les plus grandes frayeurs qu'un homme puisse connaître. » Et déjà, Lafontaine piaffait d'impatience à l'idée de narrer son aventure à monsieur de Buffon. Il se voyait déjà dans son vaste cabinet de travail de Montbard, à arpenter les parquets cirés, à caresser les rayonnages de la bibliothèque, à visiter les placards où le savant rangeait ses animaux naturalisés. L'homme avait la réputation d'être fort casanier, de ne jamais se risquer hors de l'enceinte de sa belle propriété. Il avait coutume de dire que tout ce qu'il prisait dans l'ordre naturel venait à son encontre, sans qu'il lui fût nécessaire de courir des espaces sauvages, alors que tant de naturalistes allaient sur les chemins du vaste monde pour y dénicher les espèces les plus rares.

D'un geste, Boldieu désigna, sous un épais bosquet de frênes, la masure des Portefaix. Un muret courait jusqu'à la futaie, bien entretenu. On distinguait à l'agencement des pierres que l'habitant en prenait grand soin, qu'il coupait les repousses d'arbustes au fur et à mesure que la végétation gagnait sur le chemin.

Le vieux Portefaix s'était déjà rasé de frais pour la cérémonie du lendemain. Les incessantes allées et venues des régisseurs, des militaires, avaient donné tant d'importance à cette famille oubliée sur son arpent de terre noire. Cette gloire nouvelle, elle la devait à son petit Jacques, simplement parce qu'il avait vu la bête en chair et en os et qu'il l'avait mise en fuite.

Le sergent présenta Lafontaine comme un envoyé du roi de France. Rien de moins. C'était fort exagéré, mais efficace. Aussitôt, le père Portefaix tomba à genoux devant le naturaliste, et lui baisa les mains. Des larmes coulaient sur son visage buriné.

— C'est point moi, c'est mon Jacques. Un courageux petit bonhomme.

Vivien aida l'homme à se relever, puis alla saluer la mère, timidement cachée derrière un buffet. Le visiteur fit, après tant d'autres personnalités, des compliments pour l'acte de bravoure. Et la mère et le père se remirent à pleurer d'émotion, tant cette chose-là, la compassion, leur était étrangère, eux qui avaient plutôt l'habitude de subir les remontrances et les humiliations d'un maître. Mais lorsque Lafontaine demanda à rencontrer le petit héros, soudain, les regards s'effacèrent craintivement.

— On peut pas, mon bon monsieur! jura la mère en croisant les mains sur sa poitrine.

Elle avait des habitudes de prière dans chacun de ses gestes, à la façon dont elle amenait les mains au-devant de son visage, comme si elle craignait à tout instant de toucher la Sainte Vierge. Et elle se mouvait aussi avec des réflexes de génuflexion. Tout, en elle, reposait sous le regard dominateur de Dieu. Et le naturaliste l'observait sans parvenir à en détacher son regard. Autour du cou, elle portait un chapelet à prière, dont la croix énorme en perles de verre était le seul bijou qu'elle avait possédé et qui l'accompagnerait, sans doute, jusque sous la terre.

— Je souhaiterais tellement lui parler, à votre petit Jacques...

— Oh m'sieur, nous n'savons quoi dire. C'est que...

La mère interrompit son lourdaud de mari de sa voix de crécelle.

— C'est m'sieur le curé. Il a dit que personne devait lui parler, que ça risquerait de l'embrouiller.

Le vieux Portefaix hochait la tête en fixant sa femme.

— Oui, c'est ça, mon bon m'sieur.

— Où est-il, votre Jacques? demanda le sergent.

— Chez m'sieur le curé, avoua le vieux Portefaix.

Sa femme lui lança un regard lourd de reproche.

— A Chanaleilles? Chez Vernier? insista Boldieu.

Le vieux hocha la tête. Pour l'heure, il craignait plus l'envoyé du roi que sa femme.

Les deux hommes s'en revinrent à marche forcée au Villaret où leurs chevaux les attendaient. En moins d'une demi-heure, ils avaient rallié Chanaleilles. Lafontaine insista pour que le sergent restât avec lui. Il craignait que l'abbé Vernier fût rétif à le recevoir, et la présence d'un sous-officier des dragons à ses côtés était de nature à l'infléchir.

Le prêtre qui administrait les affaires de la paroisse de Chanaleilles était un homme matois. Il partageait avec Béraud la pensée que la bête ne pouvait être qu'un présage maléfique, un avertissement divin. De fait, depuis les grands carnages dans le Gévaudan, les églises étaient pleines. On y communiait avec plus de dévotion. Et les sermons sur l'Apocalypse de Jean ajoutaient encore un peu plus de peur dans les esprits.

Lorsque le sergent demanda à voir le petit Jacques Portefaix, une grimace se dessina sur le visage du prêtre. Il ne pouvait mentir à l'autorité, et encore moins résister à l'uniforme.

— Je sais qui vous êtes, dit-il en fixant Lafontaine d'un œil froid. L'abbé Béraud m'en a instruit. C'est donc vous qui avez touché au corps de la malheureuse Jeanne Bonnefon ?

Le naturaliste fut tenté par un mot d'esprit, en rappelant le martyr de l'autre Jeanne, celle qu'on nomma Jeanne l'hérétique, mais se ravisa.

— Je ne crois pas qu'il s'agisse d'un loup. Et j'en ai cherché les preuves, dit-il.

— Mais, monsieur, je partage votre opinion. Bien entendu, il ne s'agit point d'un animal commun, d'un *Canis lupus*.

Et d'un geste, il fit signe à ses visiteurs de prendre place dans l'oratoire. C'était une minuscule pièce où l'on ne voyait goutte. Mais le curé Vernier avait l'habitude de s'y réfugier pour la prière, et aussi pour certaines conversations qui requéraient un lieu inspiré par l'esprit de Dieu. Lafontaine et Boldieu prirent place sur un banc étroit tandis que le prêtre venait se placer en face d'eux, sur une chaise en bois sculpté. C'était un mobilier d'une grossière facture comme on en trouvait souvent dans les petites églises, façonné par les paysans, gauchement, pour complaire à leur confesseur.

— Nous sommes devant un mystère, ajouta l'abbé. Il est des signes devant lesquels il faut nous incliner.

— Le petit Portefaix a mis le démon en déroute, s'étonna Lafontaine.

— Voici un autre signe qu'il nous faut interpréter. Car le petit Jacques était pur et sa pureté a effrayé la bête.

— Jeanne Bonnefon ne l'était point, elle ? dit le naturaliste.

L'abbé Vernier joignit ses mains et en porta le tranchant à ses lèvres, comme s'il voulait s'imposer le silence.

— L'homme est sur la terre pour expier ses fautes, lâcha-t-il. C'est à cette condition qu'il gagnera le paradis. Et si Dieu met l'homme à l'épreuve, c'est pour lui annoncer la vérité.

Le sergent commençait à s'impatienter dans le sinistre oratoire. Il avançait, retirait ses jambes, grattait les dalles avec le talon de sa botte. Son voisin écoutait la tête dans les mains. Il n'avait pas envie de s'engager dans une longue méditation sur la résurrection des âmes.

— Je désire voir le jeune et pur héros que vous cachez sous votre aile, insista Vivien.

Le curé se leva, désarçonné.

— Ce qu'il a vu lui a tourneboulé l'esprit, dit le prêtre. Et parfois, ses propos sont incohérents.

Vivien se leva de son banc, approchant son visage de la lampe à huile.

— J'en jugerai par moi-même.

La servante, une vieille paysanne percluse de rhumatismes, presque cassée en deux, alla chercher le garçon qu'on avait logé dans une des petites pièces de la curie. C'était un fort garçon pour son âge, douze ans, le visage rond, le nez camus.

De prime abord, Vivien réalisa que le jeune Portefaix était sous influence. Il ne répondit à aucune des questions qu'on lui posa, préférant regarder, chaque fois, son confesseur. Et celui-ci, de par son visage fermé, lui intimait de ne rien dire.

— Qu'est-ce donc qui l'a rendu idiot, ce jeune garçon ? s'interrogea le sergent. Le fait d'avoir affronté la bête ?

— Le petit Jacques en a fait le récit dix fois. Et c'est une épreuve que de lui faire revivre les terribles événements.

D'un pas leste, Vernier alla chercher un petit mémoire qu'il avait rédigé sur l'affaire et qu'il escomptait remettre, lors de la cérémonie du lendemain, à l'évêque de Mende.

— Je puis vous éclairer mieux qu'il ne le ferait lui-même...

La réflexion attisa un sourire sur le visage du naturaliste. C'était un fait qu'il ne prisait guère tous ces petits curés, leur préférant les casuistes de cour avec lesquels il entretenait des rapports passionnés. « Ces gens méprisent leurs ouailles. Et en prétendant les éveiller à Dieu, ils les abrutissent. » L'image de la mère Portefaix lui revint en mémoire, avec son chapelet autour du cou, comme un collier de prix.

— Tout est consigné. Le jour, l'heure...

— J'entends bien. Cela a défrayé les gazettes. Et comme vous le supposez, j'ai lu tout ceci, attentivement. Mais, moi, s'éleva Vivien, je veux connaître la vérité. La pure vérité. De la bouche de ce garçon...

L'abbé Vernier fit semblant de ne point comprendre l'admonestation.

— « Le 12 janvier de l'an de grâce 1765, à onze heures du matin, commença le curé d'une voix monocorde, la bête attaqua, au lieudit La Coutasseyre, sept enfants, dont cinq garçons et deux filles. Les cinq garçons étaient : Jacques Portefaix, âgé de douze ans, de la taille de quatre pieds six lignes, Jacques Coustou, âgé de douze ans et demi, de la taille de trois pieds onze pouces, Jean Pic, âgé d'environ douze ans, de la même taille, Joseph Pannefieu, âgé de huit ans et demi, de la taille de trois pieds cinq pouces, Jean Veyrier, âgé de huit ans, de la même taille. Les deux filles étaient Madeleine Chausse, âgée de neuf ans, et Jeanne Guefier... »

— Nous savons tout cela, monsieur.

— « ... Les enfants étaient tous armés, poursuivit le prêtre, d'un bâton au bout duquel ils avaient attaché une lame de fer. Lorsqu'ils aperçurent la bête, ils se rassemblèrent au plus près les uns des autres et se placèrent en défense, après avoir fait le signe de la croix, en demandant à Dieu de leur venir en aide. Le petit Portefaix se porta au-devant de la malbête et pointa vers sa gueule le bâton armé du fer. Le monstre vint à eux. Il saisit la joue de Joseph Pannefieu et l'emporta d'un coup de griffe... »

— Le capitaine Duhamel a indiqué dans son rapport, intervint Lafontaine, que Pannefieu ne portait au visage qu'une griffure peu profonde.

— « ... La bête vint de nouveau les harceler avec fureur, blessant à la lèvre Jean Pic. Ce dernier fut même emporté par le monstre dans une moulière voisine où la bête s'enlisa. C'est alors que notre petit Jacques l'attaqua vivement avec son bâton et lui fit lâcher sa prise. Alors, elle prit la fuite, voyant qu'elle ne viendrait point à bout de nos enfants, guidés et inspirés par la main de Dieu. »

— Est-ce ainsi que les choses se sont déroulées? demanda le sergent.

— Oui, dit Jacques Portefaix. Je l'ai piquée à la gueule et aux yeux.

— Au point de la blesser?

— J'ai pas vu de sang.

— Pas de sang! ajouta Boldieu.

— Ce qui prouve que la bête n'est point de nature humaine, fit le prêtre en agitant son index. Et que les balles de nos chasseurs ne peuvent la transpercer...

— Pourtant, elle a eu peur d'un enfant de douze ans, ajouta Lafontaine.

Le naturaliste prit l'enfant à part et l'amena sous la lampe pour lui montrer un dessin qu'il avait réalisé.

— Est-ce qu'elle ressemblait à ça?

Le petit Jacques parut effrayé par le dessin. Puis il lui en montra un autre qui représentait une gueule de loup, lèvres retroussées sur des crocs menaçants.

— Je le crois bien, fit-il en détournant le regard.

— Regarde bien les yeux de la bête. Etaient-ils jaunes, ainsi que je les ai représentés?

— Oui, jaunes, et jetant du feu.

— Jetant du feu! s'exclama le curé, triomphant. Harmaguédon!

Lafontaine éclata de rire. Et le petit Jacques prit peur devant ce rire. Car il avait cru entendre la bête rire aussi. Et lorsque Vivien voulut ramener sous le regard de l'enfant l'image de la bête, il s'enfuit dans un recoin de la pièce en criant, pleurant, vociférant.

— Tu as vu un loup. Un simple loup. Qu'un bâton a mis en fuite. Voilà la vérité. Tout le reste, ce sont des calembredaines, criait le naturaliste. Moi aussi, j'ai eu peur d'une meute de loups. Et ma peur a inspiré en moi mille visions terrifiantes. J'ai vu le sang sur la neige. J'ai vu ma carcasse de chrétien mise en pièces. J'ai regardé le ciel. Et j'ai pensé, aussi : « Peut-être que la main de Dieu va écarter le péril. »

Le prêtre s'était approché du petit Jacques, et lui caressait le visage d'un geste consolant.

— Tu as vu Harmaguédon! dit-il. Et la colère de Dieu.

10

Alors que la bête court toujours, les petits chaperons rouges n'ont plus peur du loup

A la pointe du jour, le capitaine Duhamel installa ses hommes sur le pré banal. Les oriflammes claquaient au vent du sud qui apportait un peu la douceur du Midi. Pour les faire patienter, il fit servir double ration de soupe et de vin. Tous portaient l'uniforme d'apparat bleu et rouge. Seuls les cavaliers avaient eu le droit de rester à la ferme du Villaret pour bouchonner les montures. Surtout, il eût été fatal au pré d'y faire manœuvrer prématurément les chevaux. On voulait conserver la couche herbue en l'état.

Les fantassins élevèrent le dais de campagne, rouge et or, puis dressèrent les sièges des notables, sous les plis de draps déployés comme des voiles.

Duhamel et Lafontaine arpentaient le théâtre des cérémonies d'un pas lent. Ils allaient et venaient pour tromper l'attente.

— L'évêque remettra trois cents livres de récompense à la famille Portefaix. Au moins, ceux-là, ils n'auront pas tout perdu. Sans compter que le jeune héros tombera, désormais, sous la coupe des ecclésiastiques. On lui donnera quelque instruction religieuse. Et si l'affaire tourne comme monseigneur de Choiseul-Beaupré l'espère, nous en ferons un curé.

— Et dans le cas contraire?

— Un soldat, répliqua l'aide-major.

— Comme dans les familles nobles, un cardinal ou un maréchal.

— On voulut me donner au séminaire, raconta Duhamel. Mais le blasphème est un défaut qui ne se lave que dans le sang. Ainsi, on me livra à l'école militaire et je courus en Saxe recevoir mon baptême du feu. Puis, je connus ma première blessure.

Et il montra, sous sa manche relevée, les cicatrices d'une balle qui lui avait brisé le coude.

— Ensuite, les blessures du cœur. Les pire, sans doute. Celles dont les ecclésiastiques sont privés.

Lorsqu'on eut déroulé les tapis rouges de l'évêque sur le pré et dressé l'autel pour la bénédiction, Duhamel s'estima quitte de sa mission et ordonna à ses hommes de se retirer dans leurs quartiers. Boldieu fut chargé de la revue de détail : les tenues des soldats, le bouchonnement des chevaux. C'était une occupation disciplinaire, qui ferait patienter les hommes jusqu'à l'heure de la cérémonie, car ils savaient sans doute mieux que quiconque qu'il n'est pire inconvénient pour un escadron en campagne que l'inactivité.

Monsieur de Lourcières se présenta le premier au Villaret, et en ressentit de la déconvenue; il avait acquis l'habitude dans sa charge de faire patienter. Le naturaliste se fit inviter dans sa carriole. Le maire était de fort mauvaise humeur et n'avait guère envie de battre la semelle sur le pré, sous le regard des manants contenus derrière une corde de chanvre tendue sur des tuteurs ornés de rubans multicolores.

— Notre évêque prise fort ces cérémonies. Moi, je n'y vois que de la poudre aux yeux, fit-il en observant son visiteur.

— Pourquoi me regardez-vous ainsi? Comme si je revenais de l'Achéron...

— C'est bien de ce port-là, mon cher, que vous retournez, s'exclama le juge maire.

— Parce que j'ai affronté quelques loups au mont Mouchet? Il n'y a guère d'action héroïque dans tout ça.

— Je vous verrais bien aussi, mon ami, toucher les trois cents livres des mains de notre évêque. Vous valez bien ce petit Portefaix.

— J'en fus sauvé par l'ermite, poursuivit Vivien d'un ton enjoué.

— Oui, je sais tout cela, mon cher. Votre palefrenier m'en a entretenu.

— Anselme, ce brave Anselme, ajouta le naturaliste. Je crois qu'il a eu plus peur que moi.

Le maire sortit de la poche de son manteau une boîte à maquillage et se poudra les joues de blanc, ainsi que la perruque, puis usa d'un peu de vermillon pour rosir ses pommettes et ses lèvres. Il vérifia dans un miroir de poche que les mouches étaient restées en place sur son front. Monsieur de Lourcières tendit la boîte à son voisin qui refusa.

— Le teint agreste vous convient tellement, mon ami, persifla le maire. C'est fâcheux. Une jolie petite comtesse vous suit à la trace. Et je gage qu'elle ne tardera à vous trouver.

Lafontaine se racla la gorge. Il ne sut que répondre. Maintenant que la rumeur courait le pays, il ne tarderait pas à subir la jalousie de son rival.

— Je vous prierai de vous taire, dit Vivien en lui touchant la main. Pour l'honneur de la dame...

— La damoiselle monte comme une amazone un fier alezan. Et, dans ses courses folles, par tous les grands chemins du Gévaudan, on ne compte plus, mon ami, les jupons qu'elle déchire aux branches. L'étoffe rutilante signe son passage. Et il en est plus d'un qui conserve sur son cœur les précieux lambeaux.

Le naturaliste baissait la tête. Son voisin s'amusait à la décrire ainsi qu'il l'avait rêvée, en vérité, impétueuse et ardente dans les plaisirs des jours.

— Juliette n'a pas peur du loup, ricana le maire. Du reste, le monstre en tomberait amoureux, avant même que ne lui vienne le goût du sang.

— Je vous trouve insolent, répliqua Lafontaine.

Lourcières se mit à rire, exhibant des dents jaunies.

Les attelages vinrent s'aligner sur le chemin. De petits groupes, en tenue de salon, se dirigeaient vers le dais. Monsieur de Lourcières aimait à épingler des noms sur les visages qui défilaient. Vivien en connaissait quelques-uns, déjà, ceux qu'il avait croisés au château de Saint-Alban, les Labarthe, les Fontenoy, les Monclar, les Morangiès, le vieux Valcœur précédé de son fils Arnold. Il chercha Juliette en vain. Le maire s'amusa de sa déconvenue. Puis, se penchant un peu pour mieux voir derrière, il lui montra du pouce un couple qui se tenait par la main.

— Béranger et sa promise ! s'exclama-t-il à mi-voix.

— Mon Dieu, comme il la serre de près, nota le naturaliste avec un pincement au cœur.

— Oui, ajouta de Lourcières, il lui faut la tenir ferme, car Juliette est une oiselle.

— Voudriez-vous suggérer, cher homme, que la petite comtesse de Valcœur est tenue en cage par cet oiseleur-là ?

Monsieur de Lourcières fit signe à son cocher de lui Ouvrir la portière et de déplier le marchepied.

— Allons goûter à cette comédie, tandis que la bête du Gévaudan poursuit ses méfaits, dit-il désabusé.

L'évêque de Mende monta en grande pompe sur son estrade où l'attendait sa chaise culière en bois doré. Les curés Béraud et Vernier l'encadraient en chasuble. Ensuite, les nobles et seigneurs du Gévaudan prirent place de chaque côté de l'estrade, sur des sièges disposés en arc de cercle, pour que chacun pût se repaître du spectacle.

Sur le pré banal, le capitaine avait fait déployer son escouade. Les fantassins en quinconce, et à chaque bord, la cavalerie.

— Au nom de Sa Majesté... cria le gouverneur du Languedoc, le comte d'Eu.

La suite de la phrase se perdit dans le vent. Et Lafontaine vit distinctement le gouverneur épingler une cocarde sur la poitrine du petit Portefaix. Il y eut des cris et des applaudissements du côté des paysans qui se pressaient contre la corde. C'était jour de gloire pour eux. Tous les notables du Gévaudan et l'autorité royale s'étaient rendus au Villaret pour fêter l'enfant du pays, le jeune héros qui avait mis en fuite la bête et dont on racontait l'exploit dans toutes les gazettes de France.

Le gouverneur appela les parents du prodige. Il fallut insister, déplacer deux porte-verge, pour qu'ils vinssent s'incliner devant le comte d'Eu. Ce dernier les salua d'un air indifférent puis leur tendit, au nom du roi de France, les trois cents livres de récompense. Ensuite, les porte-verge les reconduisirent à leur place. Ils s'effacèrent de la scène, hébétés.

Les curés récitèrent quelques prières, lesquelles furent reprises en chœur. Et lorsque la bénédiction fut achevée, monseigneur de Choiseul-Beaupré fit une oraison. Il reprenait, dans ses grandes lignes, le fameux mandement adressé à ses prêtres afin qu'ils le lisent en chaire et par lequel le prélat voyait dans les cruautés de la bête la colère de Dieu exercée contre la malice et la corruption du petit peuple.

— Pères et mères, s'écria-t-il en levant ses longs bras vers le ciel, qui avez la douleur de voir vos enfants égorgés par ce monstre que Dieu a armé contre leur vie, n'avez-vous pas lieu de craindre d'avoir mérité, par vos dérèglements, que Dieu les frappe d'un fléau si terrible? Souffrez que nous vous demandions, ici, compte de la manière dont vous les élevez, de votre négligence à les instruire ou faire instruire des principes de la religion et des devoirs du christianisme!...

Vivien Lafontaine, qui s'était tenu à l'écart de la cérémonie, à un endroit où l'on ne pouvait l'apercevoir et d'où il jouissait de la meilleure observation, vit alors tous les paysans s'agenouiller à même le pré, et incliner la tête devant les terribles paroles de leur évêque. Cette scène lui rappela celle de Saint-Flour, sur le parvis de la cathédrale, au moment où le carnaval battait son plein. Et il ressentit de la colère devant tant de soumission. « Nous ne ratons pas une occasion d'apeurer la populace, de la rappeler à ses devoirs chrétiens par la terreur », se dit-il. Et il songea alors à Zacharie, l'ermite insoumis, promenant sur les chemins du Gévaudan la mémoire de ses frères sacrifiés. « La bête est-elle le fléau de Dieu ou la réincarnation des âmes errantes des protestants massacrés dans le haut pays aux jours sombres des conversions? Si elle pouvait être le bras armé des hérétiques, pensa-t-il, j'en serais conforté. »

— Le monstre redoutable qui exerce sa fureur contre nous sera exterminé, ou Dieu le fera disparaître de nos contrées pour n'y plus revenir, poursuivit l'évêque d'un ton passionné. Loin de vous cette pensée folle que cet animal est invulnérable et indestructible. Cet animal, tout terrible qu'il est, n'est, pas plus que les autres animaux, à l'épreuve du fer et du feu : il est sujet aux mêmes accidents et à périr comme eux. Il tombera infailliblement sous les coups qu'on lui portera dès que le moment de la miséricorde de Dieu sur nous sera arrivé...

Un chœur de pleurs s'éleva parmi la foule. Les femmes du Villaret, de Chanaleilles, du Malzieu et de Grèzes pleuraient leurs enfants morts, et imploraient le pardon de Dieu. Cela était dit, clamé, répété, qu'ils étaient tous coupables, et que leurs enfants avaient payé pour eux tout ce dont ils ne s'étaient point repentis.

D'un pas nonchalant, Lafontaine remonta vers le village désert, et prit la route de Chanaleilles. Au loin, dans la limpidité de l'air, se dessinaient les montagnes de l'Aubrac, dominées par le mont Mouchet dans une clarté bleue.

Jupien de Labarthe avait quitté la fête avant que l'évêque eût fait baiser, à ses ouailles, l'anneau séculier. Cette comédie n'était pas à son goût, pour des raisons fort différentes, du reste, de celles de Lafontaine. Le jeune homme se languissait de Paris et de ses plaisirs. La réclusion volontaire en Gévaudan lui était imposée par les circonstances, la nécessité de se faire oublier de quelques actionnaires et agioteurs de la rue Quincampoix qu'il avait plumés, et souvent de manière grossière.

— Tandis que l'or coule entre Saint-Martin et Saint-Denis, je me morfonds comme un rat mort, mon cher Lafontaine. C'est un lieu magique où une fortune passe de mains en mains entre le lever et le coucher du soleil et où le dos des bossus sert d'écritoire.

Le gentilhomme vit aussitôt que la conversation n'intéressait guère son voisin et se ravisa.

— Et vous? Qu'en est-il de votre quête?

— Elle suit son bonhomme de chemin. Comme toutes les enquêtes, l'intrigue se dénouera tout à la fin.

— Alors, s'empressa d'ajouter Jupien de Labarthe, êtes-vous si loin du but?

— Chaque jour apporte sa pierre à l'édifice de la vérité.

Le jeune homme siffla d'admiration devant la répartie. Vivien ressentit de l'agacement.

— Vous avez déjà saisi que notre tueur est plus qu'un loup? dit Jupien.

Lafontaine hocha la tête.

— Alors, il me semble que vous êtes dans la bonne direction.

— Ah oui? sursauta le naturaliste. Auriez-vous par hasard quelque chose d'important à me révéler?

Labarthe donna un coup d'éperon à sa monture et prit quelques galops d'avance. Lafontaine le rejoignit.

— L'affaire est d'importance. On s'en inquiète fort à Versailles. Et gare à qui se moquera plus longtemps de l'autorité royale, cria-t-il dans sa direction.

Jupien lui fit signe d'approcher.

— Nous vous attendons, ce soir, à Saugues, au château de monsieur de Monclar. Pour une petite fête.

— Je n'ai guère de temps à perdre.

— Rien n'empêche de conjuguer l'ouvrage au plaisir! fit Labarthe en lui adressant un clin d'œil.

Le château des Monclar se dressait au cœur d'un parc ombragé avec des allées bordées de frênes, de hêtres et de châtaigniers. C'étaient des arbres centenaires auxquels la main de l'homme n'avait opposé aucune contrainte, sinon croître à la diable. Ancrée sur son socle de granit blanc, la demeure offrait une simplicité de lignes contrastant avec les demeures seigneuriales voisines.

Les Monclar s'étaient installés au pays du Gévaudan un siècle plus tôt, afin d'y administrer les terres d'une châtellenie acquise par héritage. La famille apporta à la France quelques militaires et une ribambelle d'ecclésiastiques. Fort empreints de catholicité, les nobliaux de Saugues participèrent au temps des guerres de religion à la persécution et se dressèrent même farouchement contre certains seigneurs des Cévennes qui avaient choisi le camp des protestants. Les pouvoirs de la châtellenie s'étaient accrus en ces temps troubles, avant que ne s'apaise, peu à peu, le brasier sur les terres rebelles du Sud.

Geoffroy de Monclar avait la réputation de vivre en ermite. Il méprisait les nourritures terrestres et faisait de longs séjours au cloître de La Chaise-Dieu pour s'y livrer des mois durant à la méditation. Son fils, Béranger, était tout le contraire, pétri d'orgueil, d'arrogance, plus tourné vers les plaisirs que vers les contemplations. Profitant des absences de son père, il organisait des fêtes à Saugues, auxquelles étaient conviés ses jeunes voisins de Langogne et de Saint-Alban.

Lafontaine se présenta aux communs un peu avant la nuit. Jupien — qui était un ami intime de Béranger — avait passé la consigne. Aussi le conduisit-on à l'étage, dans un boudoir orné de figures religieuses : statuettes polychromes, reliquaires, gravures sacrées. D'ordinaire d'une nature curieuse pour tout ce qui relevait de la décoration, il ne parut, pour une fois, guère s'y intéresser. Les reliques provenaient des églises du Gévaudan.

Monsieur de Monclar les trouvait en meilleure place dans sa demeure plutôt que livrées aux regards ignorants des petits paysans. Il ne se passa guère plus d'un quart d'heure avant que Labarthe ne vînt à sa rencontre. Il était vêtu de noir, d'un pourpoint de soie dont les boutons de verre brillaient, comme des diamants. A l'observer de la tête aux pieds, Vivien éprouva une certaine gêne; sa tenue n'était pas des plus appropriées pour une telle soirée, et il voulut s'en excuser, avec le secret espoir que le majordome lui en dénicherait une à ses mesures dans la garde-robe du château de Saugues.

— Ainsi, nature serez-vous! Et c'est très bien, rétorqua le gentilhomme en virevoltant autour de lui avec la précieuse élégance d'un danseur.

A ce moment, Juliette apparut en robe rouge. Les bords en étaient ornés de fines dentelures blanches.

— Ah! vous! s'exclama-t-elle. Enfin...

Son soupir lui parut des plus inconvenants. Mais Labarthe parut s'en amuser.

— Je vous laisse en tête à tête, fit-il en se retirant derrière un rideau.

Juliette se mit à tourner autour de Vivien, sans l'abandonner une seconde des yeux.

— Vous me cherchiez?

— Je voulais rencontrer l'ermite du mont Mouchet avec vous. Et cette chance me fut refusée.

— Croyez-vous que je suis ici pour mon plaisir?

— Oh là, monsieur le savant, dit-elle, je vous trouve bien sérieux. Pourtant, telle n'est pas la réputation qui vous a précédé...

Lafontaine se détourna vers un divan qui occupait un côté de la pièce, et s'y installa voluptueusement.

— Etes-vous toujours aussi offensive avec les hommes?

— Lorsqu'ils me plaisent... Je ne vois pas pourquoi je prendrais quelque détour. Vous avez belle figure. Et votre art m'intrigue.

Le naturaliste avait croisé les mains, sagement posées sur ses genoux serrés. Il se prêtait un air de petit garçon poli.

— Vous êtes fiancée, Juliette. Dites-moi que je n'ai pas rêvé.

— Monclar! rit-elle. Vous parlez du petit Monclar? Oh, diable, quand vous le connaîtrez, vous changerez d'opinion.

Vivien fut troublé par son insolence. Troublé et séduit aussi. Il y avait du caractère dans le propos. Et cela correspondait bien à ce qu'on lui avait rapporté. Une amazone. Une belle amazone. Elle se rapprocha de lui, au point que les pans de sa robe de soie rouge lui effleuraient les mains.

— Juliette, dit-il en baissant les yeux vers la mosaïque du sol, vous me plaisez énormément, mais je crains que trop d'emballement ne vous porte ombrage.

— Ce n'est pas un duel de plus ou de moins qui vous effraie...

Il lui prit la main qu'elle retira, promptement.

— Je ne crains personne à cet art.

— Béranger est un couard. Que croyez-vous? Qu'il veut m'épouser par amour? Cela est ridicule. Les Valcœur et les Monclar ont besoin d'une telle alliance. Et dans cette affaire, il n'y a pas place pour les sentiments.

— Diantre! s'exclama Vivien. Me voilà prévenu. Je n'ai pas de biens à offrir.

— Vous-même! Et cela est beaucoup.

— Savez-vous que l'amour est un piège, dont les griffes ne laissent personne sans blessure?

— Oh! divines blessures que vous nous donnez là,

méchants princes. L'amour ne se peut commander, ni détourner, comme une source. Il coule en nous, selon sa pente naturelle.

Le rideau de toile de Jouy s'écarta pour laisser entrer Béranger et Jupien. Ils se tenaient bras dessus, bras dessous avec des mines complices.

— C'est grand honneur pour moi, dit le maître de Saugues, de vous accueillir dans ma maison.

Vivien s'inclina un peu mais pas trop, sans déférence excessive, comme son parrain Cheverny le lui avait appris. « A trop ployer devant un seigneur, on lui donne envie de jouer à saute-mouton avec votre honneur ! » disait-il. Le regard de Béranger se tourna à ce moment vers sa fiancée.

— Vous connaissez notre invité ?

Et il guetta sa réponse comme un chat sur sa défense.

— Les étrangers m'intéressent en priorité, ne le saviez-vous point ?

Labarthe sentit que le chat n'était guère à son aise. Il y avait chez Béranger, sous le vernis de la correction, une sauvagerie étrange qui avait peine à se contenir dans les règles de la bienséance.

— Allons, recommanda Labarthe. Ne perdons pas de temps. Le bal va commencer.

Béranger de Monclar en tête, flanqué de son Jupien chien fidèle, ils entrèrent dans le salon où les domestiques avaient préparé les vins dans des carafes à col argenté. Chacun s'empara d'un verre et attendit que les valets l'eussent servi, abondamment. L'usage était de boire le premier verre cul-sec, comme un soudard, puis de se faire resservir. Au long des boiseries, on avait dressé des tables couvertes de victuailles. Des chapons, des cochons de lait, des écrevisses, des gigots de chevreuil, des carpes en gelée, des aspics de légumes, des cailles farcies... Plus loin, dans un second salon, dans la même enfilade de portes entrouvertes, on entendait le grincement de violons et de violes de gambe qui rechignaient à s'accorder.

Béranger, dans le même accoutrement que son ami Jupien, porta la main à son chapeau pour faire signe à son assemblée qu'elle pouvait sauter sur le buffet sans plus attendre. Ce fut une ruée, une bousculade, et une grappe de mains avides sur les plats. On dévorait ses proies avidement, en déambulant dans la pièce, sans se soucier des déchets qu'on abandonnait au parquet.

Vivien reconnut nombre de visages parmi les invités. Il y avait Arnold de Valcœur, occupé à faire la cour à Bénédicte de Fontenoy. C'était une jolie petite marquise au teint de porcelaine. Etienne de Fontenoy ne quittait plus Juliette, dont les yeux cherchaient ceux de Lafontaine. Il s'en approcha au moment où Jupien ouvrait les portes du salon. Des sofas et des divans étaient alignés sur le pourtour. Au fond, un petit ensemble à cordes jouait un menuet. Les musiciens portaient un masque sur le visage. Lafontaine demanda à Juliette ce que cela signifiait. Mais elle ne répondit pas.

— Nous allons faire le loup, mes frères! Ne sommes-nous pas au pays des loups? Quoi de plus naturel, expliqua Jupien de Labarthe d'une voix forte, que de hurler avec eux!

— Oh moi, se défendit Etienne de Fontenoy, je ne saurais pas pousser ce cri sinistre qui ensorcelle notre belle contrée.

— Alors, tu ne mérites pas d'être chef de meute, répondit Arnold de Valcœur.

Juliette observait Lafontaine avec une insistance insolente.

— Nous avons un spécialiste, lança-t-elle.

Et elle prit par la main le naturaliste pour le conduire d'un pas dansant au milieu du salon.

— Vous me mettez dans l'embarras, dit Vivien.

— L'étranger ne sait rien des loups, dit Béranger d'un œil mauvais. L'animal est cruel comme le plus cruel des chrétiens dans ses œuvres misérables. Mais il ne sait rien de la faute originelle, du Jugement dernier. C'est un pur animal qui accomplit son ouvrage en communiant avec la nuit.

— Je ne trouve pas l'affaire à mon goût, se défendit Lafontaine.

— Quoi donc? s'interposa Etienne de Fontenoy.

Le garçon buvait les verres à la suite. Et dans cette excitation, le vin qui dansait dans son cristal aspergeait sa chemise, la colorant d'incarnat.

— Plus de cent malheureuses victimes à ce jour. Cela mérite un peu de respect, dit Vivien.

Béranger s'approcha de lui en donnant du talon sur le parquet.

— De petits pourceaux englués dans leur fange miséreuse, dit-il. Et quelques petites renardes pisseuses. La belle affaire. Au temps des disettes du grand roi Louis XIV, il en mourait des milliers dans leurs masures. Cela se régénère sans peine. Cela croît à la belle saison et décroît au vent d'hiver. Tel est le flux et le reflux humain des espèces. Seuls les loups maîtrisent leur reproduction, comme les rats, du reste. N'est-ce pas, monsieur le savant? Nos petites gens se livrent sans vergogne à la copulation et engendrent tant que la terre ne saurait nourrir toutes ces bouches avides. Il y faut un régulateur. Cela s'accomplit avec l'assentiment de Dieu. Car « tu n'engendreras que les enfants que tu pourras nourrir, ô fils sur la terre. » Nos bons prêtres ne cessent d'appeler leurs troupeaux à la continence. Sans succès.

Jupien de Labarthe jugea alors que la conversation était bien sérieuse pour une soirée costumée. Et, brouillant les cartes avec son art consommé de la mise en scène, il lança à l'assistance la seule question qu'elle attendait, fébrilement.

— Qui sera le chef de meute?

Ce fut un cri du cœur de toute l'assemblée pour désigner Béranger de Monclar. Alors, celui-ci disparut derrière une portière basse qui donnait sur un couloir secret et réapparut dans la minute, enveloppé de la tête aux pieds d'une peau de loup. La moitié de son visage se trouvait dissimulée dans la gueule de la bête. Un sentiment de crainte envahit l'assemblée.

Vivien, qui avait eu envie de se retirer après les propos du maître de Saugues, fut pris d'un intérêt subit. Et il se rappela alors les propos de Labarthe, cet après-midi même. « Il aura voulu que j'assiste à cette comédie pour m'instruire sur l'affaire. A la vérité, il ne se trouvait pas d'autre raison à son invitation, sinon de croiser Juliette. »

Le chef de meute, ainsi intronisé et coiffé de sa parure, appela ses amis à courir dans le vestibule pour se grimer aussi. On s'y précipita, dans la bousculade. Et chacun s'en revint sous sa peau de loup. Vivien ne voulut pas entrer dans le jeu. Et Juliette le lui reprocha, vivement.

— Jouez au loup, vous aussi. Quoi? C'est bien innocent.

— D'un goût fort mauvais par ces temps...

— Allez, ne faites pas l'enfant, mon petit Vivien.

Il se résolut enfin à enfiler la peau. Dans la garde-robe, il y avait de quoi habiller un escadron de joyeux drilles, des fourrures de toutes tailles dont les gueules étaient grimées : les yeux formés par des billes d'ambre, et les crocs teintés de rouge.

— Sus aux petits chaperons rouges ! hurla Jupien de Labarthe.

Les garçons se précipitèrent vers l'une des portes, qui donnait sur un petit salon. Mais le chef de meute retint la fougue de ses invités.

— Il nous faut hurler, mes frères. Hurlons ! Hurlons !

Et le petit ensemble à cordes faisait grincer ses violons d'une sinistre musique, en montant l'archet sur la corde de mi.

— Saisissez vos proies avec délicatesse. Le loup, mes frères, est d'une intelligence supérieure. Et quand vous aurez ensorcelé vos victimes par d'habiles paroles, alors, faites jaillir la sauvagerie qui bout en vous. En tout homme, il est un loup qui sommeille. C'est bien connu.

Jupien ouvrit la porte et la meute s'engouffra dans la pièce sombre où se cachaient les donzelles grimées en petits chaperons rouges. Il y eut force cris au départ, des éclats de rire, et de troublants silences. Vivien n'osa avancer plus avant. Ce n'était qu'une indescriptible mêlée de loups et de filles ensorcelées sur de grands tapis, dans la faible lumière des candélabres.

Juliette fit signe à Vivien de la suivre. Et rampant comme des bêtes aux abois, ils se faufilèrent dans un boudoir si sombre qu'il distinguait à peine son visage.

— Voilà des enfantillages d'aristocrates, fit-il, dignes de la cour de Versailles ! Le loup est-il à la mode, cette saison ? Comment le porte-t-on ?

— Allez, ne soyez pas amer, dit-elle en effleurant son visage du bout des ongles. Mon fiancé est un débauché.

— Plus que ça, à mon goût.

— Trop de scolastique lui a chamboulé l'esprit.

— Comment croire que tous vos amis, votre frère même, se livrent à ces perversités ?

— Les petits chaperons rouges n'ont pas froid aux yeux.

— Ni peur du loup, à ce que je vois, ricana Vivien.

— Labarthe les gratifie, chacune, de cent pistoles.

Lafontaine n'avait pas lâché sa main qu'il tenait fermement. Elle était molle entre ses doigts, sans résistance aucune. Il eut le désir de la prendre dans ses bras, mais jugea que la situation était trop aisée, insolemment scabreuse.

— Vous vous livrez souvent à ces jeux ?

Elle ne répondit pas.

— Ces soirées, comment pouvez-vous ? L'amour, tout de même...

Il avait peine à finir ses phrases. Et à ce qu'il lui parut, elle boudait de le voir si timide, alors qu'elle brûlait de désir pour lui.

— Vous n'êtes pas mon confesseur, mon petit Vivien.

— Je ne sais si je pourrai vous aimer tout en sachant cela, cette vie dissolue.

Elle tira son chaperon en arrière et dégagea sa belle chevelure brune.

— Ce n'est pas comme d'habitude, avoua-t-elle dans un sanglot. Je crois que je vous aime.

— Moi aussi, dit Vivien. Pourtant, je n'ai rien fait pour que cet amour s'accomplisse.

— Il est ce feu, entre nous. Et pourquoi s'interroger ?

— J'ai peur de l'aube. Et de ce que la lumière du jour nous apportera. Des désillusions, peut-être.

Juliette se laissa glisser sur le tapis épais qui recouvrait la marqueterie du boudoir. Dans un geste désordonné, Vivien heurta une petite table qui chuta avec fracas. Il avait retroussé sur sa poitrine trois jupons, puis, sous l'ultime, en fine dentelle, caressa ses jambes parées de soie.

— Réfléchis à ce que tu fais, dit-elle dans un soupir voluptueux. Après, ce sera trop tard.

11

Où Duhamel grime ses dragons en bergères pour tromper la bête, pendant que le naturaliste cherche qui se cache sous la peau du loup

A Saint-Chély, le capitaine Duhamel ne décolérait plus depuis que le petit Portefaix lui avait volé la vedette. Ses hommes n'étaient plus en repos, forcés à battre la campagne du matin au soir. A l'heure du rapport, la quête s'avérait maigre. Et l'aide-major s'enfermait dans son réduit obscur avec une bouteille de gnôle.

Lourcières lui avait appris que le naturaliste s'en était revenu, lui aussi, dans les murs d'Apcher. Cette nouvelle parut le rasséréner. « Voilà un deuxième cocu dans l'histoire ! » s'exclama-t-il. Et il donna l'ordre à son sergent d'aller le chercher dans les appartements du juge maire où il se reposait.

A la vérité, Vivien Lafontaine rédigeait un long rapport à Cheverny. Il racontait, heure par heure, son séjour dans le Gévaudan. Le texte était truffé d'observations, toutes plus savantes les unes que les autres, sur l'autopsie de la petite Jeanne Bonnefon, sur la vie des loups dans l'Aubrac, sur le portrait de Zacharie et sur l'attitude des seigneurs locaux. Il réservait encore les dernières pages, celles de la conclusion. Mais celle-ci prenait corps dans son esprit. Et Anselme, qui tournait autour de lui, d'ennui, bayant aux corneilles, de temps à autre s'emparait d'un des livres qui encombraient le bureau de son maître. C'étaient des ouvrages d'Hérodote, d'Aristote, de Paré, de Gesner. Ce dernier auteur attira son attention, surtout les gravures que le livre contenait, des figures grossières de cercopithèques. Des créatures mi-monstres mi-hommes. Lafontaine ne répondait à aucune des questions que son serviteur lui posait, comme s'il était trop absorbé par son travail.

Lorsque le naturaliste rejoignit Duhamel, ce dernier était occupé à nettoyer des fusils. L'aide-major avait la passion des armes. Pour un militaire, rien d'étonnant en soi, mais n'était-ce pas d'abord le rôle de ses soldats de graisser les fusils à l'huile de phoque?

— Le petit Portefaix ira apprendre à lire et à écrire, dit-il à brûle-pourpoint. Telle est la récompense royale.

— Je l'ai interrogé, révéla Lafontaine.

— Vous avez eu bien de la chance, son confesseur ne le quitte pas une minute.

— Portefaix n'a dit mot, en vérité. Sinon des cris, des pleurs. Une sorte de catère nerveux. Mais en lui faisant voir la tête d'un loup que j'avais dessinée, j'ai compris quelle sorte de monstre il avait affronté. Un loup! s'exclama-t-il, un simple loup!

— Vous me rassurez, dit le capitaine en repoussant ses fusils qui brillaient comme des sous neufs.

Lafontaine demeurait les yeux perdus dans le vague. Il fixait la lumière de mars par la fenêtre entrouverte. Le temps s'était mis au beau fixe, effaçant des terres brûlées du Gévaudan les derniers arpents de neige.

— Les loups ont leur responsabilité dans le déplacement des corps, leurs mutilations. Mais il y a dans cette affaire du crime rituel. On ne me l'enlèvera pas de l'idée.

— Vous voulez dire que des humains se livrent à ces horreurs ?

— Je le crains, fit Lafontaine en hochant la tête. Du moins mon enquête se dirige-t-elle dans cette direction.

Duhamel ne tenait plus en place, en proie à une agitation que les idées de son voisin avaient provoquée.

— Moi, je cherche un gros loup, de belle taille. De quoi satisfaire la curiosité de nos princes. Et le leur livrer sur un plateau. Voilà tout.

Lafontaine avait compris que le capitaine des dragons ne poursuivait pas le même but que lui. Que lui importait de découvrir la vérité ? Celle-ci, tout aussi terrible qu'elle fût, ne lui apporterait aucun titre de gloire, et risquait de le placer dans une situation scabreuse. En haut lieu, on avait déjà misé sur une version crédible de l'affaire de la bête du Gévaudan, une version qui devait satisfaire tout autant les ecclésiastiques que les seigneurs.

— Au château de Monclar, j'ai assisté à une étrange cérémonie, révéla le naturaliste.

Duhamel écouta le récit avec amusement. Les petits maîtres du Gévaudan grimés en loups-garous besognant des putains, cela ressemblait bien aux mœurs locales.

— Béranger de Monclar est un débauché. Tout le monde le sait. En voici un, mon ami, qui use parfois avec excès de son droit de cocuage. Mais que Juliette de Valcœur se trouve mêlée à ça ! Voici une nouvelle qui me laisse pantois.

Lafontaine se dressa aussitôt sur ses ergots pour défendre la vertu de la petite comtesse. Et à sa réaction, le militaire comprit aussitôt qu'il en était tombé amoureux.

— Vous me dites qu'elle se tint à l'écart. Tout de

même, elle faisait partie de l'assemblée, aux côtés de son frère. Ce n'était sans doute pas pour jouer au lansquenet.

— Juliette a voulu que je découvre le pot aux roses.

L'aide-major éclata de rire.

— Vous êtes fou d'elle, mon ami. Et comme je vous comprends. Ainsi lui pardonnerez-vous tous ses défauts. Ah! ce que la passion nous rend bêtes, nous, les hommes! Ne trouvez-vous pas?

Lafontaine insista encore et encore, et trop, sans doute, pour effacer le doute qui le dévorait.

— Les femmes sont différentes de nous, ajouta Duhamel. Ont-elles d'autres occupations que l'amour et les plaisirs? Les hommes font la guerre, s'occupent de politique. Cela les détourne, souvent, du libertinage. Mais les femmes, mon Dieu, les femmes... Tout en elles exalte les passions de la chair.

Le naturaliste n'entendait plus. Il semblait détaché de la réalité, les yeux fixes. D'où venaient-elles, ces peaux de loup? On ne les avait sans doute pas tannées pour forniquer avec quelques gourgandines. Etaient-elles destinées à un autre usage? « De la paillardise au crime sordide, il n'y a qu'un pas », pensait-il. Et, selon son habitude, il en avait crayonné une forme. Celle-ci collait habilement à la stature humaine. Les trois quarts du visage se trouvaient coiffés par la tête du loup. Et le devant était boutonné sur la poitrine et le ventre. Il n'y manquait plus que les griffes, les griffes si redoutables qui avaient lacéré le visage de la petite Jeanne, au point d'en emporter des morceaux de chair. Il suffirait d'y adjoindre un terrible outil, une griffe de fer à cinq pointes, bien aiguisées, coupantes comme des lames de couteau.

L'aide-major déambulait dans son réduit, le plastron ouvert. L'oisiveté lui rendait des manières de sauvage. Il se grattait la poitrine, qu'il avait fort velue, et gambergeait un peu sur l'affaire qu'on venait de lui conter. C'était excitant, pour un homme sanguin comme lui, d'imaginer les donzelles sous les hommes-loups, se débattant en poussant des cris.

— Vous m'apportez une idée sur un plateau, monsieur le naturaliste, s'exclama le capitaine.

Duhamel portait une barbe drue de six jours. Le désespoir le rendait, ainsi, négligé de sa personne. Et dans sa réclusion de chef incompris, contesté, moqué, il avait forcé plus que de raison sur la boisson.

— Une sacrée idée! reprit-il, déçu que Lafontaine n'exultât pas avec lui.

Le naturaliste redressa la tête, juste à hauteur de la fenêtre où le soleil lui jetait un rayon en plein visage. Il n'avait pas meilleure allure, avec son air hâve et son teint blafard. Ses yeux papillotaient de fatigue.

— Quelle idée? interrogea-t-il. N'avez-vous pas tout tenté? Et l'heure va sonner, mon cher, où le gouverneur vous donnera un successeur. De grands chasseurs. Des maîtres louvetiers. L'on parle des Beauterne. D'Antoine Beauterne, lieutenant des chasses royales. La cérémonie autour de Portefaix a sonné le glas de vos ambitions.

— Je n'ai pas dit mon dernier mot! jura l'aide-major.

— Il vous faudrait connaître le visage de l'ennemi, pour le combattre. Vous le cherchez dans la Margeride, alors qu'il réside peut-être dans quelque château...

— Vous êtes fou, Lafontaine, fou à lier. Puisque la bête vient attaquer les pâtres et les bergères, alors déguisons nos dragons en bergerettes! Alors qu'elle croira avoir affaire à une malheureuse proie facile, elle tombera sur un de mes hommes, armé jusqu'aux dents.

Le naturaliste ne put réprimer un fou rire à l'idée de voir la contrée peuplée de militaires déguisés en petits chaperons rouges.

— C'est vous qui m'en avez donné l'idée avec votre soirée de carnaval à Saugues.

Et à peine Vivien eut-il récupéré son chapeau posé sur un sabre que le capitaine distribuait déjà ses ordres. Il lui fallait cinquante tenues de bergères. Et, le soir même, dans les maisons de Saint-Chély, les petites mains s'escrimaient déjà sur les robes pour leur donner un peu d'ampleur afin qu'elles pussent contenir les fortes carrures des dragons de Clermont-Prince.

Parce que Lafontaine avait besoin d'un confident, qu'il n'en possédait qu'un sous la main qui pût tenir ce rôle, et qu'il en valait bien d'autres, il choisit Anselme. Tout en cheminant par les ruelles de Saint-Chély, montant vers l'ancien château, avec sa vaste esplanade qui dominait les collines voisines, le naturaliste lui parla longuement de Juliette.

— Est-ce un amour raisonnable que celui qui m'occupe avec Juliette ?

— Il n'est point, mon maître, d'amour raisonnable.

Vivien lui frappa l'épaule de contentement. C'était la seule réponse qu'il attendait de lui.

— Toi aussi, tu as aimé. Et cette passion t'a-t-elle apporté du contentement ?

— Certes, mon bon maître. Et des tracasseries aussi. Car les amours s'estompent au fil des jours, sans qu'on y prenne garde. L'on dit chez nous que les tempêtes se préparent dans le bleu du ciel.

Lafontaine hocha la tête devant ses réparties.

— D'où te vient-elle, ta philosophie ? Tu parais penser avec le recul nécessaire.

— Vous, vous ne le pouvez point, parce que vous êtes amoureux de votre Juliette.

— Moi ? s'offusqua Vivien. J'ai aimé tant de fois. Et

tant de fois j'ai fui au premier coup de vent annonciateur d'orage...

— Sans regret?

— Sans regret.

— Quant à moi, j'ai perdu l'amour dans la tempête. Et en retrouvant le calme azuré ensuite — trop de calme sans doute — j'ai regretté les moments où la passion se déchaînait autour de moi. En amour, mieux valent les intempérances du cœur que la mer étale. Je vous le dis, mon bon maître.

— Je n'ai jamais senti une pareille chose. Plutôt du contentement de m'être enfin débarrassé des tourments du cœur.

Anselme aspira un grand bol d'air, à l'instant de toucher les hauts de la cité, là où le vent chantait sur la pierre.

— Alors, mon maître, vous n'avez jamais aimé, de ce pur et grand amour qui vous dévore jour et nuit, qui vous fait compter les heures, et mesurer votre petitesse.

— Alors, se résolut Vivien, je n'ai jamais aimé.

Un long silence s'établit, tandis qu'ils gagnaient à pas lents de grands chênes dressés sur les ruines des anciens remparts du château que les Anglais avaient dévasté, autrefois, du temps des Apcher. Ils s'en vinrent se reposer à l'ombre des ramures. Leur approche dispersa des corneilles qui avaient élu domicile sur les hautes branches.

— Te confierai-je ce que je ressens?

— Oui, mon bon maître, dit Anselme en cherchant à caler ses épaules contre un creux du tronc qui formait comme un dossier confortable.

— Si je t'ennuie, n'hésite donc pas à me le dire, prévint Lafontaine.

— J'éprouve la plus grande admiration pour un

homme tel que vous. Et c'est un honneur pour moi de recueillir, ainsi, vos confidences.

— Ah! Anselme. Tu es le meilleur compagnon que je pouvais espérer. Ma solitude est grande en cet instant où je viens à douter de moi.

— De vous? Je n'en crois rien. Vous voulez dire de Juliette. Vous doutez de Juliette, et de la facilité avec laquelle cette passion vous fut déclarée. L'usage voudrait qu'elle se révèle par mille circonvolutions, par de délicates approches, par d'habiles petits gestes. Alors qu'elle vous tomba dessus comme la foudre.

— C'est cela même.

— La déclaration d'amour que votre Juliette vous fit ressemble un peu à celle que nous exprimons ordinairement dans le petit peuple.

Du talon de sa botte, Lafontaine grattait la terre qui s'était accumulée dans la saillie d'une racine. Elles couraient sur le sol, à vif, comme des veines sur une main décharnée. Les chênes s'étaient accrochés à la vie dans un combat titanesque contre le temps, cherchant parmi les décombres de l'ancienne demeure des baronnies du Gévaudan sa substance dans les moindres replis du sol. Et ainsi, agrippés à la terre noire, les arbres avaient prospéré contre toutes les tempêtes du ciel.

— Tu es aussi un savant dans ta matière, celle qui décrypte les secrets du cœur humain, dit Lafontaine.

— J'ai perdu un grand amour. Et de cette mésaventure, tant de fois méditée, j'ai acquis le savoir par la douleur. Il n'est meilleur enseignement que les aléas de l'existence, surtout lorsque le destin s'acharne contre vous.

Vivien observait le ciel chahuté par le vent, les longs nuages portés comme de lourds vaisseaux.

— J'aime Juliette, comme jamais je n'ai aimé avant

elle. Ainsi que tu l'as décrit, je ressens moi aussi le vide des heures qui s'écoulent tandis qu'elle n'est point là. Et il suffit qu'elle apparaisse pour que tout renaisse autour de moi, jusqu'à ce feu qui me tient au ventre. As-tu connu, toi aussi, ce feu dévorant?

— Oh oui! Mon Dieu oui, répondit Anselme, les yeux clos, un sourire vague sur les lèvres. La mort de ma bien-aimée n'a pu m'en délivrer.

— Il n'est aucune espérance sur cette terre? Es-tu croyant, mon bon Anselme? Alors, peut-être espères-tu la retrouver, ailleurs? Comme Dante qui descend aux Enfers chercher sa Béatrix? Irais-tu jusqu'en enfer?

Le serviteur soupira, la main suspendue en l'air. Puis il la laissa retomber, lourdement.

— Pourquoi ne dis-tu rien? insista Vivien. Tu la crois au Ciel, à ce qu'il me semble. C'est ce que croyait Dante, aussi.

— Je ne connais point votre Dante, ni sa Béatrix. Mais je sais que la mienne n'a su faire que le bien sur la terre. Et comme l'amour n'est point un péché, nous nous retrouverons dans l'éternité.

La main de Lafontaine vint serrer, amicalement, celle d'Anselme. C'était sa manière de lui montrer que la conversation l'avait troublé au plus haut point, bien qu'il ne fût pas croyant.

Ainsi finirent-ils par s'assoupir, l'un contre l'autre, sous le grand chêne d'Apcher. Le sommeil prête aux visages des silences d'enfant. Et cette grâce parut les enrober des heures durant, tandis que le pays se livrait aux nouvelles comédies du capitaine Duhamel. Tous ses dragons avaient revêtu une tenue de bergère. Et certains de ses hommes avaient même poussé la plaisanterie à se raser de près le visage, les jambes, les bras, d'autres à ajouter un peu de fard, de vermillon aux lèvres. Pourtant, ce n'était pas ce que le capitaine avait recommandé, un travestissement à l'excès. Mais les soldats avaient trouvé, dans leur singulière mission, matière à se divertir un peu, tant la continence à laquelle la servitude militaire les obligeait avait produit sur eux des effets exubérants.

— Crois-tu, imbécile, que la bête sera sensible au maquillage ? s'écriait le sergent Boldieu.

— Chef, on nous a dit de nous vêtir en bergère. Alors, exécution, n'est-ce pas ?

Le dragon tortillait des fesses pour imiter l'allure de quelques putains qui sévissaient aux abords des quartiers militaires.

— Est-ce que je te plais, mon doux cavalier ? fit-il en tourniquant autour d'un voltigeur aux fières bacchantes.

L'autre riait à gorge déployée. Et tous ses camarades aussi, à cheval ou à pied. La pointe d'un sabre vint faire virevolter la robe qui tombait à mi-jambe.

— Ça sera pas aisé de courir après le loup, avec des sabots, s'écria l'un des soldats déguisés.

Boldieu haussa les épaules.

— Qui t'a demandé de le poursuivre ? Tu sers d'appât. Et si tu vois le monstre, tout ce qu'on te demande, c'est de le laisser venir à toi, avant de lui ajuster un coup de carabine en pleine tête.

— Sergent ? Sergent ? s'écria l'un des autres soldats en tenue de bergerette. Ça fera pas sérieux, une vachère avec un fusil...

— Allez ! Dispersez-vous ! ordonna Boldieu en levant son sabre. Et que je ne vous entende plus.

Duhamel s'était retranché dans ses quartiers. Le spectacle de ses dragons en habit de carnaval lui avait fait découvrir l'énormité de son idée. Une belle théorie, en vérité, qui supportait mal la mise en pratique. Dans l'heure, il comprit que cet ordre entraînerait la perte de toute discipline dans son escadron. Et ce fut, hélas, le cas. Les hommes, outre qu'ils furent rapidement la risée de la population, se prêtèrent au jeu au point de se donner entre eux de petits noms féminins, s'interpellant de la sorte, mimant des gestes obscènes pour accentuer le ridicule de leur situation.

Durant les journées d'avril 1765, les paysans du Gévaudan n'eurent guère à se soucier de leurs troupeaux, revenus aux champs brouter l'herbe nouvelle. Les « bergères » du capitaine Duhamel s'en chargèrent avec un soin tout militaire. Partout où la malbête avait sévi, cruellement, il se trouvait des appâts humains en armes. Les militaires menèrent leur mission avec zèle, s'exposant à dessein dans les endroits les plus inhospitaliers.

Un mois plus tard, on tira les premières conclusions des opérations.

— Aucun de nos appâts ne fut attaqué, dit le sergent Boldieu. A croire que la bête a flairé le piège.

— Nous avons sous-estimé l'intelligence de ce loup, nota le capitaine avec une mine affligée.

Dans son coin, monsieur de Lourcières jubilait. Il avait adressé au gouverneur militaire une lettre dans laquelle il déplorait le ridicule de la mission. Même si cette dénonciation était restée sans réponse, il ne doutait plus qu'elle avait fait son petit effet, et que le départ de Duhamel n'était plus qu'une question de jours.

— Cela prouve que le prédateur fait la différence entre une bergère et un dragon, fût-il déguisé, dit Lafontaine. Et cela corrobore mon opinion selon laquelle nous avons affaire à une intelligence humaine. Car les loups, capitaine, ne savent discerner un solide gaillard d'une gracile jouvencelle. S'ils étaient les coupables, comme vous le pensez encore, ils n'auraient pas hésité à attaquer l'un de vos hommes. Mais les monstres s'en sont bien gardé, pour la raison principale qu'ils ne sont attirés que par de jeunes proies. Et les blessures qu'ils leur appliquent sont d'un ordre rituel, le visage, la poitrine, le ventre... Nous avons affaire à des hommes-loups. Peut-être une organisation sectaire, comme je le soupçonne.

— Pourquoi dites-vous les « monstres »? questionna le juge maire. Jusqu'alors, nous parlions de la bête, de l'unique bête...

— Le nombre des victimes dépasse la centaine, et je doute qu'un seul individu parvienne à exécuter un tel ouvrage. Deux attaques furent perpétrées en un temps très court à plusieurs lieues de distance. Aucun animal, aucun être humain n'eût pu parcourir cette distance. J'ai compris très vite qu'il ne pouvait s'agir que d'une bande fort bien organisée et excitée à l'accomplissement de cette vilenie. Il ne nous reste plus qu'à savoir qui se cache sous la peau du loup.

Monsieur de Lourcières balaya d'un geste l'argumentation du naturaliste.

— Il nous faut écarter cette hypothèse. Elle dépasse l'entendement. Tous les témoignages font état d'un animal fabuleux. Et rien ne se rapporte à l'idée qu'il puisse s'agir d'un être humain.

— Nul n'a vu la bête d'assez près et n'en a réchappé, répliqua Lafontaine. Toutes nos affirmations reposent sur des rumeurs. Et nombre de relations ont été rédigées par des prêtres, dictées par des imageries bibliques.

Soudain, au fond de la salle, un applaudissement se fit entendre, esseulé et persistant. Tous les visages se tournèrent vers Juliette de Valcœur.

— Bravo, monsieur le savant. Vous avez trouvé. Enfin. Seul un homme comme vous pouvait percer le mystère.

Vivien baissa la tête, pris à son propre jeu.

— Vous voulez dire, madame, que personne ne me croira dans le Gévaudan.

— Personne, monsieur le savant. Personne. Ni dans le Gévaudan, ni à Versailles.

Duhamel s'approcha de Juliette et lui offrit son bras, afin de la mener à un siège. Elle s'y laissa conduire de bonne grâce.

— Je veux entendre la suite de vos explications, monsieur Lafontaine.

Anselme, qui somnolait à l'écart, ouvrit soudain les yeux. « Je crois que mon maître s'est pris les pieds dans le tapis. Le mieux, pour nous deux, ne serait-il point de battre en retraite, humblement, plutôt que d'affronter tous ces sceptiques ? Qu'y gagnerons-nous ? Le ridicule. Et cet écrivassier de Lourcières ne manquera pas, dès ce soir, d'en faire état à ses amis de Mende, de Saint-Flour, de Montpellier et de Versailles. Tous les gouverneurs et intendants du Languedoc, les baillis, les évêques et les seigneuries en feront des gorges chaudes. A-t-on jamais vu la science triompher contre l'obscurantisme ? »

Vivien s'approcha de Juliette pour la saluer. Elle lui tendit une main molle qu'il baisa sans faire montre de plus d'intérêt que la bienséance ne l'exigeait. Du reste, elle la retira aussitôt, par crainte, sans doute, qu'il s'y attardât. Le bruit dévastateur courait déjà la campagne qu'elle entretenait avec le savant de Paris une liaison tapageuse. Sa présence dans le quartier général de l'aide-major n'était-elle pas une effronterie de plus ?

— Je veux bien poursuivre ma démonstration, offrit le naturaliste d'un air détaché, puisqu'on consent à m'écouter. Mais je gage qu'il s'agira d'une hypothèse d'école.

— Ne dévaluez point à l'avance votre thèse, dit Juliette de Valcœur. Ce serait fâcheux pour tout le monde. Et, ensuite, nous verrons bien ce qu'il convient de retenir.

Lafontaine desserra la cravate de soie blanche qui lui comprimait la gorge.

— L'affaire du Gévaudan n'est point unique, comme on pourrait le croire. En 1598, dans l'ouest de la France, un archer et un groupe d'hommes en armes trouvent le corps dénudé d'un enfant, mutilé et déchiré. Les membres sont encore chauds et palpitants. Sous le couvert des arbres, les hommes voient fuir deux loups. Ils les prennent en chasse et, à leur grande surprise, découvrent un homme, grand, maigre et vêtu de haillons. Ses mains sont tachées de sang frais et sous ses ongles subsistent des lambeaux de chair. L'individu est un vagabond, nommé Jacques Roulet. En août de la même année, il passe en jugement à Angers. Devant la cour, il reconnaît être un loup. Après examen, on en déduit qu'il s'agit d'un malade mental atteint de lycanthropie. Un homme qui se croit transformé en loup. Roulet raconte qu'il a passé un pacte avec le démon et qu'il est ainsi devenu sa créature.

— Voici une bien belle légende, de quoi effaroucher les enfants au coin du feu, railla le juge maire. Monsieur Lafontaine, je vous tenais jusqu'alors pour un homme sérieux, pétri de science. Et voici que vous nous assénez une histoire à dormir debout.

Le naturaliste prit la réflexion sans un cillement de regard, comme s'il s'attendait par avance à cette répartie. Il lui importait peu qu'on en vînt à le juger de la sorte, il avait étudié maints traités de sapience, en son temps, dans les bibliothèques de monsieur de Cheverny, ainsi qu'à l'Académie où l'on avait remisé ces ouvrages dans des cabinets obscurs.

— A ma demande, monsieur Dufort m'a fait parvenir quelques documents importants sur le sujet de la lycanthropie. On pourrait en suivre la trace à travers les âges, comme si cette affection était une des tares inhérentes à l'espèce humaine, qui voudrait que l'homme-loup possède sa peau à l'intérieur du corps, et qu'elle n'aurait plus qu'à apparaître à des moments précis de son existence. Il s'agit, bien sûr, d'une explication symbolique. Mais, poursuivit Lafontaine, revenons à nos procès, lesquels ont laissé des traces écrites dans les archives si bien que n'importe qui d'entre vous pourrait aller en vérifier la véracité. Je dispose dans les papiers que me communiqua monsieur Dufort des conclusions de diverses condamnations de lycanthropes pour crimes rituels. Celle de Gilles Garnier, un ermite de Saint-Bonnet qui fut arrêté à Dôle en 1573. Cet homme se vêtait d'une peau de loup et tuait des enfants, dévorait leurs chairs. Garnier fut brûlé vif le 18 janvier 1574. Jean Grenier, berger de quatorze ans, confessa une série de crimes dans la région de Bordeaux. Il aurait dévoré, dans les mêmes circonstances, plus de cinquante enfants... Et de nouveau, Peter Stubb, à Cologne en 1589. Il nous faut relier l'affaire du Gévaudan à cette liste et trouver les coupables.

Le capitaine Duhamel, abasourdi par ce qu'il venait d'entendre, garda longtemps le silence. Seul monsieur de Lourcières ricanait, ironisant sur cette science qui prétendait que l'âme humaine pût ainsi se commettre dans la bestialité, et que Dieu fût à même d'accorder vie à de telles créatures. Certes, la mythologie pouvait témoigner de telles métamorphoses, comme voulut ensuite l'expliquer monsieur Lafontaine, tel Odin en aigle, Jupiter en taureau, Actéon en cerf... Mais l'homme, l'*Homo ferus*, était-il une créature de Dieu ? Ou une créature maléfique issue d'une autre origine, tombée sur la terre, sur ordre de Satan ?

— Toute créature, même imparfaite, est l'œuvre de Dieu, déclara Lourcières. Classez-vous le lycanthrope dans son œuvre? Est-il, ce monstre, le descendant d'Adam et Eve?

— Monsieur le juge maire, répliqua Lafontaine, je ne crois pas à la théorie du monogénisme, qui voudrait que notre descendance ait pour origine l'accouplement d'Adam et Eve dans le jardin d'Eden.

— Pourtant, les Saintes Ecritures! s'exclama Lourcières. Contredisez-vous la Genèse?

Vivien hocha la tête.

— Nous descendons de plusieurs espèces, de plusieurs couples, et notre origine se perd dans la nuit des temps, avant même les Saintes Ecritures. Nos ancêtres étaient proches de l'animal, de la bête. Et ce qui leur donna l'intelligence, la parole, le raisonnement, ce qui les différencia de l'animal, selon la définition d'Aristote, se fit par une lente maturation dont nul ne peut expliquer, encore, les mécanismes. Oui, monsieur, je crois au polygénisme.

Excité par les propos du naturaliste, le juge maire vint haranguer son contradicteur avec vigueur.

— S'il n'y eut point ce couple, Adam et Eve, au départ du monde humain, alors vous ne croyez point au péché originel? A la faute?

— Non, monsieur, je n'y crois point.

— Vous n'êtes pas un savant, alors! cria Lourcières. Tout au plus un mécréant pétri de nécromancie.

Lafontaine se caressait le visage, tandis qu'Anselme, à l'écart, additionnait les signes de croix.

— C'est pourquoi je ne crois pas que l'homme-loup soit différent de nous, sinon qu'il est atteint d'une affection grave le portant à tuer son prochain pour assouvir des instincts criminels. Ni dieu ni diable derrière tout cela. L'homme barbare. Voilà ma réponse. L'homme barbare agissant contre les règles. Nul démon issu de la faute originelle. Nulle punition divine. L'homme barbare dans ses dérèglements, asséna-t-il avec force.

Le soir même, monsieur de Lourcières signifia au naturaliste qu'il devait quitter sur-le-champ sa demeure et n'y plus jamais reparaître. Cette décision autoritaire chagrina le capitaine. Et tandis que Lafontaine préparait ses bagages, et qu'Anselme chargeait les chevaux, ainsi qu'un bât, l'aide-major vint le rejoindre.

— Nous avons perdu la partie, tous les deux, n'est-ce pas ?

— La vérité seule importe, répondit Lafontaine dans un sourire contrit.

— Le roi me relève de ma charge.

— Je le sais, dit le naturaliste, laconique.

— Mes dragons en bergerettes, cela n'a pas eu l'heur de plaire en haut lieu.

— C'était une idée plaisante. Mais les lycanthropes savent faire la différence entre un militaire et une jouvencelle.

— Je ne sais si vous avez raison. Mais, quoi, me voyez-vous entrant en armes au château de Monclar pour quérir les peaux de loup dans la garde-robe ? Et passer les fers à Béranger ?

Lafontaine éclata de rire.

— Cela est difficilement plaidable auprès du gouverneur militaire.

— C'est pourquoi mon remplaçant sera monsieur de Beauterne, écuyer, chevalier de l'ordre royal de Saint-Louis, porte-arquebuse du roi, lieutenant des chasses royales.

— Un chasseur distingué. Un éminent traqueur de loups, ajouta Lafontaine.

— Les Denneval ont déjà fait chou blanc, après moult battues et pièges en tous genres, railla le capitaine.

— Sans doute finira-t-on par tuer un bel animal, un loup de grande taille, et l'on clamera par tout le royaume de France : « Voilà la bête du Gévaudan ! »

12

Où le serviteur surpasse son maître dans la compréhension des mystères de l'amour, et où la bête pratique le rituel de la décollation

Le naturaliste et son serviteur quittèrent Saint-Chély le soir même. A grand train, ils remontèrent vers Grèzes qu'ils savaient hospitalier. Pourtant, Anselme regrettait la douce quiétude de la maison du consul. Et il maugréait sans fin son amertume, tout en surveillant le cheval de bât lourdement chargé de livres et de paperasses.

— Ce n'est point un bât qu'il nous faudrait mais un éléphant, jura-t-il.

— Comme Hannibal, s'amusa Lafontaine, dans les neiges du mont Genèvre.

— Pourtant, notre nouveau périple n'a rien de glorieux, déplora le serviteur.

Vivien ne répondit pas. Il éprouvait trop de sympathie envers Anselme pour retourner contre lui sa colère et son dépit.

— Il nous eût fallu mettre un peu de diplomatie dans nos propos, estima le serviteur.

En s'associant, par un « nous » de convention, à l'affaire, il adoucissait légèrement ses reproches.

— La vérité ne supporte aucun compromis. Comme l'amour, mon bon Anselme, répliqua le naturaliste. L'on s'y livre avec la candeur des justes. Et qu'importent, ensuite, les coups. L'achoppement des braves est un honneur. Ma marche est triomphale. Et ce monsieur de Lourcières est un hypocrite, un perfide. Je le plains de devoir vivre, ainsi, petitement, à côté de la vérité.

Anselme baissait la tête, tant il se sentait floué de ne pouvoir répondre. Mais depuis que le maître avait fait de lui son confident, il s'inquiétait des réactions de son compagnon de voyage, et celles-ci lui posèrent aussitôt quelque interrogation.

— Qu'as-tu à me dire? Je te vois, mâchant et remâchant une sombre pensée.

— Oh monsieur, comme j'aimerais vous dire qu'un vilain tel que moi est condamné à contenir les brûlures de l'injustice et réfréner ses colères. Il faut prêter bonne figure au fouet qui blesse. Mais je ne puis m'en plaindre, car je suis votre obligé, monsieur. Et tout maître, même le plus propice à la mansuétude, reste un maître, dont les desseins sont suspendus sur nos têtes telle l'épée de Damoclès.

Lafontaine fit faire un écart à sa monture pour se rapprocher de son serviteur, et lui appliquer sur l'épaule une claque amicale.

— Tu me réprouves, mais tu n'oses le clamer, animal! Que nous importe la disgrâce de monsieur le juge maire...

La phrase était dite, et c'était sans appel. Désormais, il n'y avait plus qu'à marcher droit vers les montagnes de la Margeride, teintées de bleu et de vert, avec son ciel pâle de printemps, et les découpures de l'horizon, comme un liséré de jaspe.

Partout autour d'eux, sur le bord des chemins, dans les prés voisins, sur la lisière des futaies, et jusque dans les tourbières, la nature était généreuse, dispensant ses odeurs de printemps retrouvé. Les longs jours de neige et de froid n'étaient plus qu'un mauvais souvenir. Et il parut aux voyageurs aborder une contrée nouvelle, avec ses bruissements d'ailes dans les arbres, ses bourdonnements d'insectes et ses gazouillis d'oiseaux.

Avec l'approche de la nuit, le ciel se peupla d'étoiles. Cela faisait une semaine que le vent chaud du sud ensorcelait le pays où l'on avait désespéré de voir enfin renaître le printemps. L'équipée s'attarda au ruisseau pour faire boire les chevaux. Et Anselme voulut se reposer aussi, dans un pré voisin où l'herbe nouvelle gorgée de fragrances l'accueillit. Il s'y allongea de tout son long, s'y roula, le nez collé à la terre.

— Venez donc, mon bon maître, cela sent l'amour.

— L'amour, dis-tu?

— L'amour interdit.

Vivien éclata de rire.

— J'ai souvent fait l'amour sur ce tapis de printemps. En cachette. Cela est si bon, quand le crépuscule noie les ombres, dit le serviteur. Nul ne nous voit. Et tout est permis.

Quittant la selle de son cheval, Lafontaine vint aussi s'y allonger, et demeura un long moment sans bouger, le regard vers les étoiles.

— Vous songez à votre Juliette?

— Comment as-tu deviné? Animal!

— Nous ne tarderons pas à la voir reparaître.

— Comment sais-tu cela?

— Elle buvait vos paroles comme de l'eau de fontaine.

— Mes paroles?

— Quand vous teniez tête à ce monsieur de Lourcières. Je contemplais son regard noir où l'on lisait comme dans un de vos livres.

— On y lisait quoi, au juste?

— L'admiration! Juliette vous admire. Et ce sentiment est le plus important dans l'amour. Il est le maître sentiment qui forge les plus fortes passions.

— Mais encore?

— Ah! Vous prenez plaisir à ce que je vous dis.

Lafontaine se détourna d'un mouvement de tout le corps.

— Elle jubilait de vous entendre. Tant le désarroi de vos voisins était grand.

— Duhamel se fichait bien de...

— Oh non! Vous le troubliez aussi.

— Alors, comment expliques-tu que Juliette ait disparu aussi vite? J'eusse pu espérer qu'elle vînt me complimenter, après mon exposé, qu'elle poursuivît ce débat avec moi, qu'elle se risquât enfin à me livrer quelques secrets sur Monclar?

— Monsieur! s'amusa Anselme, vous en demandez trop. Le trouble profond que vous avez causé chez votre Juliette ne se déliera que plus tard, après mûre réflexion. Il en est toujours ainsi avec les femmes.

— Moi qui croyais que tu ne connaissais rien aux femmes, que tu ne fréquentais que des putains, moi qui t'en raillais à Saint-Flour... T'en souviens-tu? Voilà une belle leçon!

A l'entrée de Grèzes, les voyageurs croisèrent un troupeau affolé. Les moutons allaient en tous sens, pris de panique, caracolant entre les murets. Tantôt ils gagnaient les prés où ils voulaient se fondre dans la nuit blanche de pleine lune, tantôt ils s'en revenaient, craintifs, vers les passages étrcits des enclos, butant contre les arbres, les pierres, les murs. Un vent de panique inexpliqué. Pourtant, trois chiens noirs couraient devant eux, aboyant, s'échinant, mordant, sans succès. Un vent de folie avait submergé Grèzes.

Et, en mettant pied à terre, Lafontaine flaira la marque de la bête. Elle était là, quelque part, tapie dans l'ombre, répandant alentour ses exhalaisons maléfiques.

— Je la sens ! s'écria Anselme qui cherchait du bout des doigts à atteindre sa carabine. Elle est proche ! Si proche. Ne flairez-vous pas son haleine fétide ?

Vivien suivait des yeux la course désordonnée des brebis, comme des papillons de nuit géants s'acharnant autour d'une lampe. On ne savait de quoi les animaux avaient le plus peur, de l'ombre ou de la lumière. La bête pouvait être l'une et l'autre confondues. Lafontaine sauta par-dessus le muret et descendit vers la première ferme. On s'y était barricadé à ce qu'il semblait, aux premiers piétinements des animaux, comme une rumeur grondante de grêle frappant la terre sèche. Il appela en vain. Derrière les portes, on entendait des respirations fortes d'hommes ou de bêtes. C'était l'effet de la même peur. Le naturaliste fit le tour de la bergerie. Ça bêlait à l'intérieur, ça se bousculait ferme, jusqu'à ébranler les planches. Soudain, Vivien sentit quelque chose qui lui tenait le mollet. Il tira son couteau et fit un grand mouvement de tourniquet. Ce n'était qu'un malheureux chien, qu'il repoussa du pied.

— Suis-je stupide ! rit-il. Stupide d'imaginer que...

Un instant, il avait cru, lui aussi, être en danger, cru à la bête, cru qu'elle allait surgir de la nuit peuplée d'ombres. Il lui paraissait que toute la nature alentour, les arbres, les murets, les pierres dressées, les charrettes, les charrues, les buissons, les tonnelets s'agitaient dans un même mouvement de panique. Il s'immobilisa dans la nuit claire, scruta les objets, écouta les bruits. Et chaque chose lui parla la même langue, lui dit que rien au juste ne justifiait la moindre peur ! Il avait remis sa dague à l'étui. Ce n'était pas avec cette petite arme qu'il pouvait se défendre. Alors, il tira son épée de son baudrier. Presque machinalement. C'était rassurant, désormais, d'avancer avec une lame brillante au-devant de lui, fouettant l'air avec rage.

Anselme avait allumé un falot. On y voyait pourtant assez, avec la lune qui dansait dans le ciel sa sarabande de printemps. Un bruit de pas sur le chemin lui fit dresser la lanterne. Un rude gaillard surgit de la nuit. Il portait un grand chapeau de vacher et un bâton, dont la pointe ferrée sonnait sur la pierre du sentier. Le serviteur amena la lumière à hauteur de son visage.

— Qui es-tu, toi ? s'exclama Lafontaine.

Anselme le reconnut aussitôt.

— C'est l'homme de Saint-Flour... Victorien, dit-il.

— Qui donc a affolé ce troupeau de moutons ? demanda le naturaliste.

Le vacher ne répondit pas. C'était un garçon économe de ses propos.

— La bête ! fit-il.

— Quoi, la bête ? insista Vivien.

— Elle a frappé.

— Qui donc ?

— Le petit des Valet.

Lafontaine eut le souffle coupé, comme si on lui avait porté un coup à l'estomac.

— Pierre ?

— Oui. Vous le connaissez ? demanda Victorien.

— Si je le connais!... répliqua Lafontaine dans un cri de colère.

Et déjà il ne pouvait chasser de son esprit le sourire du gamin, si courageux à l'ouvrage, toujours prêt à rendre service à son père, lorsqu'il fallait mener les troupeaux à la Seuge.

— Où est-il, le malheureux? questionna le naturaliste.

De la pointe de son bâton, Victorien désigna le creux du vallon. La ferme des Valet se tenait à l'écart de Grèzes, vers la rivière. Le vacher prit les devants d'un pas alerte.

— Maudit Zacharie! maugréa-t-il.

— Quoi, Zacharie? reprit Vivien. Qu'est-ce que Zacharie vient faire là-dedans?

— Il est venu hier, plaider la cause des loups.

— A Grèzes?

— Oui, comme je vous le dis. Il disait aux gens que ce n'étaient pas eux, les fautifs, qu'on devait les épargner avec nos battues et nos pièges. Sa louve marchait à ses côtés, menaçante. Et sans elle, je crois qu'il aurait pris des coups de fusil.

Vivien était trop essoufflé pour répondre. Et le visage du petit Pierre le hantait toujours, au point qu'il appréhendait l'instant où il découvrirait le corps du malheureux.

Le chemin chutait brutalement. Les pierrailles qui le recouvraient étaient aussi instables que ses jambes qui avaient peine à le porter. Lafontaine roulait sur les pierres, d'un pas maladroit. En cet endroit, le sentier avait été raviné par l'incessant passage des troupeaux. Mais Victorien s'y mouvait à l'aise, habitué aux courses de nuit sur les drailles de l'Aubrac. « Ce ne doit pas être aisé de courir après sa proie, revêtu d'une peau de loup », songea Vivien. Il revoyait la belle collection dans la garde-robe du château des Monclar. « Pourtant, je n'y ai point vu les fameuses griffes. Hélas ! C'eût été une découverte capitale, se dit-il. Elle eût enfin révélé le sinistre commerce qui occupe le méchant homme. Il est vrai que pour lutiner des petits chaperons rouges on n'a point besoin de ces horreurs. » Et un rire nerveux l'ébranla si fort que le vacher se retourna, éberlué.

— Cela vous fait rire, monsieur ?

Vivien ne répondit pas, honteux de sa réaction. On pouvait tout supposer, qu'un gentilhomme se moquait bien du sort d'un petit paysan ou que le cynisme faisait partie de sa manière de vivre, ou encore que la peur s'exprimait de la sorte en lui...

— Je ne crois pas que Zacharie soit derrière tout ça.

Le vacher arrêta sa marche pour l'attendre.

— Le meneu'd'loups guide ses bêtes vers les petites proies sans défense. Lorsque nous les aurons tous anéantis, alors Zacharie ne pourra plus rien contre nous. Ses commandements aux hordes sauvages resteront sans effet.

— Les loups n'agissent pas comme vous le supposez.

— Qu'en savez-vous ? Quand il y a de la sorcellerie dans l'air, tout est surnaturel. Et la louve ? Avez-vous pensé à la louve ? Trois fois, je lui ai tiré dessus, à gros plombs. Sans la toucher. C'était comme si les balles ne pouvaient l'atteindre. A croire que c'est une sorte d'ombre.

— Ce sont des calembredaines ! s'écria Lafontaine. Moi, je puis affirmer qu'elle existe, en chair et en os, car je l'ai touchée de mes mains. Et les loups du Gévaudan ne sont pas différents de leurs frères qui peuplent le pays des Flandres, ou la Saxe. Ils tuent lorsqu'ils sont affamés. Ont-ils seulement saigné quelques moutons ? demanda-t-il.

— Cela arrive. Mais guère plus que d'habitude, confia le vacher.

Puis, il ajouta d'un air défiant :

— Ils ont mieux à se mettre sous la dent.

Le visage de Valet était défiguré par la douleur. En apercevant Lafontaine, il l'étreignit longuement, et se perdit en pleurs sur son épaule.

— Il faut retrouver la tête de mon petit Pierre, dit-il.

Lafontaine s'abaissa pour examiner le corps de l'enfant, renversé sur le bord de la Seuge. Le sang coulait encore de sa jugulaire à vif.

— La bête a emporté le visage. Mais pour quoi faire, grand Dieu ? Pour quoi faire ? répétait Martial.

Victorien traversa la rivière, l'eau à la ceinture. Lafontaine voulut le suivre, mais hésita. Le petit Pierre ne portait aucune autre blessure, sur le torse. Le prédateur avait détaché sa tête et s'était enfui avec.

— Martial, il te faut revenir à la ferme. Nous nous occupons de ton petit, dit le naturaliste.

Anselme attendait, dix pas en arrière. Il se sentait inutile depuis que les habitants de Grèzes s'étaient mis en marche sur le chemin. On entendait leurs pas sur les cailloux, des conversations étouffées, des jurons. Ils portaient des lanternes à bout de bras, ou suspendues à leurs fourchines. Les lueurs jaunes dansaient comme des lucioles ivres.

Au petit matin, Victorien revint avec la tête du malheureux petit Pierre, enveloppée dans sa chemise de cadis. Lafontaine l'attira à part, dans une des dépendances de la ferme, afin d'examiner attentivement les restes macabres. Une partie du visage avait été arrachée par la même sorte de griffe qui avait défiguré la petite

Jeanne. Le second coup, porté avec une violence inouïe, avait sectionné les vertèbres, arraché tendons et muscles.

« Pourquoi un loup se serait-il occupé de la tête, au point de l'emporter? pensa le naturaliste. L'animal, si sauvage qu'il soit, ne se soucie guère de ces détails. Il attaque indifféremment, sans s'intéresser en particulier à une partie du corps. » Au Malzieu, Vivien avait examiné des moutons attaqués par les loups, afin de comparer leurs blessures à celles de la malbête. Ils étaient souvent éventrés, éviscérés, dévorés à moitié. Jamais la tête des animaux n'avait été sectionnée et emmenée, comme un trophée de guerre.

Alors qu'il s'occupait à recoudre la tête du petit Pierre, avant de rendre le corps à la famille, son serviteur vint le rejoindre, un mouchoir sur le nez. La fade odeur du sang lui était insupportable.

— Tu n'es d'aucune utilité, mon pauvre Anselme, à tourner dans mes jambes...

— Comment pouvez-vous accomplir cette besogne sans sourciller?

— Elle m'est d'autant plus pénible, reconnut le naturaliste, que je connaissais le jeune garçon. Et pourtant, il me faut bien le faire.

Victorien maintenait, du bout des doigts, le crâne à hauteur des épaules, le regard tourné de côté pour échapper à l'effroi que lui causait la dépouille. Lorsqu'il eut terminé ses points de suture, le naturaliste enserra le col avec son écharpe de soie blanche. Ainsi, par cet artifice, se trouvaient dissimulées les entailles profondes. Puis, à la pince, il remonta les chairs sur le visage, colmatant les plaies avec de la cire à bougie fondue. L'opération lui prit une bonne heure. Et, l'ouvrage terminé, Victorien porta l'enfant dans la cuisine où l'on avait dressé un lit mortuaire.

Aux grands cris de douleur des parents, Victorien se sauva aussi vite qu'il put, rejoignant un petit groupe qui s'était formé devant la ferme des Valet. Chacun portait son fusil en bandoulière, au cas où la bête reviendrait jeter la mort parmi eux. Mais c'était hautement improbable. Jamais on n'avait vu un crime se répéter dans un même lieu.

— A vingt reprises le prédateur a procédé de la sorte, expliquait Vivien Lafontaine à Anselme.

Le serviteur l'écoutait en fixant la pointe de ses bottes.

— Vous voulez parler de la décapitation?

— En effet, cette manière de tuer fait partie du rituel. Je suis fondé à penser que la décollation a une signification chrétienne. La tête est le temple de l'âme. En la détachant, on veut s'en emparer. Dans quel but?

Lafontaine songeait au martyre de saint Jean-Baptiste, fils de Zacharie, qui donna le baptême à Jésus et fut décapité sur ordre de Salomé.

— Comme si le sacrificateur, en détachant la tête du corps et en s'en emparant, ainsi qu'un trophée, voulait appliquer une sentence qui fût comparable à celle du vieux tétrarque de la Galilée[1] : ôter l'esprit saint de celui qui offrit, au nom du Très-Haut, le baptême à Jésus...

Au milieu de la journée, alors que les femmes veillaient le petit Pierre, Martial voulut voir le naturaliste. Ce dernier somnolait au côté de son serviteur, à l'ombre d'un frêne. Il prit la liberté de le réveiller, puis ils descendirent vers la Seuge où l'enfant avait été agressé. Parmi les galets, on distinguait encore des traces sanglantes. Et, furieusement, Valet se mit à fouetter l'eau stagnante avec son bâton pour diluer les dernières traces dans le courant.

1. Hérode.

— Ma pauvre Marie n'arrête pas de répéter que Dieu a voulu ce drame.

— Que ne dit-on pas au nom de Dieu? releva Vivien en le prenant par l'épaule.

Martial se tenait la tête dans les mains. Il ne cessait de songer à ce qu'avait été son existence, et il ne voyait rien qui pût justifier une telle punition du Ciel.

— Je ne cesse de répéter à Marie : « Mais, nous sommes innocents ! » Et savez-vous ce qu'elle me répond? « Personne n'est innocent... Dieu, seul, sait de quoi nous sommes coupables. Et si le Seigneur nous a enlevé notre petit Pierre, c'est pour nous faire payer nos fautes passées. » Des fautes ! Quelles fautes? Je n'ai jamais volé une salmée d'avoine au régisseur. Je fais mes corvées comme personne à Grèzes. Et bon Dieu, j'ai connaissance de gens plus mauvais que nous, dans le village, des profiteurs, des voleurs. Et à Chanaleilles, il est une maritorne qui tue sa marmaille à la naissance et l'enterre à la nuit tombée. Il n'est point besoin de la bête pour leur ôter la vie, la marâtre s'en charge, comme l'on tue, vous dis-je, des chatons, en les étouffant dans du vieux drap qui leur sert de linceul. Tout ça parce que ça ne peut plus nourrir les nouveau-nés, tout ça parce que ça refuse de se sacrifier à la tâche. Voici ce que j'appelle une faute. Une faute grave. Car Dieu ne dit-il pas qu'il ne faut point donner la mort? Et que fait-il, lui, en nous envoyant la bête malfaisante?

Lafontaine était aussi peiné que son voisin. Les jours passés à Grèzes, le périple dans la Margeride avaient tissé entre eux des liens étroits et plus que fraternels. Le naturaliste tenta longuement de lui mettre un peu de baume au cœur en l'assurant que Dieu n'avait rien à voir dans l'affaire, et qu'il n'était point écrit dans la Bible que la bête viendrait tourmenter les vivants.

— Ton petit a été choisi au hasard pour subir cette exaction, conclut Vivien. J'ai de fortes raisons de penser que les loups eux-mêmes sont étrangers aux assassinats.

Martial le fixait avec un regard perdu.

— Mais qui alors ?

— Un ou plusieurs scélérats sous l'habillage d'une peau de loup. Telle est la direction vers laquelle mes recherches s'orientent.

— Mais cela doit être puni, se révolta Martial.

Lafontaine eut un haussement d'épaules d'impuissance.

— Je compte trouver la réponse et la transmettre à qui de droit. Le reste sera l'affaire du lieutenant criminel de Mende.

— L'on ne vous croira jamais ! s'exclama Martial Valet en baissant la tête.

Le naturaliste n'était pas loin de partager son opinion. Il y avait plus d'avantage à laisser croire à l'existence d'une bête du Gévaudan, maléfique et cruelle. Mais monsieur de Cheverny, à qui il avait fait part de ses soupçons, l'avait assuré une nouvelle fois, par lettre, de son total soutien. « Allez au bout de vos recherches et soyez assuré, mon ami, lorsque vous m'apporterez les preuves de ce que vous avancez, que le roi en personne sera mis dans la confidence. Et je ne doute que Sa Majesté en tirera des conclusions... »

L'enterrement du petit Pierre était prévu pour les quatre heures de l'après-midi. Auparavant, Lafontaine voulut se recueillir devant la dépouille de l'enfant. Marie fit sortir les quelques personnes qui entouraient le mort. Une lampe à huile brûlait au fronton de la cheminée, diffusant une odeur âcre. L'enfant était recouvert d'un drap de lin blanc. Ses mains reposaient l'une à l'autre attachée par un chapelet, dont la croix avait été disposée en évidence. Le visage était défiguré par des hématomes noirs et par les griffures qu'il avait reçues. Et autour du malheureux, la mère avait déposé des guirlandes de fleurs printanières, de ces fleurs qui peuplaient les champs et les prés de la Margeride, des jonquilles et des narcisses jaunes, des campanules violettes, des clochettes bleues.

A l'écart, la petite sœur jouait avec sa poupée de chiffons, en silence. Et en l'apercevant, ainsi indifférente et lointaine à tout ce drame, Vivien ne put réprimer des larmes. Marie le regardait, intensément, avec un sourire de sainte. Sans doute la religion lui prêtait-elle cette force intérieure. Et de même avait-elle assuré à la petite Francette que son frère était parti pour un long voyage dans le ciel où elle le retrouverait, plus tard.

— Dieu nous envoie ce malheur pour nous mettre à l'épreuve, murmura-t-elle. Mais nous serons forts, mon Martial et moi, si forts, si forts, disait-elle en joignant les mains.

Lafontaine reniflait d'émotion. Il touchait le fond de sa désespérance. Et il jugea aussitôt qu'il eût été inconvenant de sa part d'exprimer, devant la situation, le moindre sentiment de révolte. Aussi se mit-il à hocher la tête, en affectant la même sorte de soumission à Dieu, pour accorder son état à celui de Marie.

— Pourtant, dit-il au bout d'un moment, j'eusse tant aimé qu'il vive, cet enfant, et qu'il connaisse le bonheur de grandir parmi nous.

— Dieu l'a rappelé à lui. Ses desseins sont secrets. Et nous, les pauvres, nous nous soumettons à ses choix. Qui sait si nous ne méritons pas ce malheur... Alors, ce serait justice, car tout se paye ici-bas.

Marie se leva pour éloigner une mouche qui s'était posée sur le visage du mort. Ce geste effraya Lafontaine, qui imagina aussitôt où va toute chair. Et cela lui rappela une leçon de Linné sur un cadavre décomposé, avec le nombre inouï et la variété des insectes nécrophages qu'il avait eus à recenser et à répertorier. « Trois mouches, se dit-il, suffisent à consommer un cadavre. Et celles-ci ne cessent leur affreux commerce, des premières curtonèvres aux autres, les mouches bleues et les mouches vertes, la *Lucilia caesar*, jusqu'à la dernière, la plus prolifique, que Linné nomme Grand Sarcophagien. Et dans la nuit du cercueil clos, larves et chenilles s'emploient goulûment, les dermestes, les aglossas, les pyophilas, les corynètes, les lonchéas, les phoras... Une armée de larves, de papillons et de coléoptères ne laissant que poussière sur les os... Voilà le grand dessein de Dieu », pensa-t-il en se retirant de la pièce mortuaire, en silence.

13

Où Juliette hésite à s'associer à Lafontaine dans sa quête de la vérité et où les pièges de Beauterne sont dignes du colosse de Troie

Par un de ses coursiers, Juliette de Valcœur fit porter un message à son amant. Elle lui fixait rendez-vous à Servières. C'était un petit agglomérat de maisons grises, à fleur de champ, sous le Montchauvet. Vivien Lafontaine avait connu ce pays sous la neige et le vent d'hiver. Désormais, la contrée avait retrouvé sa parure des beaux jours, dans le vert-bleu des montagnes et le vert tendre des prairies gorgées d'eau. La seule géométrie autorisée, dessinée par la main de l'homme, était celle des murets qui couraient dans la campagne. Les troupeaux avaient retrouvé les chemins des collines, et d'un enclos à l'autre se répondaient les appels des paysans.

Vivien trouva Juliette sur son cheval, à l'entrée du village. Elle était seule, majestueuse dans son habit de soie rouge, coiffée d'un grand chapeau en feutrine qu'elle avait orné d'un brin de tulipe sauvage. Sa chevelure noire tombait en cascade sur ses épaules nues. Le naturaliste éperonna sa jument pour lui donner le trot. Mais lorsqu'il parvint à sa hauteur, aussitôt elle se mit en route, nerveusement.

— Souffrez que je vous salue ! Bon Dieu ! s'écria-t-il.

Elle riait à cette course dans le champ où les sabots des chevaux levaient des mottes de terre. Puis elle décrivit un grand cercle autour de lui. Il ne voulait pas fatiguer sa monture à ce jeu enfantin.

— Il faudra m'attraper ! cria-t-elle.

— Non ! vous vous rendrez à moi, ou tant pis.

Il descendit de cheval et caressa les naseaux du bai, tout en la surveillant du coin de l'œil. Elle se tenait à distance, cent pas peut-être.

— Alors, monsieur le savant, on renonce à la joute ?

Vivien mena sa jument à la bride, tout en marchant à côté d'elle. La jeune comtesse le laissa approcher à dix pas, puis voulut reprendre son jeu favori. Lafontaine poussa un grand cri et le cheval se cabra si fort que Juliette glissa à terre. Le naturaliste lui saisit la main pour l'aider à se relever et, d'un geste, l'attira à lui. Leurs deux corps enlacés roulèrent au milieu des jonquilles qui tapissaient le pré.

— Je m'ennuyais de vous, dit-elle.

— Moi aussi, dit-il.

— Pourtant, vous ne me fîtes aucun signe ? Je n'attendais plus que votre appel pour m'y rendre. Ne sont-ce point les galants qui font le premier pas ? Dans quelle société vivez-vous, monsieur Lafontaine ?

Vivien soupira en fixant le ciel bleu. Autour d'eux, les insectes bourdonnaient dans l'odeur suave des narcisses, des coucous et des paquettes. Les fragrances ensorcelaient tout ce petit monde qui s'agitait dans une ronde endiablée, et ainsi, face à l'immensité de l'air, ils se sentirent seuls comme au premier jour du monde.

— Vous ne répondez pas. Alors, poursuivit-elle, j'ai

décidé que j'irais à nouveau à votre rencontre. Au risque de me faire mal juger.

— Je t'en prie, éloigne de ton esprit cette suspicion.

Juliette l'avait vouvoyé par jeu, sans doute, et le naturel, désormais, s'en revenait.

— C'est à toi, Vivien, de l'éloigner, en vérité. Tu as cru que j'étais le jouet sentimental et lubrique de Monclar. Erreur. Je suis libre comme le vent qui souffle sur les hauts de l'Aubrac.

— Promise à lui, à ce qu'on raconte dans les villages. Promise, comme une fiancée peut l'être.

— Je ne suis promise à personne.

— Qu'en dit monsieur le comte de Valcœur?

— Mon père ne peut rien exiger de moi.

Le visage de Lafontaine se tourna sur le côté, avec pour seule perspective le champ de fleurs jaunes qui s'étendait jusqu'à la hêtraie.

— Je te sens loin, dit-elle avec un froncement d'inquiétude sur le visage.

— J'arrive au terme de mes recherches. Je ne pourrai demeurer indéfiniment dans ces montagnes.

— Oh non! La bête court toujours. A Grèzes encore, où elle a sévi.

— Je t'en prie, Juliette, tu sais bien qui se cache derrière ces horreurs?

— Je ne sais rien.

Ils se turent, détachés l'un de l'autre, allongés à même la prairie, la face vers le ciel. Puis les doigts de Juliette vinrent, enfin, pour briser le silence, à la rencontre de ceux de Vivien. Ils s'entrecroisèrent dans un même mouvement qui les liait malgré eux.

— Tout nous oppose, dit-il. Et pourtant, nous ne pouvons nous séparer.

— Qu'est-ce qui nous oppose? questionna Juliette.

— Tu es la petite comtesse promise à un beau mariage. Et moi, un aventurier...

Au bas de la prairie coulait une rivière enjambée par un pont de pierre romain. Des paysans travaillaient, à cet endroit, des jardinets enclos par des murets de pierres sèches. Juliette se redressa vivement. Vivien comprit aussitôt son inquiétude. Sans un mot, elle lui fit signe de monter vers la hêtraie. Lafontaine escalada la rude pente en larges enjambées. Il atteignit rapidement la zone des fougères et des genêts, les traversa jusqu'à être, enfin, à couvert sous les grands arbres. Le sous-bois était tapissé de feuilles mortes couleur rouille, craquantes sous le pas. Il grimpa encore jusqu'à un rocher où il s'assit pour reprendre son souffle.

Juliette pénétra dans la hêtraie par la sente qui serpentait entre les éboulis, en menant son cheval à la bride. Sa longue jupe de soie rouge s'accrochait aux épines, ce qui ralentissait sa marche, car elle prenait soin d'éviter les accrocs.

— Je ne veux pas qu'on me voie en ta compagnie, avoua-t-elle.

— Oui, répondit-il d'un ton chagriné, je ne suis guère fréquentable.

La jeune comtesse haussa les épaules.

— Inutile d'aviver les racontars, se justifia-t-elle.

— Pourtant, mademoiselle, ironisa-t-il, nous prétendons, haut et fort, être libre comme le vent de l'Aubrac.

D'un geste vif, elle jeta son chapeau à terre et lui fit signe d'approcher. Corps enlacés, ils roulèrent sur le tapis de feuilles, trouvant enfin ce que tous deux étaient venus chercher. A sa manière de quérir le plaisir, Vivien comprit que son amante aimait à dominer la situation. Et, sur son visage, elle étouffait les grimaces et jurons que le sexe de l'homme pouvait lui tirer. Aussi Vivien se délectait-il à titiller sa chair pour que ce flux qu'elle contenait en elle la submergeât.

Juliette voulut le chevaucher de ses longues jambes nerveuses, comme elle eût fait d'un alezan indomptable.

— Non ! Je ne veux pas ! Je ne veux pas, souffla-t-elle près de son visage, comme si elle se défendait à elle-même tout ce que l'homme ravissait, pouce après pouce, à son territoire intime.

Lafontaine bataillait pour qu'elle lui cédât tout, ainsi qu'une eau contenue brisant soudain ses digues. Mais, ongles plantés dans la chair de sa poitrine, tirant, pinçant, griffant, elle maudissait cette force qui s'agitait en elle, au creux de son ventre, et qui l'emprisonnait malgré elle.

— Tu voudrais que je t'appartienne, corps et âme. Mon âme, passe encore, mais mon corps... ! disait-elle en fermant les yeux.

D'un vigoureux coup de reins, Lafontaine la renversa sous lui, l'emprisonna dans ses bras. Il guettait sur ses lèvres les tremblements annonciateurs de l'orage. Alors, Juliette s'épancha dans un cri, semblable à la douleur et au chagrin, que l'homme martela avec toute la vigueur et la violence qu'elle avait voulu réprimer quelques secondes auparavant.

A l'instant de jouir, Vivien s'effaça dans un grand soupir. Puis il tenta de tempérer *decrescendo* le rythme de sa respiration. Juliette ramena aussitôt sa jupe sur ses jambes, d'un geste vif. La main de Lafontaine chercha encore, sous la soie, l'aréole d'un sein. Mais elle le repoussa vivement.

— Je crois que tu m'en veux, dit-il. Pourtant, n'est-ce pas ce que nous étions venus chercher l'un et l'autre, dans cette communion de printemps ?

— Tu pries avec ton sexe comme un bénédictin.

Lafontaine réfléchit longuement au sens de sa phrase.

— Oui, ajouta-t-elle devant son air incrédule, tu fais l'amour avec dévotion. Tu es un dévot en cette matière.

Vivien éclata de rire. Sa culotte était encore baissée et de la main, il vint à prendre son sexe, l'agitant devant elle effrontément.

— Il n'a rien d'un aspergès. Et ce qu'il éjacule n'est point de l'eau bénite.

— L'homme est d'une bêtise sans borne.

Il remonta son pantalon et referma sa braguette, soigneusement. La première fois qu'ils avaient fait l'amour, dans le boudoir du château de Monclar, ç'avait été d'une tout autre douceur. Et cette nouvelle intempérance avait de quoi le surprendre, lui qui l'avait déjà jugée fort portée sur le plaisir.

— Tu t'étais abandonnée, l'autre jour?

— Et là, imbécile, ne le fus-je pas?

— L'amour entre deux êtres qui s'aiment, ce ne peut être la guerre! Jamais! Un duel? Oui, insista-t-il, ce fut comme un combat, corps à corps...

La jeune comtesse se détourna en arrangeant sa toilette, ôtant feuilles et brindilles accrochées à sa vêture. Lafontaine voulut glisser une main sous la longue jupe tombant sur ses bottines mais elle s'enfuit, prestement. Il ne savait rien d'elle encore, la forme de ses seins, de son sexe, le galbe de ses jambes. Tout d'elle lui était étranger. Et, dès lors, il ne rêvait plus que de la voir nue, entièrement nue.

— Je crains le pouvoir que tu veux exercer sur moi, dit-elle. L'amour est un étau aux mâchoires redoutables, dans lequel on veut enfermer les êtres.

— Ainsi en est-il, dit Lafontaine, du vent d'Aubrac, indomptable.

Juliette courut à son cheval, qui broutait l'herbe à la lisière de la hêtraie. En la voyant s'éloigner, le naturaliste eut peur qu'elle disparût aussitôt, sans un mot de plus. Il la rejoignit à l'instant où elle montait en selle.

— Pourquoi me fuir si vite ? Notre amour est-il aussi fugitif que le vent ?

— Pour l'instant, je veux être seule. Tant de choses douces supplient en moi pour que je reste, et tant de fureur, aussi, m'habite pour que je me renferme dans ma coquille.

— Les vents contraires de la passion soufflent sur toi. Et l'on ne sait lequel va l'emporter, dit Lafontaine d'un ton las.

Le naturaliste siffla sa jument qui accourut au signal. Et, côte à côte, ils cheminèrent au pas vers Servillanges, traversèrent le Pantajou, une rivière calme roulant ses eaux bleues sur les galets. Vivien Lafontaine lui montrait les champs de fleurs qui s'étendaient par-delà le chemin, les jonquilles, les trèfles jaunes, les pédiculaires à toupet, les jasiones violines, et quelques bouquets de valériane bleue. Ils s'attardèrent sur les orchis mauves cachés dans les broussailles. Il en trouva même un pourpre, assez rare en ces lieux, et le lui offrit. Elle l'ajouta à son chapeau.

Lorsqu'il sentit son amante au vent favorable, Lafontaine lui posa la question qui lui brûlait les lèvres.

— Ne voudrais-tu pas m'aider ? Car j'ai grand besoin de toi pour conclure mon affaire. Il s'agira d'une décision lourde de conséquences. Et bien entendu, je mesure déjà qu'elle te posera un cas de conscience. Aussi, ne me réponds point à la minute. Réfléchis calmement. Et les dés seront jetés, selon ta volonté.

Ils arrêtèrent leurs montures et mirent pied à terre, d'un commun accord. Le chemin, devant eux, montait vers la forêt de sapins. Une nuée bleue la recouvrait, sinistre et lourde, comme un couvercle. Seul l'azur du ciel, pâle et transparent telle une tourmaline, apportait un peu de douceur au paysage.

— Je t'écoute, mon bel amant.

— J'ai acquis la conviction que les coupables sont à Monclar. Et je voudrais que tu m'aides à les démasquer...

Juliette de Valcœur baissait la tête. Soudain, son beau visage clair s'était figé. Elle appréhendait cette question depuis que son amant avait découvert les peaux de loup dans la garde-robe. L'idée d'y attirer Lafontaine était venue de Jupien de Labarthe, lui-même, pour on ne savait quelle raison.

— Je ne peux croire que tu aies des égards pour ces gens ! ajouta Vivien. Et je sais que tu les désapprouves. Mais il est des alliances que je comprends aussi. Béranger appartient à ton petit monde d'aristocrates cyniques.

— Je ne sais pas de quoi tu parles. Mais il me semble que tu te méprends sur Monclar. Certes, j'admets qu'il est terriblement cynique et un brin débauché. Je lui connais aussi des élans de cruauté contre ses gens. Peut-être est-ce, là, manière d'offenser son père, qu'il hait ? Il déteste sa dévotion, ses longues retraites au cloître de La Chaise-Dieu. Mais une telle rébellion contre l'autorité paternelle peut-elle enfanter la férocité meurtrière dont tu parles ? Je ne le crois.

Lafontaine n'était point homme à se laisser distraire, dès lors où il avait acquis la conviction que Monclar n'était pas étranger à l'affaire du Gévaudan. Mais il ne pouvait se résoudre à pousser Juliette dans ses retranchements. L'idée qu'on dût, tôt ou tard, la marier au fameux Béranger, n'était pas née de son esprit torturé. Ce n'était qu'un cri, dans le pays, où l'on voyait déjà se dessiner l'alliance entre les deux baronnies. Et celle-ci restaurerait sans nul doute une lignée d'importance, aussi grande et majestueuse qu'on en connut au temps des Apcher. Morangiès lui-même encourageait le mariage, jour après jour, bien qu'il dût aussi s'inquiéter de la puissance qu'une telle seigneurie ne manquerait pas d'engendrer. Mais le comte de Morangiès n'aimait pas assez le Gévaudan pour s'en inquiéter outre mesure. Il possédait de hautes vues sur Paris où résidait l'essentiel de sa fortune. Et l'instauration d'une seigneurie amie dans le pays suffirait à conforter sa position.

— Je crois comprendre instamment que ce serait, pour toi, marcher contre la raison. Même si ton cœur adhère à mon dessein, tu ne peux trahir ainsi ton camp...

— Je ne ferai rien contre les Monclar, dit-elle en le fixant droit dans les yeux. Rien qui puisse les atteindre, car je les crois étrangers à l'affaire.

Lafontaine rajusta son chapeau, la mine défaite. Il grimpa en selle et tourna bride. Sans un mot de plus, ni un regard.

A force de lui montrer l'étendue de sa science, le naturaliste avait fait de son serviteur, à la longue, un adepte zélé. Lors de ses promenades autour de Grèzes, il ramassait le moindre caillou dont la couleur ou la forme l'intriguaient, cueillait plantes et fleurs qu'il enserrait ensuite dans les gros ouvrages d'Aristote.

A son retour, Anselme courut au grenier — c'était ainsi qu'il nommait l'endroit exigu que Valet leur avait loué — et en revint avec ses trésors.

— Je parie que vous ne connaissez pas tout ce que j'ai choisi pour vous. Regardez, mon bon maître, je n'ai point perdu mon temps.

Lafontaine étala les pierres devant lui comme il eût fait d'une poignée de pistoles pour les compter. Puis il se mit à les rassembler par familles.

— Des schistes, fit-il en mettant le doigt sur l'un des tas. Cet échantillon est plutôt intéressant, fit-il en dressant l'une des pièces sous le regard d'Anselme. Il contient des grenats et de la calcite.

D'un geste, il écarta un second tas qui lui parut négligeable, puis alla piocher une pierre.

— Du gneiss. Avec des feuillets alternés de quartz et de feldspath.

D'un geste il balaya la table, envoyant les pierres à terre. Le naturaliste se prit la tête dans les mains, affectant un air sombre. Le serviteur avait toutes les raisons du monde de se vexer qu'on attachât aussi peu d'intérêt à ses efforts, mais l'expression taciturne de son maître brisa net son irritation.

— Vos affaires vous chagrinent, à ce que je sens, dit-il.

Et le serviteur hésita à ouvrir le livre d'Aristote où il avait compressé les fleurs.

— J'ai trouvé le nœud. Et personne pour m'aider à le dénouer.

— De quelle sorte de nœud parlez-vous ?

— Un nœud gordien si compliqué qu'il nous faudrait faire comme Alexandre, le trancher vif.

Le serviteur afficha une mine ahurie. Ce n'était pourtant point qu'il n'eût l'habitude des métaphores par lesquelles le naturaliste s'exprimait assez couramment. D'ordinaire, il faisait mine de comprendre toutes les subtilités de langage, et la suite du propos lui apportait les éclaircissements nécessaires. Mais, cette fois, il se montra d'assez mauvaise humeur.

— Vous parlez à un ignorant ! se rebella-t-il. Et de plus vous prenez grand plaisir à cet exercice. J'ai de l'amitié pour vous, et me voici bien mal récompensé.

Vivien Lafontaine sourit en venant lui tapoter l'épaule.

— Je comptais tant sur Juliette pour m'aider à régler l'affaire du Gévaudan.

— Ah! s'exclama Anselme, il s'agit de Juliette de Valcœur, alors rien de raisonnable ne se peut concevoir dans l'amour. Tout y est compliqué à l'excès. Il n'est pire commerce, vous dis-je, que celui des passions. Parfois il faut de la patience, et parfois aussi hâter le mouvement.

Le naturaliste haussa les épaules.

— Tu parles dans le vide. Nos amours s'établissent comme il convient, entre deux amants. Mais, par-delà le plaisir, il n'est aucune confiance qui vaille. Peut-être en demandé-je trop? Peut-être ne suis-je pas assez habile pour l'amener à mes desseins?

— Que souhaitez-vous d'elle, au juste?

— Sur l'affaire du Gévaudan, elle en connaît bien plus que nous. Mais les seigneurs du pays sont de connivence pour étouffer la vérité, parce qu'elle menace l'un des leurs. Et il s'est établi une conspiration du silence. Tandis que les maîtres louvetiers courent après la bête imaginaire, sans risquer jamais de la prendre par la queue ni d'en saisir le moindre poil, les méchants poursuivent leurs crimes en toute impunité. Je voudrais tellement que Juliette soit de mon côté, sinon pour la justice, du moins pour l'amour qu'elle me porte. Mais est-ce trop exiger d'elle?

Anselme s'était résolu à adopter les conclusions de son maître, et tenait pour acquis que derrière la bête du Gévaudan se cachait une bande de fanatiques. Cette hypothèse lui paraissait plus rassurante, à ses yeux, que l'existence d'un animal maléfique et cruel.

— Vous qui évoquez les grands louvetiers de Sa Majesté, il vous faut voir le sieur Beauterne. Sans délai.

Vivien leva un sourcil amusé. Les chasseurs n'étaient

point de son goût, et le massacre des loups lui soulevait l'estomac.

— Il a dressé un piège à Chanaleilles, parce qu'il croit dur comme fer que la fameuse bête ne peut se prendre que par la ruse.

Aussitôt, ils firent seller leurs montures. Et à bride abattue, les deux compères coururent au piège. C'était une fosse profonde de dix pieds, creusée dans le rocher à la barre à mine. L'excavation avait demandé le concours de vingt hommes au moins. Et en son centre, on avait bâti un échafaudage de bois. Pour s'y rendre, il fallait traverser une longue passerelle. C'était précisément le ponceau qui était piégé. A peine s'y engageait-on que, par un savant mécanisme de bascule, on se trouvait renversé dans la basse fosse. Ainsi escomptait-on capturer la malbête, au moment où elle s'engagerait sur le pont. Le fond du trou était tapissé de herses aux pointes affûtées. Pour que le miracle pût se produire, il fallait disposer sur la plate-forme centrale un appât. On avait commencé par y déposer une malheureuse victime, un enfant décapité, dont l'état de décomposition n'attirait pour l'heure que les corbeaux. Le curé Vachères s'étant mis en colère, Beauterne avait renoncé à poursuivre l'expérience. Alors, il projeta d'installer sur l'échafaudage un appât vivant. Ainsi la bête serait-elle plus encline à attaquer.

Le grand chasseur de loups s'était installé dans une maison de Chanaleilles avec ses chiens, cinq danois de haute taille et quatorze gardes-chasse, deux valets de limiers, deux domestiques. C'était un beau vieillard, emperruqué, portant gaillardement son uniforme de lieutenant des chasses royales.

— Denneval, Duhamel, énuméra Antoine de Beauterne, de fieffés imbéciles!

Ce jour de juin 1765, il était accompagné de monsieur de Morangiès, aussi en grand équipage.

— Ne soyons pas trop présomptueux, dit de Molette. Vos prédécesseurs ont épuisé, tour à tour, les ruses les plus sophistiquées sans obtenir le moindre résultat. Et je gage que l'affaire vous tiendra en haleine de longs mois.

Beauterne éclata de rire. Et ses gardes-chasse aussi. Monsieur Antoine, comme on avait coutume de l'appeler à la cour de France, jouissait d'une si grande réputation que le roi lui-même était assuré du plein succès de l'opération en Gévaudan. Avant de se rendre à Saint-Alban pour y saluer les seigneurs du pays, il avait fait halte à Mende où monseigneur de Choiseul-Beaupré avait béni son entreprise.

A l'écart, Jupien de Labarthe l'observait par en dessous, méprisant selon son habitude. Il avait hâte de voir fondre comme neige au soleil cette belle assurance.

— Nous avons tout tenté, monsieur le lieutenant, dit-il. Des battues d'envergure où nos gens ont payé de leur personne.

— Et des mascarades aussi! s'écria Beauterne.

Monsieur de Molette se mit à rire.

— Vous faites état d'un triste épisode, ajouta le comte de Morangiès, où notre armée s'est ridiculisée.

— Oui, ajouta le lieutenant des chasses, mais je vais redorer notre blason. Et montrer à vos gens ce qu'est un grand chasseur. Et je vous promets que le fauve sera anéanti avant deux mois. Enfin, vos sujets recouvreront la tranquillité.

Il y eut alors une parade d'applaudissements. Beauterne prisait les témoignages d'estime auxquels ses propres hommes participaient volontiers. Il avait compris qu'il était de bonne politique de montrer aux barons et à la population que, enfin, un grand chasseur prenait les choses en main.

— Monsieur le lieutenant des chasses, interpella Jupien de Labarthe, avez-vous une idée sur le prédateur?

Beauterne avait le souci de ne jamais être pris au dépourvu.

— J'ai lu les témoignages, dit-il en s'appuyant sur l'épaule de monsieur de Molette — le vieux chasseur fatiguait vite. Comme vous, sans doute, et que n'a-t-on pas écrit? Je suis fondé à croire que la bête est unique. Et qu'une fois qu'elle sera éliminée, tous les drames cesseront. Unique, dis-je, parce qu'issue d'un croisement singulier...

Jupien se rapprocha, intrigué. Le lieutenant des chasseurs avait la voix un peu éraillée par l'âge, et il peinait à la forcer, au point de toussoter entre les mots.

— Quel croisement? insista Labarthe.

— Entre un lion et un loup.

Un silence se fit, instantanément. Nul n'avait encore avancé une telle hypothèse.

— Oui, répéta-t-il pour produire son petit effet sur l'auditoire qui s'était dessiné autour de lui. Un lion et un loup! La férocité du lion et l'intelligence du loup. Voici un duo terrifiant. Et tous nos drames se trouvent ainsi expliqués par ce tandem. Car ni un lion ni un loup, seuls, n'eussent pu accomplir ces forfaits. Le lion a apporté sa puissance, sa rapidité, son agressivité, et le loup son instinct, son flair, sa ruse sournoise. Un tel croisement, contre nature, opéré par je ne sais quel prodige, peut-être par une volonté divine, fit-il en dressant le nez vers le ciel, est à l'origine de tous les malheurs du Gévaudan.

Labarthe ne pouvait contenir un fou rire. Il essayait d'imaginer la morphologie du monstre ainsi décrit par monsieur de Beauterne. Une gueule de lion avec sa crinière teintée en poils de loup, des pattes et des griffes de lion, sans doute, et l'arrière-train du loup, avec une longue queue finissant en toupet comme chez le roi de la jungle.

— Cela méritera d'être présenté au roi et à toute la cour de France, dit Jupien. Et je crois que l'on viendra des pays voisins pour admirer cette monstruosité de la nature.

Le lieutenant des chasses opinait de la tête. C'était ainsi qu'il imaginait la fin de son aventure, devant Louis XV, ses ministres et conseillers, et l'ensemble des courtisans, marquises, comtesses...

Monsieur de Labarthe se retira à l'arrière du groupe, sur la pointe des pieds, tandis que l'on s'acheminait vers le fameux piège. Il avait aperçu le naturaliste et voulait lui poser quelques questions.

— Avez-vous entendu notre grand chasseur de loups ?

Vivien sourit aimablement. Ce qui l'intéressait surtout était de visiter le piège, d'examiner les mécanismes savants par lesquels on précipiterait la bête en enfer. Il subodorait qu'il y avait plus de génie dans cette machine infernale que dans l'exposé que le louvetier venait de soutenir.

— Ah ! Jupien de Labarthe ! s'écria Lafontaine. Je tenais à vous remercier pour l'invitation au château de Saugues. Ce fut fort instructif.

Jupien baissa la tête pour dissimuler l'expression de son visage.

— Vous aussi, vous vous êtes prêté à la mascarade ?

— Non. Mon petit chaperon rouge me préféra au naturel.

— Comme je comprends notre chère petite de Valcœur.

Vivien répondit à son compliment par un sourire.

— Croyez-vous au croisement du lion et du loup? Qu'en pense l'Académie des sciences? questionna Jupien.

— Connaissez-vous l'histoire que rapporte René Descartes dans ses *Méditations métaphysiques*? Un paysan ne connaît que quatre espèces d'animaux : le bœuf, le cheval, la chèvre et l'âne. Il croise un loup. D'abord, il juge que c'est un âne puisque ce n'est aucun des trois premiers. Et ensuite, que ce peut être n'importe lequel des quatre, lors que ce n'est pas l'un des trois autres. Et enfin, notre paysan finit par conclure que ce n'est pas un animal du tout.

Labarthe retira son gant de cuir pour lui toucher la main d'une amicale pression.

— Ce Beauterne est un imbécile de noble extraction, jugea Jupien.

Lafontaine ne répondit pas. Il y avait assez de disgrâce dans l'air sans en ajouter une dose supplémentaire.

Les gens s'étaient répandus autour de la fosse et observaient, avec crainte, les herses menaçantes qui en tapissaient le fond.

— Les rets de monsieur Denneval étaient plus modestes et archaïques. Ceux-ci relèvent du grand art militaire romain, dit Jupien.

— Oui, ironisa Vivien. La bête prendra peur.

— Et tout sera raté. Comme nos battues avec cinq mille âmes.

En s'approchant du pont, Lafontaine croisa monsieur de Lourcières. Le juge maire se tourna vivement vers lui.

— Je crois vous avoir signifié de quitter le pays.

Il leva une canne menaçante.

— Faudra-t-il que je vous fasse chasser par mes gardes !

Labarthe s'interposa en agitant les bras.

— Tout doux, mon ami ! Tout doux. Célébrons ce culte dans la paix, un instant encore. Admirons l'ouvrage que voici ! Ce cheval de Troie ! Il n'est plus bel art de ruse dans tout le pays...

L'altercation n'avait pas échappé à monsieur de Molette. Certes, la présence du naturaliste le courrouçait aussi, mais il possédait trop de savoir-vivre pour le montrer. N'avait-il pas accédé, lui aussi, à la décision du maire de voir l'envoyé de Cheverny aux cent diables, comme tous les seigneurs du Gévaudan, les Monclar, les Valcœur, les Fontenoy...

— Nous installerons cette nuit même deux appâts vivants sur la plate-forme. Et lorsque la bête s'en approchera, ivre de sang, voici ce qu'il adviendra !

Monsieur de Beauterne fit signe à un de ses gardes-chasse d'avancer d'un pas sur la passerelle. L'un d'eux s'engagea prudemment en frappant du pied sur le plancher. Et soudain, tout se rompit dans un grand fracas.

— Je suis impressionné ! s'écria monsieur de Molette en se tournant vers ses voisins.

Les regards fixaient le fond de la fosse où la bête finirait sa carrière, sur les pics tranchants.

— Croyez-vous, monsieur le lieutenant des chasses, que les épieux seront assez longs pour occire d'un coup le monstre ?

Des inquiétudes se lisaient sur les visages. Après tout, peut-être serait-il capable de remonter du trou sans trop de dommages. Mais Antoine de Beauterne les rassura aussitôt. Il avait fait une estimation précise des performances de l'animal, et était persuadé que les pics le blesseraient sans lui donner la mort.

— Nous ne voulons point que notre prise soit abîmée, afin que l'embaumeur puisse en tirer la meilleure part.

C'était ingénieux en diable, calculateur, et cela impressionnait l'assistance. La bête avait joui d'une popularité malfaisante dans le pays, comme certains brigands de grand chemin; on voulait prendre quelque revanche sur elle, en l'exhibant dans le royaume, vaincue et pitoyable, rivée sur son socle comme une statue d'airain.

Le soir même, le curé Vachères accompagna deux petits bergers, un garçon et une fille, sur la plate-forme. Il les bénit, les rassura. Il était visible que la bête ne pouvait les atteindre sans tomber dans le piège. Pour éviter que les enfants pussent y chuter, par inadvertance ou par peur, on décida de les attacher à un pieu. Longtemps, dans la nuit, on guetta les rumeurs. Par moments, les pleurs des petits bergers troublaient le silence. Puis, de guerre lasse, ils finirent, eux aussi, par s'endormir sur l'étroit socle où ils reposaient. A l'aube, on alla les réveiller et les tirer de leur supplice.

L'opération se répéta une semaine durant. Jamais la bête ne vint au rendez-vous. Alors, Beauterne mesura l'étendue de son ouvrage. Et, écœuré, le lieutenant des chasses ordonna le remblaiement de la fosse.

14

Où Zacharie prêche l'innocence des loups et la mansuétude de Dieu et où toutes querelles se vident par un duel

Chassés par la colère du juge maire de Saint-Chély, Lafontaine et son serviteur trouvèrent plus sagace de quitter Chanaleilles sans délai. Après tout, rien ne valait l'hospitalité d'un paysan du Gévaudan, à dix pistoles la nuitée. Et les Valet, malgré leur douleur et la tristesse qui régnait dans la maison, trouvaient dans cette présence une sorte de réconfort.

Martial aimait à discourir avec le naturaliste sur le destin des âmes. Toutes les supputations sur l'au-delà, le paradis, le purgatoire et l'enfer se ramenaient au malheureux petit Pierre qui dormait dans le cimetière de Grèzes, à l'ombre d'un chêne. Le père s'y rendait au soir mourant pour lui parler, comme il disait, lui narrer les péripéties de la ferme. Une vache malade, un bélier vindicatif qu'il allait falloir abattre, un chien blessé, tout était prétexte à conversation. Parfois, Martial avait des doutes sur la destination de ses propos.

— Croyez-vous qu'il m'entende, mon petit Pierre? L'âme rendue au Ciel a-t-elle de si grandes oreilles qu'elle puisse saisir mes balbutiements?

— L'esprit de ton fils est là, à côté de nous, disait Vivien. Ici et partout, dans l'éther. La mort dissout la matière vivante qui nous compose et la rend poussière, expliquait-il en saisissant une poignée de terre qu'il brisait entre ses doigts. Mais l'âme, qui survit au corps, se trouve mélangée à l'infini.

Un soir, Anselme interrogea son maître sur ces paroles rassurantes qui ne lui ressemblaient guère.

— Vous ne croyez pas ce que vous dites, n'est-ce pas?

Lafontaine baissait la tête, en fixant le chemin que la nuit rendait malaisé.

— Pourquoi ne répondez-vous pas? Vous qui haïssez le mensonge!

— Mes mensonges l'apaisent, dit-il. N'est-ce pas l'essentiel que de rassurer cet homme qui souffre? Voudrais-tu que je lui décrive où va l'homme sous la terre lorsque les larves le dévorent?

— Moi, il se trouve que je crois ce que vous dites. Que l'esprit demeure après la mort. Et que notre enveloppe humaine n'est rien. Et j'éprouve de la peine que vous n'y croyiez pas un peu. Comment pouvez-vous concevoir que la mort soit la fin de tout? Lorsque nous rêvons, n'est-ce point l'esprit qui sort de notre corps et visite des régions qui nous sont pourtant étrangères? N'est-ce point l'esprit qui me conduit vers ma chère Ninon, au point que je lui tiens d'étranges conversations? Et parfois, vous avouerai-je...

Il hésita à poursuivre, mais Lafontaine l'incita vivement à achever son propos.

— Mon esprit fait l'amour avec elle, et je jouis, ainsi, dans mon sommeil. Nos deux âmes se retrouvent et s'accouplent, tandis que je dors, là, misérablement.

Le naturaliste accueillit ces aveux avec gravité. « Il n'y a plus grand amour que celui qui grandit après que la mort a séparé les amants. Et cela reste sans doute un des grands secrets de l'esprit humain. Et moi, songea-t-il en butant contre les cailloux du chemin, je n'ai pas encore rencontré une femme que je puisse aimer avec cette force-là, au point qu'elle vienne hanter mon sommeil. »

— Mon brave Anselme, désormais, tu accompagneras Martial Valet au cimetière. Tu seras plus éloquent que moi à ce discours sur la destinée des âmes.

Le naturaliste employa la dernière semaine de juin à compléter son mémoire sur *Les Evénements du Gévaudan de 1765, l'histoire des crimes attribués à un loup et autres rumeurs*. Il travaillait tout le matin dans le grenier et employait ses après-midi à de longues promenades dans le pays alentour. Ainsi fut-il témoin de nouveaux assassinats et en nota-t-il quelques savantes observations, selon lesquelles ceux-ci étaient commis de diverses façons. Corps dénudés, surtout pour les jeunes filles, tétons coupés ou troncs démembrés. Parfois, les loups parachevaient le travail lorsque les victimes demeuraient trop longtemps introuvables. Mais Lafontaine était parvenu à différencier la part de l'homme-loup et de l'animal. Les loups arrachaient quelques parties du corps ainsi trouvé, et s'enfuyaient au loin avec leur quartier. On pouvait aisément repérer les lieux où le festin s'était opéré par les traces de sang, les rognures d'os abandonnées, et quelquefois la lutte que ces proies avaient générée dans la meute.

Le mois de juillet fut aussi propice aux crimes, malgré les battues de monsieur de Beauterne, ses danois, ses limiers et ses piqueurs. Il inventa de nouveaux pièges où la bête supposée risquait d'être pendue haut et court par un mécanisme semblable à celui des catapultes. Il y eut le filet tendu au-dessus d'un cadavre d'enfant empoisonné avec de la noix vomique. On édifia encore des chambrées, sorte d'enceintes comprenant des pieux de cinq pieds se refermant sur la proie au moment où elle pénétrait dans la place. Des rangées de fusils armés, maintenus sur des fourches, furent même installées là où la bête risquait de s'aventurer, et dont le feu se trouvait déclenché par le prédateur lui-même. Toutes ces ruses de chasseurs se soldèrent par des échecs. Tout au plus saisit-on des loups ordinaires, dont la taille et la morphologie générale ne s'apparentaient en rien à celles de la bête du Gévaudan telle que Beauterne en avait dressé le portrait.

Sur une carte du haut-pays, le naturaliste s'employa à placer une croix partout où le prédateur avait sévi. Puis il chercha où pouvait bien se situer l'épicentre du drame, car Lafontaine avait acquis la certitude que les hommes-loups organisaient leurs méfaits à partir d'une place précise. Ainsi traça-t-il à la règle un faisceau compliqué de lignes, cherchant où elles se croisaient le plus. Il est connu que le renard ou le loup chasse loin de son terrier, se disait-il. Mais l'homme-loup, lui, ne se préoccupe point de ce détail. Tous les drames se trouvaient donc concentrés dans un territoire délimité du nord au sud par Pinols et Saint-Alban, et d'ouest en est par Chaudes-Aigues et Saugues. C'était là, sur ce territoire ainsi défini, qu'il fallait chercher l'endroit d'où la bande se dispersait pour commettre ses odieux méfaits.

Lafontaine ajouta à son rapport d'enquête ces nouvelles observations. Puis il se résolut à en interrompre momentanément la rédaction. Tout ce que l'on pouvait consigner sur l'affaire s'y trouvait, désormais, et ce genre d'exercice ne requérait, en vérité, que des considérations avérées. Dans la cour de la ferme Valet, le naturaliste retrouva sa jument. Anselme l'aida à la seller, vérifiant méticuleusement la tension des attaches, la robustesse des brides.

— Tu vas rester ici, à Grèzes. A m'attendre. J'ai grand besoin d'être seul.

— Dites que je vous suis devenu un poids ! s'écria le valet.

Mais Vivien l'interrompit aussitôt. Il ne se sentait guère le cœur à discuter sa décision.

— Il arrive parfois qu'un homme ait besoin d'être seul. Peux-tu comprendre cela ?

Le serviteur hocha la tête.

— Votre Juliette, n'est-ce pas ? Il est une plaie au cœur qui saigne si abondamment qu'on ne sait quelle décision prendre. Fuir ou se rapprocher de l'être aimé...

Lafontaine ne répondit pas. Et son serviteur en ressentit un pincement d'amertume. Il avait cru tisser ces derniers temps des liens profonds, et ceux-ci semblaient se distendre, désormais, sans raison apparente. « Peut-être pourrais-je lui signifier mon congé ! pensa-t-il en le voyant s'éloigner à petit trot vers la montagne. Et m'en retourner, seul, à Paris, où je trouverais à me louer à un maître plus aimable... »

Vivien Lafontaine chevaucha vers Paulhac en prenant tout le temps d'examiner les couleurs du ciel. Sur ces hauteurs de montagne et de forêts ténues, l'été n'atténuait jamais la fraîcheur. Elle régnait partout, sous les arbres et le long des ruisseaux, à l'ombre des vallons et à l'étroit des combes. Il grimpa par un chemin pentu vers le Truc du Viala, jusqu'à trouver une brise réconfortante. Puis il décida de marcher un peu à côté de son cheval sur les prairies enluminées de tulipes sauvages. Le vert-bleu des sapinières collé au jaune tendre des champs formait un décor édénique. Il chercha un rocher pour s'asseoir et dessina sur une feuille de vélin les lignes souples de l'horizon, le contour des forêts, les mosaïques des champs et les bordures des murets comme des serpents gris, hérissés de toupets de frênes. Il y ajouta les bergeries, les troupeaux blancs comme de minuscules nuages posés sur la terre. Puis il étala les couleurs, délicatement, en jouant des nuances. Longtemps il chercha la teinte qui correspondait au ciel, ni trop épaisse, ni trop lavée. Et lorsque ses essais lui parurent convaincants, le naturaliste se lança enfin. En dernier recours, il vint poser un filet de mauve sur la ligne des montagnes afin que leur vert intense ne contrariât point l'azur léger. Enfin, satisfait, il reprit sa route, l'œuvre épinglée à la crinière du cheval pour qu'elle séchât plus vite.

En descendant sur Paulhac, il surprit une nuée d'hommes qui battaient les bois alentour. Beauterne les avait placés en ligne afin que chaque pouce de terrain fût examiné. En forçant le trot, Vivien les rejoignit. Le grand chasseur s'était installé aux abords d'un pont qui enjambait la Desges, sous un grand parasol blanc qu'un de ses valets tenait en équilibre.

— Monsieur Lafontaine, s'écria-t-il, quelle bonne surprise !

Il tendit dans sa direction sa canne de buis. Le naturaliste fut étonné qu'un grand louvetier l'interpellât de la sorte. Ce n'était un secret pour personne que le lieutenant des chasses royales méprisait les opinions que Lafontaine avait répandues dans son entourage. Surtout après l'anathème que le juge maire avait lancé contre lui. Il n'était plus de bon ton de s'enquérir de son avis.

En contrebas du pont de pierre, une trentaine de loups gisaient, pêle-mêle, dans le désordre de la mort. Les traqueurs les avaient jetés les uns sur les autres en tas grossier, comme on le faisait des morts dans les guerres ordinaires. Le lieutenant avait vérifié au préalable la taille des canidés et n'en avait trouvé aucun qui fût de fortes proportions, au point de correspondre à la bête du Gévaudan. Aussi s'apprêtait-on à les recouvrir de branchages secs pour y mettre le feu. Les paysans de Paulhac requis pour la peine s'en venaient, le dos ployant sous la charge.

— Approchez donc, lança-t-il. Je ne vous tiens point en disgrâce, monsieur !

Lafontaine descendit de sa monture pour le saluer respectueusement. Beauterne ne daigna se lever de son siège de fortune pour lui rendre son salut. Trop de fatigue, sans doute.

— Voilà nos prises, dit-il en désignant le charnier de la pointe de sa canne. Nous décimons l'engeance, résolument. Et ainsi, par le vide, parviendrons-nous tôt ou tard à mettre un terme à cette aventure.

Le naturaliste baissa la tête. Et Antoine de Beauterne comprit, à sa mine farouche, que son voisin ne l'approuvait guère.

— J'ai ordonné que l'on empoisonne toutes les victimes, et qu'on les abandonne un temps dans la nature. Les curés se rebellent contre moi. Mais je m'entête, voyez-vous. Car j'ai reçu ordre du roi. Et qu'importe l'avis de Choiseul. Les prêtres réclament des sépultures et des prières. Moi, je fais parler la poudre et la noix vomique.

Plus haut, sur le Puech, trois détonations retentirent, en écho, portées par le vent. Beauterne dressa l'oreille. C'était une musique qui le faisait tressaillir. Ses gardes-chasse étaient de fieffés fusils, bien plus aguerris à cette guerre-là que tous les dragons de Duhamel réunis.

— Pitié pour les loups, monsieur le lieutenant des chasses ! s'écria Lafontaine.

Beauterne riait sous son parasol blanc.

— Pitié pour nos enfants! répliqua le chasseur. Et harlou à la bête! Harlou! Mes danois font merveille contre les meutes. Vous verriez cela, comme ils les dispersent, monsieur, nos hommes n'ont plus qu'à tirer à vue, comme à la parade.

Le naturaliste se retira en contournant le charnier et traversa la rivière sur un lit de galets. Il remonta vers le village à bride abattue. Dans les murs de Paulhac, il régnait une odeur de viande calcinée. La fumée des charniers s'était insinuée entre les murs où elle s'appesantissait. On avait brûlé des loups jusque devant l'église, où le curé avait prononcé une prière.

Soudain, l'attention de Lafontaine fut attirée par un cri de foule. Les gens s'étaient massés sur la place pour écouter le prédicant. Il était là, majestueux, dans sa houppelande, Zacharie, descendu de sa montagne. On le toisait craintivement, l'ermite, que certains encore tenaient pour hautement responsable de l'affaire.

— Où est-elle ta louve? Misérable! criait une vieille femme édentée.

Et la question rejaillit en chœur. Il était venu seul pour haranguer les villageois, désespéré par le massacre qui s'étendait partout dans la Margeride.

— Certes, vous tuerez des armées de loups, fit-il en cadençant ses propos du bâton qu'il agitait en l'air, mais vous ne tuerez jamais l'esprit du loup. Car il est en l'homme, l'esprit malfaisant. Il est en l'homme, vous dis-je, ignorants!

Une rumeur couvrit sa voix. Alors, il haussa le ton.

— Craignez l'esprit plutôt que la bête. Car la bête est créature de Dieu. La bête est innocente. O loup! Je t'en conjure, fuis ces misérables qui ne savent entendre tes appels. Fuis vers les profondeurs inviolables de la nature, là est ton repaire secret. Et abandonne l'esprit malfaisant à l'homme pour qu'il soit puni de son inconduite...

Lafontaine se précipita au-devant de la foule.

— Es-tu fou, Zacharie, dit-il, de venir ainsi te placer sous la colère ?

— Je ne crains pas ces ignorants. La vraie parole est là ! dit-il en dressant sa bible et en frappant sur celle-ci avec la pointe de son bâton. La parole ne dit pas qu'il faut tuer les loups. La parole dit qu'il faut chasser l'esprit de la bête en l'homme.

Les versets sur l'Apocalypse étaient ses citations favorites. Et il en énuméra quelques-uns dans le désordre, ainsi qu'ils lui venaient en mémoire.

— Obéissez à la parole ! Et formez une armée pour chasser les sacrificateurs qui viennent massacrer nos loups sur nos terres, comme jadis les bons chrétiens. Ne sentez-vous point l'odeur des immolations ? Mais ce ne sont qu'innocents qu'on brûle, tandis que l'esprit malfaisant rôde. Et demain, les crimes continueront, par-delà les inutiles hécatombes, parce que le mal est sauf, et qu'il triomphe.

Le naturaliste s'était approché de Zacharie. Mais ce dernier ne le distinguait point, tout accaparé par la foule incrédule qui avait fait cercle autour de lui.

— Zacharie ! Je t'en prie, cesse donc ! Tu ne peux rien contre cela. Tu ne peux rien.

Et il tenta de saisir le bâton qui rythmait son discours, pour arrêter le flot de paroles qui jaillissait de sa bouche.

— Arrière ! Arrière ! Je viens apporter la vérité. Et s'il le faut, qu'on prenne ma vie. Oui, je la donne ! Je la livre en échange. Prenez-la, ignorants, pour qu'elle vous ouvre les yeux.

Trois cavaliers avaient surgi du parvis de l'église, faisant sonner leur sabots sur le pavé. Deux hommes et une femme. Des seigneurs en grand équipage. Lafontaine reconnut aussitôt Béranger de Monclar, sous son chapeau noir à plumet blanc. Puis Labarthe. Et, enfin, Juliette de Valcœur en robe blanche.

— Faisons taire ce fou ! cria Monclar.

Il avait tiré son épée de son baudrier, et la brandissait, menaçante.

— Halte-là ! répliqua Lafontaine.

Instinctivement, Vivien s'était emparé d'un pistolet.

— Je vais faire coup double, dit Monclar. Abattre la sapience et la science.

Juliette s'accrocha à Béranger pour le retenir.

— Monclar ! Je vous en conjure, n'en faites rien !

Trois pas en arrière, Jupien de Labarthe ricanait, les bras croisés sur la poitrine.

— Verrons-nous un beau duel, mes frères ? dit-il aux villageois qui s'écartaient.

Lafontaine s'était placé au côté de Zacharie. L'ermite trônait, effrontément, brandissant sa bible. C'était sa seule arme. Et sans doute espérait-il qu'elle le protégerait de la folie qui s'était emparée de Monclar.

— Tu peux me tuer, esprit du mal, mais la parole me vengera. Car la colère de Dieu retombera sur toi, misérable !

— N'avancez plus, Monclar ! ordonna Lafontaine. Sinon, je ne garantis pas ce qui va advenir.

Labarthe avait tiré Juliette à lui, d'une poigne ferme.

— Ne vous mêlez pas de ces querelles, ma jolie. Laissons les deux coquelets régler leurs affaires. Un pistolet contre une épée, le jeu est inégal, nota Jupien. Il vous faudra choisir l'un ou l'autre.

A la vérité, Monclar n'avait que faire du naturaliste.

— Ecartez-vous, lança-t-il. Laissez-moi occire ce fou! Je veux lui couper la tête et la pointer sur mon épée.

— Il vous faudra me passer sur le corps, prévint Lafontaine en amorçant son pistolet. Je suis aux ordres de Cheverny. Et vous devrez rendre compte de vos actes.

— Je me fous de votre protecteur, mon bon! dit Monclar. Ici, vous êtes sur mes terres. Et je traite mes gens comme je l'entends. Du reste, ne vous a-t-on point conseillé de quitter le pays? Ce jour est un jour de trop pour vous. Et tous mes amis témoigneront en ma faveur que vous protégez un gredin sous les oripeaux de l'hérésie.

— Monclar, cessez cette comédie qui nous déshonore! s'interposa Juliette de Valcœur.

— Allez! Allez! Voyez donc comme elle vole à votre secours, ma jolie fiancée. Allez donc vous prosterner à ses pieds! ordonna Béranger.

Monclar abaissa la garde de son épée. Et Vivien fit de même en abaissant son arme.

— Mademoiselle de Valcœur a un faible pour vous. J'ai ouï dire qu'elle prise fort votre compagnie. Et cela m'indispose, fit Béranger en jetant son gant au visage de Lafontaine.

Les gens de Paulhac s'étaient retirés, craintivement, jugeant sans doute que cette querelle de gentilshommes ne les concernait pas. Seul Zacharie observait la scène, incrédule. Il eût pu, lui aussi, profiter de la confusion pour s'esquiver, mais le repli n'était pas dans sa nature. Il fixait le seigneur de Saugues d'un regard noir, la Bible sur le cœur. Sans la présence de Lafontaine, nul doute que Monclar lui eût passé la lame à travers le corps. La haine que lui vouait son seigneur était une vieille affaire, celle-ci remontait aux guerres des camisards, du temps où le comte Geoffroy brûlait les villages des hérétiques. Il n'avait dû son salut qu'à la fuite dans les montagnes, à sa vie d'ermite et aux mandements apaisants de Choiseul sur le sort des protestants.

— Comme il vous plaira ! dit Vivien d'un ton posé. Sur le champ, à l'heure de votre convenance.

— Je propose que la querelle soit vidée à la première goutte de sang.

— Non ! insista Monclar. Je ne l'entends pas ainsi. Je veux un combat à mort.

— A mort ? s'écria Juliette en se prenant la tête dans les mains. A mort ? Vous déraisonnez, Monclar. Ce vieux fou ne mérite pas que des gens de notre rang s'étripent pour lui. Et quoi encore ! La belle querelle que voilà... Au nom de l'amour que vous me portez, je vous en supplie... Ne me mêlez pas à cette algarade.

Béranger avait ôté son second gant de cuir. Au combat, il préférait sentir ses doigts étreindre étroitement la poignée de son épée. Cela lui conférait plus d'adresse et de force.

— De quel rang parlez-vous, belle comtesse ? Ce Lafontaine est un rustre. Un faquin. Un peu de science dans la cervelle ne lui confère guère de titre. Je me fous de l'Académie et des académiciens.

— Oh ! cela est bien dit ! releva Labarthe. Le mot fera le tour de nos baronnies. Et peut-être jusqu'à Versailles. Vous deviendrez célèbre, mon cher Monclar. Et je vous promets, si vous l'emportez, d'en rédiger une relation dans *Le Mercure*. Monsieur de Monclar, seigneur du Gévaudan, terrassant un savant. Ce sera Jupiter contre Quirinus. Mon Dieu ! Je brûle d'impatience de connaître l'issue du combat.

Aussitôt, sur le pré, derrière l'église, on régla le duel. A l'épée, forcément. Monclar n'était pas un très bon tireur. Labarthe se proposa d'arbitrer la joute sous les cris désapprobateurs de Juliette, navrée de se voir ainsi placée au centre de l'affaire. Aux premiers cliquetis des lames, la jeune comtesse se voila la face. Elle ne savait pour qui son cœur battait le plus. La raison lui inspirait de se ranger sous l'aile du châtelain de Saugues, et la passion sous celle du naturaliste. Mais ce qu'elle croyait deviner dans le fond de son âme, c'était la crainte que le jeune Lafontaine fût blessé ou tué. Elle ne pouvait imaginer une seule seconde que ce dernier fût aguerri au métier des armes. Pourtant, l'affaire semblait durer. On courait d'avant et d'arrière, tantôt s'esquivant, tantôt attaquant; les duellistes s'observaient en compliquant les passes. Bien vite, monsieur de Monclar comprit que son adversaire n'était pas novice dans le métier. Il repoussait tous ses assauts sans coup férir, comme s'il craignait à s'engager dangereusement. Son épée contenait la fougue de Béranger, rechignant à tenter quelque coup mortel. A la vérité, le naturaliste avait compris qu'il serait fatal à son avenir dans le Gévaudan de terrasser un de ses grands seigneurs, fût-ce à la loyale. Monsieur de Cheverny, son protecteur, ne l'avait pas envoyé au pays de la bête pour accomplir de tels exploits.

La mollesse de Lafontaine intriguait Labarthe. « Cet homme est maître en la matière, se dit-il, et il refuse de piquer son adversaire. » Mais Béranger se fatiguait à additionner les assauts, d'autant que ses coups étaient vigoureux.

— Seriez-vous un lâche? lança-t-il. Un couard? Je vais vous percer le bidon, savant de pacotille. Et vous achever d'un coup de dague à la gorge, pour que le sang jaillisse!

A ces paroles, Juliette ôta les mains de son visage. Elle ne regardait plus que son bel amant, en se disant : « Je vais le perdre, et j'en ressentirai grand chagrin... »

— Monclar ! Sois digne de ton adversaire ! Et renonce à la dague, je t'en conjure. Sinon, je ferai usage de mon pistolet. Oh, quelle bête fauve que voilà ! se plaignit Labarthe.

Lafontaine eut un sourire de connivence en direction de Jupien, comme pour le rassurer. Sa tactique consistait plutôt à épuiser son jouteur, quitte à subir toutes les reculades.

— N'ayez crainte, Labarthe, jura Lafontaine. Tout cela n'est guère méchant.

Monclar moulinait l'air, cherchant la faille par où s'engouffrer. Mais, avec méthode, Vivien repoussait chacune de ses prétentions, jusqu'à la seconde où il flaira un amollissement. Et le coup fut porté, contre toute attente, à l'épaule droite. Monclar tomba à genoux en criant de douleur. La lame avait déchiré sa chemise de soie sur trois pouces au moins, et une tache de sang s'y agrandissait à vue d'œil. Lafontaine eût pu l'achever aisément en lui plantant son épée à la gorge.

— Vous voilà servi, dit-il en se reculant.

Et sans précaution, il jeta sa rapière au sol ainsi qu'on se débarrasse d'un objet encombrant. Par ce geste, le naturaliste voulait signifier à son adversaire qu'il le tenait pour quitte de toute querelle. Mais Béranger se releva dans un sursaut, l'épée dressée à deux mains, et se rua sur lui. Lafontaine esquiva le coup en se jetant de côté. Il bondit vers son arme au sol, mais n'eut pas le temps de la ramasser que, déjà, son rival l'assaillait de nouveau, par traîtrise.

— Faudra-t-il que je vous tue, Monclar ?

Le jeune comte se retourna, les yeux hagards. Mais il ne trouva à sa portée que le canon d'un pistolet. Labarthe le visait à la tête, résolument.

— Tu jettes ton épée, sans façon !

— Toi, mon ami ! Faudrait-il que je t'obéisse ? Afin de donner la victoire au faquin... Jamais.

— L'affaire est entendue ! Le sang a coulé. Rien ne va plus, insista Jupien.

La jeune comtesse fit signe à Lafontaine de se retirer. Ce qu'il fit en ramassant son épée qu'il glissa à son baudrier. Ils échangèrent alors un long regard de tristesse. Et sur l'instant, le naturaliste regretta de n'avoir pas tué son rival.

— Vous serait-il possible... commença-t-il.

— Non. Je vous prie. Si vous avez un peu de tendresse pour moi...

Vivien sauta en selle et tourna bride vers le chemin de la forêt où Zacharie s'était engagé, déjà, de son pas lent de montagnard. Il le rejoignit à la sortie du village. Des panaches de fumée montaient de la rivière.

— Tu m'as sauvé la vie, dit-il sans même tourner la tête dans sa direction.

— Je vous ai rendu la pareille, ajouta Lafontaine. Sans vous, les loups du mont Mouchet m'auraient dévoré.

— Pourtant, ce n'est pas que je tienne à la vie, poursuivit l'ermite. Mais mourir des mains de ce scélérat, voilà qui m'aurait déplu...

— Vous connaissez Monclar ?

Zacharie ne répondit pas, occupé à tracer sa route, droit devant lui. Il souhaitait, désormais, que son voisin s'effaçât.

— Monclar est-il à la tête d'une bande, comme je le suppose ? Et s'il a voulu me tuer en duel, je crois que c'est pour faire taire un témoin gênant...

— Monclar ne craint personne, dit l'ermite. Son titre le protège comme une armure sans faille. Tu as pris beaucoup de risques à l'affronter et rien ne dit que, dans un jour, dans un an, un de ses spadassins ne viendra à ton encontre pour te porter un coup fatal.

— Je n'ai pas peur, soutint Vivien d'un sourire amical. Je suis comme vous, je ne le crains pas.

Le vieil homme se tourna vers le village, perdu au creux de la vallée, d'où montaient les rumeurs de la guerre engagée par Beauterne.

— Les Monclar ont tué mes frères, jadis, aujourd'hui, mes loups. Les âmes ne cessent de gémir, là-haut, dans le ciel. Et elles me torturent l'esprit bien plus que tu l'imagines.

Le naturaliste ne prisait guère ces paraboles hallucinatoires qui l'éloignaient de son sujet. Et il feignit de n'en rien comprendre.

— C'est le jeune comte qui m'intéresse...

— Les Monclar restent les Monclar, siècle après siècle. Des esprits malfaisants. Le vieux Geoffroy prie comme un dément pour se repentir de ses crimes passés. Et comme Dieu ne se résout pas à l'absoudre, ses jours et ses nuits se traînent en enfer. Car le sang de mes frères étouffe sa sérénité. Et s'il affecte, parfois, de la compassion, c'est pour gagner son paradis. Mais il l'a perdu, irrémédiablement.

L'ermite partit d'un grand rire et reprit sa marche vers la montagne. Lafontaine était descendu de son cheval et cheminait, désormais, à ses côtés. Le vieux accélérait le pas, agacé. Il avait envie de se retrouver seul pour prier.

— Les loups ont une âme. Et j'entends ce qu'ils me disent, le soir. J'entends leurs plaintes. Et je pleure de douleur. Aujourd'hui, encore, fut un jour de douleur.

Un groupe de chasseurs apparut au déboulé d'une sapinière. Zacharie les toisa, interloqué. Il fit un signe de croix, d'un geste large, comme pour prendre le ciel à témoin.

— Démons ! éloignez-vous de moi. Craignez la colère de Dieu. Les loups sont nos frères, et vous êtes les sacrificateurs du diable. Comme vous le fûtes, jadis, contre les hérétiques.

Les hommes s'observèrent, incrédules.

— Le vieux fou ! dit un des hommes.

— Qu'as-tu fait de ta louve, Zacharie ?

— P'têt' qu'on l'a culbutée d'un coup de carabine, dit un autre gaillard à la chevelure épaisse et noire.

15

Où la danse nuptiale des loups et des hommes a besoin des grandes solitudes

Au déclin du jour, Zacharie disparut dans son sanctuaire. Et le naturaliste demeura à la porte, étranger à jamais. Pourtant, il avait besoin de partager sa solitude, une solitude sans prière car il n'avait rien à demander à Dieu, ni à se faire pardonner. Alors, il fit marche vers la fontaine des bergers, sous le mont Mouchet. En cette contrée ouverte vers le Besset, tournée vers le couchant, il trouva une cahute où se reposer un peu, boire à la source qui suintait de la montagne. C'étaient les seuls bonheurs dont il avait besoin.

Lorsque la nuit fut venue, une nuit de lune claire, le naturaliste dénicha dans l'herbe rase une place accueillante pour observer les étoiles. La fraîcheur descendant des forêts voisines, avec ses odeurs fauves, éveilla en lui une langueur inhabituelle. Et le seul spectacle de Cassiopée ne suffisait à l'en distraire.

C'était de Juliette qu'il avait grand désir, de son corps et de son esprit, de son rire et de ses silences, de tout ce qu'elle lui refusait. Après le duel de Paulhac, elle lui avait fait signe de s'éloigner, ainsi qu'un lépreux chassé de son village. « Cependant, j'eusse tant aimé une explication! Mais comment se défaire de son injonction, si elle n'éprouve plus pour moi que mépris? se disait-il. Pourtant, je n'ai pas rêvé. Elle me fut amante sans retenue. Elle se donna à moi avec des mots que l'amour seul inspire. Et je ne sus rendre cet instant éternel, le retenir entre mes doigts. Les passions sont fugitives comme l'eau qui s'égare. Rien ne saurait contenir une source lorsqu'elle a choisi sa pente. Elle roule, inexorablement, et s'étend là où elle doit s'épancher, vers son fleuve, vers sa mer. Ainsi nos amours, nos rêves et nos souffrances. Ils se perdent dans l'infini, d'où ils semblent jaillir pour y retourner. Je suis ce grain insignifiant. » Et ses ongles agrippèrent, furieusement, une poignée de terre avec laquelle il se mit à jouer, comme d'un sablier.

« Peut-être n'aurais-je pas dû exiger d'elle sa complicité? se reprochait-il. Et ce qu'elle me refusa n'était-il pas un souhait surhumain? Une impossible trahison? »

Tandis que Vivien s'adressait de sévères reproches, le chant des loups se répercuta dans les hauteurs, parmi les ombres des forêts, d'où ils venaient. Il se redressa, inquiet, à l'idée qu'une meute pût investir son domaine. Le cheval était attaché dans la cour de la bergerie. Et ses armes dans la petite pièce qui lui servirait de refuge. Soudain, l'angoisse s'empara de lui. « Zacharie ne sera pas toujours là! marmonna-t-il. Et si les loups attaquent, ce ne sera que justice. Par ces temps de fureur et de folie, les hommes ne méritent guère un autre sort que périr sous leurs crocs. Pourtant, ne suis-je point leur allié providentiel? Mais qui pourra le crier à la face du ciel? »

La sagesse eût sans doute réclamé qu'il descendît d'un pas décidé vers la bergerie pour y préparer ses armes, mais il ne bougea pas, résigné au danger qu'il ne comprenait pas. « Advienne que pourra, se dit-il. Puisque je ne suis qu'un grain de sable, minuscule et insignifiant, alors il faut m'accorder à ce destin et attendre, dans la fatalité. » Et lui revinrent en mémoire les corps martyrisés des jeunes filles et des pâtres que l'esprit des loups — ainsi nommé par Zacharie — avait sacrifiés. Ce n'étaient qu'images terrifiantes qui défilaient dans sa tête. « Peut-être me retrouvera-t-on, de la sorte, mutilé ? »

Et dans la nuit blanche qui courait sur la prairie, avec ses ombres allongées, il observa l'immensité de la terre et du ciel livrée à la caresse du vent. « Voici un bel endroit pour mourir, sans litanies ni prières. »

Mais le silence eut raison de sa peur. « La terre nourricière est accueillante à l'homme, se rassura-t-il. Et le vrai bonheur est de s'y livrer sans crainte. Tout est mesuré, pesé, réglé, depuis la nuit des temps. L'homme y a fait son nid, bâti ses demeures, apprivoisé ses troupeaux. La terre est l'asile rêvé et qui s'en défie se prive de l'enchantement. » Ainsi erra-t-il une heure ou deux aux alentours, écoutant les murmures qui suintaient de la nuit là où elle se faisait plus épaisse, à la lisière des sapinières.

Un bruissement de branches agitées attira son attention. Il savait ces forêts propices aux loups, plus que jamais. Il avait entendu leurs appels longtemps avant qu'ils ne cessent. Mais il était demeuré immobile à scruter les profondeurs du sous-bois où les couleurs de la pleine lune ne se pouvaient insinuer.

— Esprit du loup ! s'écria-t-il. Je ne te crains pas. Vois ! Je suis sans arme.

Sa voix rencontra un long silence, comme si la forêt avait entendu son appel. L'esprit du loup dominait tout le Gévaudan, des étroites combes aux vastes montagnes. Il courait par les sentes, gagnait le creux des rochers, s'attardait autour des villages perdus, remontait les chemins creux. Tout paraissait enchaîné à la grande peur qu'il générait, et nul n'y échappait malgré les battues, les pièges, la raison elle-même. Rien ne pouvait le confondre. A croire que le pays était maudit, à jamais, avec ses gens. On ne pouvait rien pour eux, ni les prières ni les armes. On désespérait à cerner les origines du mal. Puisque le mal était donné à l'homme, depuis la nuit des temps, en partage avec le bien, dans un combat singulier entre les forces obscures et celles de la lumière.

La rumeur se précisa dans le sous-bois. Et d'un mouvement vif, Lafontaine se précipita dans le chemin qui le traversait. Il vint poser sa tête contre le sol humide. C'était un piétinement de cheval. Rien de plus. Il se redressa vivement. Et soudain, elle jaillit en pleine lumière, la belle Juliette, dans son armure clinquante. Rêvait-il? Les grandes solitudes, parfois, inventent des mirages.

— C'est toi, Lafontaine? Comme tu m'as fait peur!

Elle se tenait dressée sur ses étriers.

— Que fais-tu ici? demanda le naturaliste.

— Il y a une meute de loups, plus haut, dans la montagne. Et j'ai forcé l'allure. Mon cheval n'aime guère leur compagnie. J'ai cru que je ne le maîtriserais pas.

Juliette de Valcœur sauta à terre et, comme Vivien voulait la prendre dans ses bras, elle eut un geste de défense. Ils s'avancèrent au milieu de la prairie où la pleine lune blanchissait la nuit.

— Tu es téméraire de t'avancer seule dans ces contrées, jugea Lafontaine.

— Et toi? Ne cours-tu pas le même danger?

— J'essaie d'entrer en contact avec l'esprit du loup.

— Tais-toi donc! s'écria Juliette. Ne prononce pas ces mots ici. Ils pourraient nous porter malheur.

Vivien désigna d'un geste la bergerie où il avait rangé

son fourniment. Et elle le devança vers la source où la jeune comtesse but à même la rigole de pierre. L'eau était fraîche au sortir de la terre, et elle y mouilla un pan de sa tunique pour se frictionner le visage. Puis elle y conduisit son cheval pour le désaltérer aussi, après sa longue course dans la Margeride.

— Gardons nos carabines à portée de main, dit-elle en décrochant la sienne qui était suspendue à la selle. On ne sait jamais.

— L'esprit du loup ne craint guère les balles, dit le naturaliste.

— Combien de fois faudra-t-il te dire de ne pas prononcer ces mots-là?

— Pourquoi? N'est-ce pas le moment ou jamais de l'invoquer? Ainsi en aurai-je le cœur net.

— Tu ne sais pas de quoi tu parles, Lafontaine!

— Comment savais-tu que je me trouvais ici, à la fontaine des bergers?

— Lorsque tu as quitté le village avec l'ermite, je t'ai suivi à la longue-vue. Et je me suis décidée à te rejoindre après quelques hésitations. Monclar était furieux. Il voulait tuer Labarthe. Alors nous avons eu quelques propos acerbes. Et, de rage, je suis partie sur ces hauteurs, jusqu'au mont Mouchet. Et comme la nuit tombait, je ne pouvais plus retrouver ta trace. J'ai décidé de pousser ma promenade jusqu'à la montagne d'Auvers. Je savais que tu avais emprunté cette route...

Lafontaine la contemplait dans la nuit pâle. Ses yeux noirs brillaient comme des perles. Et il lui prit la main, l'attira contre lui.

— Je pensais à toi et me désespérais, avoua-t-il.

— J'ai eu si peur. Sans Labarthe, Monclar t'aurait tué. J'ai vu la haine dans ses yeux.

Vivien alla chercher sa jument dans la courette de la bergerie.

— Où as-tu vu les loups? demanda-t-il.

Juliette ne répondit pas. Elle avait deviné ce qu'il voulait d'elle, qu'elle l'accompagnât au mont Mouchet, sans perdre une seconde de plus.

— Ces vilains animaux t'attirent donc?

— Je suis fasciné, reconnut-il, depuis que Zacharie m'a tiré d'affaire. Sans lui, ils m'auraient attaqué. Et peut-être ne serais-je plus là pour en parler...

— Tu n'as plus peur, désormais?

— Si, j'ai peur. Mais la curiosité est plus forte que tout. Qu'est-ce qui est pire que la haine de Monclar?

La jeune comtesse hocha la tête, résignée.

— Nous allons nous y rendre, décida-t-elle.

Ils menèrent leurs montures à la bride jusqu'au chemin de Borey, sans parler, le regard fixé vers leurs ombres couchées sur la prairie. Puis ils se décidèrent à monter en selle, les fusils à portée de main.

— Pourquoi m'accompagnes-tu? Tu pourrais refuser... dit Vivien.

— Je te suivrais partout. Avec toi, je n'ai plus peur, dit-elle.

Par des chemins de traverse que Juliette de Valcœur connaissait parfaitement, ils parcoururent le plateau désertique afin d'éviter les grands bois de Borey, puis atteignirent le mont Mouchet par le pré de la Guthe. Ils contournèrent ainsi la montagne, avec ses forêts sinistres, puis finirent par repérer une meute qui avait pris possession de la barre. Leurs ombres fugitives se dessinaient sur le ciel d'encre, enluminé par la pleine lune. L'un d'eux, éloigné des autres, hurla à trois reprises. Le naturaliste ne comprenait pas pourquoi ce loup se tenait à distance des autres. Mais malgré la longue-vue de Juliette, il ne parvenait pas à distinguer nettement son jeu. Alors ils décidèrent d'un commun accord de se rapprocher en longeant la sapinière. La progression exigea des ruses compliquées, comme de fouler le sol sans bruit, à pas légers, parfois de s'allonger à même les herbes sèches, au point de s'y fondre en une longue attente. Lorsqu'ils furent à la lisière du bois, leur avance s'accéléra dans les bruyères et les buis. Vivien trouvait que sa compagne faisait trop de tapage, et la réprimandait souvent d'un geste appuyé. Pourtant, Juliette était aussi preste que lui à cet exercice.

Enfin, ils parvinrent sous la barre. Cela relevait de l'exploit, car le loup, toujours assis sur son arrière-train, humait l'air en agitant le museau de droite et de gauche. Rien ne l'avait alerté, à ce qu'il paraissait, pas même leur odeur. Lafontaine avait une explication. Le vent donnait face à eux, une petite brise fraîche de nuit. C'était donc une situation inespérée pour un traqueur de gibier. Et aussitôt, il mesura la jubilation qu'un chasseur pouvait éprouver à l'approche d'une telle proie. Le loup était de belle taille. Un mâle, sans aucun doute. Il poussa de nouveau un long cri. Et Juliette en éprouva de la terreur jusqu'aux os. Elle serra plus fort le pistolet qu'elle tenait à la main. Ce n'était rien. Une arme à un coup. Juste de quoi se sentir un peu moins démuni devant le danger. Tandis que Lafontaine avait omis de s'en prémunir, comme d'habitude, persuadé qu'un fusil, même bien chargé, ne pouvait être d'aucune utilité contre une meute. Sans doute le fait d'en être dépourvu ajoutait-il de la griserie à son entreprise.

Le cri se répéta une nouvelle fois, plus bref que les précédents. Et, soudain, l'animal quitta son poste d'observation, tout excité. Juliette crut qu'il venait de les apercevoir, et imagina que la bête allait fondre sur eux, vive comme l'éclair. Aussi voulut-elle se redresser, sachant que l'homme debout a plus de chances d'effrayer un loup que couché à terre, où il devient une proie aisée. Mais le naturaliste la retint d'un geste autoritaire. Tout mouvement brusque risquait de compromettre l'affût.

Un second animal surgit derrière la barre et s'approcha lentement, en agitant la queue. Le mâle rampait jusqu'à la louve, par foucades, tantôt hardiment, tantôt hésitant. Quand ils furent face à face, les loups s'observèrent en poussant des gémissements rauques. Puis, le mâle se risqua à mordiller la gueule de la louve par en dessous, sans brutalité. Et au moment où il la saisit à la gorge pour lui montrer sa supériorité, la femelle reflua, promptement, et choisit de se tenir à l'écart, ni trop près ni trop loin, mais suffisamment pour aiguiser le désir du mâle. Alors, le loup se décida de nouveau à bondir sur elle, avec une soudaineté qui l'apeura. La louve le contourna, flanc ployé, pour faire mine de lui échapper. Mais une fois dégagée, elle alla se poster à l'endroit même que le mâle avait occupé, de même posée sur son arrière-train et reniflant l'air puis la terre alentour où il avait laissé son odeur, quelques jets d'urine judicieusement semés.

— Regarde, balbutia le naturaliste. La louve montre sa domination sur le mâle. Comme si elle voulait se donner, non sans combattre.

— La louve a pris sa place sur le tertre pierreux. Est-ce de la provocation? dit-elle.

— L'amour est un parcours semé de rites, ajouta Vivien. Avant de succomber, la femelle veut montrer au mâle qu'elle entend partager son territoire. Et s'il lui refuse d'entrer, alors elle fuira aussitôt.

Le loup reprit sa reptation prudente. Et à l'instant de l'approcher, elle se retourna vivement et lui porta un coup de crocs. Le mâle reflua d'un pas craintif. Il avait enfin compris que la louve ne le fuirait plus, mais qu'il devrait la conquérir avec force approches soumises et manigances graduées.

— La louve occupe résolument l'espace où le mâle a déposé ses laissées. Certes, il voudrait l'en chasser. Mais cela se joue là, dans cet instant. S'il partage son domaine avec elle, alors l'amour triomphera. Buffon prétend qu'il n'y a pas plus fidèle qu'un loup. Ce que nous voyons, ma chère Juliette, c'est la naissance d'un amour. Et cette scène doit nous emplir d'humilité. Cessons de voir les loups telles des bêtes féroces, car nous avons tant à apprendre d'eux. Et de telles observations sont des enseignements sur nous-mêmes.

Juliette de Valcœur avait délaissé son pistolet pour s'emparer de la main de Vivien. Elle la serrait fortement. Et il comprit qu'elle n'avait plus peur, que toute crainte l'avait quittée. La scène qui se déroulait à cinquante pas avait suffi à la rassurer. « Nos angoisses naissent et se développent de l'ignorance », pensa-t-elle.

Sur la barre, le jeu se répéta durant de longues minutes, dans le silence de la nuit. Le couple de loups s'était rendu maître des grandes solitudes qui l'entouraient. Et seuls, au cœur du vaste domaine qu'ils avaient marqué de leurs odeurs mélangées, ils pouvaient, en toute tranquillité, entreprendre la danse nuptiale qui scellait leur amour. Dressés sur leurs pattes arrière, museau contre museau, se mordillant l'un l'autre, ils tournaient sur eux-mêmes dans une ronde infinie. La douce lumière de la lune servait d'écrin lumineux à la scène. Et Lafontaine effaça d'un revers de manche les larmes d'émotion qui coulaient de ses yeux. « J'ai une longueur d'avance sur Buffon, se dit-il, moi, j'aime les loups. Et je ne me résigne point à les observer de loin, avec cette distance froide du disséqueur de charognes. A la vérité, je les aime vivants et libres. Et c'est là, dans leur état du désert, qu'ils nous apprennent tellement sur eux-mêmes. »

Après que le couple de loups se fut évanoui derrière la barre, Juliette et Vivien abandonnèrent leur poste d'observation en se laissant glisser sur la prairie, quelques pas en contrebas, là où la déclivité se trouvait moins forte. Les genêts en fleur saturaient l'air d'une odeur douceâtre. Et, au passage, Vivien en avait cueilli un rameau avec lequel il s'amusait à chatouiller le visage de son amante. Elle se retenait de rire, bien que, désormais, il n'y eût plus aucune raison de se maîtriser. La meute avait disparu, et le couple de loups aussi. Tout était silence sous l'immensité du ciel. Juliette s'était renversée sur le dos, offerte à ses gestes. Nulle défense ne voilait son regard. Elle fixait Vivien de ses grands yeux noirs avec la gravité que prête parfois l'attente du désir. D'une main, il releva sa robe de toile fine. Dessous, elle était presque nue. Il vint à la caresser, lentement, avec ses doigts agiles furetant comme un vent léger. Parfois, il sentait sa chair se durcir, puis se relâcher aussitôt. D'un geste désordonné, il ôta le baudrier qui lui ceignait les reins. Et il posa un à un ses vêtements, jusqu'à ce qu'il fût nu de la tête aux pieds. Puis il fit de même avec Juliette. Et cette fois, elle se laissa conduire, sans pudeur aucune.

— J'ai tant désiré te voir ainsi.

Et il recula pour mieux l'observer. La blancheur de sa peau le troubla tant qu'il crut se perdre avant d'être en elle.

— Est-ce ainsi ta manière d'aimer?

— Il me faut contenir le flux qui me dévore, dit-il dans un sourire contrit.

— Alors, attendons!

— Attendons, répéta-t-il.

Mais la rémission fut courte. Il avait trop rêvé d'elle pour se tenir coi, comme un benêt. Et Lafontaine vint, enfin, s'appliquer sur elle. Juliette détendit ses cuisses, qu'elle enroula autour de son amant comme une couleuvre. Puis elle le serra ainsi, de toutes ses forces, pour l'empêcher de s'activer. Elle avait besoin qu'il fût lent à ce jeu, qu'il retardât le plus possible la fureur qui le submergeait.

Ils restèrent une partie de la nuit nus, offerts aux rayons de la lune; souvent l'un près de l'autre, le regard tourné vers le ciel constellé, parfois enlacés et roulant sur l'herbe sèche qui leur brûlait la peau.

Aux premières lueurs de l'aube, les amants reprirent leurs vêtements, à regret.

— Que diras-tu à Monclar?

— Sans doute a-t-il deviné.

— D'où sa fureur à l'épée?

— Je le crois.

— Et ne crains-tu pas qu'il te punisse?

— De quel droit?

— N'es-tu pas sa fiancée?

— Rien ne m'oblige au mariage.

Ils descendirent vers les fonds où leurs chevaux étaient entravés, près d'un ruisselet qui traversait le creux du vallon, à l'ombre d'un bouquet de frênes.

— Je t'aime, dit Lafontaine. Et, désormais, je ne crois pouvoir me passer de toi.

— Je t'aime aussi, ajouta Juliette, tête baissée.

— Pourquoi ne me regardes-tu pas? Un serment d'amour s'énonce les yeux dans les yeux.

— Je ne veux pas que tu voies mes larmes.

— Je pleure aussi. D'émotion, ajouta-t-il.

— Je suis aussi émue que toi.

— Je le sais, dit-il.

Les amants reprirent le chemin de Paulhac, par le bois de Borey. Ils firent boire leurs chevaux à Auzenc, dans le lavoir banal.

— Je veux bien t'épouser, dit Lafontaine. Mais seras-tu libre pour moi, qui ne suis qu'un misérable membre de l'Académie royale des sciences de Paris ?

— Je le voudrais aussi, dit-elle.

Et Vivien se mit à hocher la tête de dépit. La forme conditionnelle qu'elle avait employée faisait toute la différence.

— Voudrais-tu que je satisfasse à ta demande ? demanda-t-elle après un court silence.

— Oh oui ! s'écria-t-il. De toute mon âme. Tu ferais de moi le plus heureux des hommes.

Juliette comprit aussitôt sa méprise.

— Il s'agit de confondre Monclar, n'est-ce pas ? Je pourrais t'aider.

— Alors, serait-ce lui, l'auteur de tous les méfaits ?

La jeune comtesse ne répondit pas. Elle jouait à faire des vagues dans le bassin d'eau fraîche du lavoir. Puis elle s'aspergea copieusement le visage. Vivien la contemplait avec tristesse. Elle était si belle, les joues rosies par l'eau froide.

— Ce qui m'importe, à vrai dire, pour l'heure, c'est toi, toi et moi. Enfin, nous deux. Quant à Monclar, je m'en fiche.

— Pourtant, hier encore tu attachais tellement d'importance à ce que je te le livre... Comme preuve d'amour ? T'en souvient-il ?

— Je n'ai besoin que d'une preuve d'amour. Je te veux, sans condition.

A ce moment, Juliette exulta en battant des mains. Elle releva sa robe jusqu'aux genoux, ôta ses chausses, et vint plonger ses pieds dans le lavoir. Lafontaine s'approcha d'elle, prit une bolée d'eau claire dans le creux de ses mains réunies et la versa sur la tête de son amante. Les gouttelettes roulèrent sur sa chevelure noire comme des perles de verre.

16

Où Buffon explique qu'il n'y a de bon dans le loup que sa peau et où le lieutenant des chasses royales accomplit enfin un exploit

A Grèzes, une lettre cachetée attendait Vivien Lafontaine. Il reconnut aussitôt l'écriture de monsieur de Buffon. Un sourire de ravissement traversa le visage du naturaliste. Cela faisait trois messages au moins qu'il faisait acheminer à Montbard sans réponse. Au point de croire que son professeur se désintéressait de ses observations sur l'affaire du Gévaudan. Il s'empressa de déchirer l'enveloppe grise cachetée d'un sceau de cire noire.

Montbard, le 12 juillet 1765

Mon cher Lafontaine,

J'ai pris connaissance avec intérêt de l'affaire qui vous occupe présentement. En effet, l'histoire du Gévaudan est largement relatée dans les gazettes. Et l'éclairage que vous m'en donnez mérite attention, je veux bien le croire. Mais je doute qu'elle soit profitable à vos études. Bien au contraire. J'ai eu moi-même l'occasion d'étudier le loup lorsqu'il me prit l'envie d'élever des louvarts pour cet usage. Les deux premières années, ils se sont révélés assez dociles, et même caressants. Mais passé ce délai, ils ont retrouvé leur naturel au point que je fus obligé de les enchaîner pour les empêcher de s'enfuir ou de faire le mal.

Je ne sais si votre bête du Gévaudan est un loup ou un homme, ou plusieurs, comme vous paraissez le supposer. L'histoire rapporte nombre de faits troublants sur l'agissement de certains individus, comme ce Gilles de Rais, maréchal de France, qui fut exécuté à Nantes en 1440 pour avoir torturé et tué plusieurs centaines d'enfants. Peut-être l'un de vos barons du Gévaudan se livre-t-il aux mêmes exactions, en se jouant de l'incrédulité des petites gens ? Si tel est le cas, laissez donc messieurs les conseillers du roi mener l'enquête...

Quant au loup, mon cher Lafontaine, je vous avouerai que cet animal ne me passionne guère. Il n'y a de bon que sa peau. On en fait des fourrures grossières qui sont chaudes et durables. Sa chair est si mauvaise qu'elle répugne à tous les animaux. Et il n'y a que le loup qui mange volontiers du loup. Sa gueule exhale une odeur infecte. Pour assouvir sa faim, il avale indistinctement tout ce qu'il trouve : des chairs corrompues, des os, du poil, des peaux à demi tannées et encore toutes couvertes de chaux. Il vomit fréquemment et se vide encore plus souvent qu'il ne se remplit. Enfin, désagréable en tout, la mine basse, l'aspect sauvage, la voix effrayante, l'odeur insupportable, le naturel pervers, les mœurs féroces, il est odieux, nuisible de son vivant, inutile après sa mort.

Vous comprendrez que je n'approuve les conclusions que vous m'avez adressées. Je vous en prie, abandonnez vos recherches. Elles ne vous mèneront à rien d'intéressant. Néanmoins, mon cher Lafontaine, sachez que je vous conserve mon estime.

Georges-Louis Leclerc de Buffon

Le naturaliste rangea la missive du grand maître dans un des volumes de l'*Histoire naturelle.* « J'eusse tant voulu qu'il m'invitât à Montbard pour en parler de vive voix, se dit-il fort déçu. Voici sa réponse. Et c'est ce qui s'appelle une fin de non-recevoir. » Mais Lafontaine n'était point homme à se décourager. « L'étude réalisée jusqu'alors par Buffon sur le loup a été des plus sommaires, se dit-il en remontant prendre un peu de repos dans le grenier de la ferme Valet. Aucun homme n'est sans reproche, surtout lorsqu'il atteint l'âge des grandes certitudes. Mais il nous faudra tôt ou tard approfondir le chapitre du loup, et je compte déposer devant l'Académie mes travaux, dès mon retour à Paris, n'en déplaise à mon cher maître. »

A la lueur d'une bougie, Vivien compulsa ses notes et écrits, examina dessins et aquarelles comme s'il éprouvait le besoin, soudain, d'être rassuré sur ses travaux. Il y ajouta la description des amours, sans trop de détails flatteurs sur l'animal. Il avait compris que la réhabilitation du mammifère ne serait chose aisée et que le tribunal à charge contre le loup possédait nombre d'affidés. « Nous bataillerons s'il le faut, se jura-t-il, jusqu'aux dernières extrémités. »

Lafontaine fut réveillé plus tard par un chambard. Il ordonna à Anselme de descendre voir de quoi il retournait. Le serviteur revint aussitôt annoncer que monsieur de Beauterne avait entrepris une battue. Vivien descendit dans la ruelle de Grèzes où une centaine de gens en armes, de piqueurs et de cavaliers s'étaient attroupés.

Monsieur de Beauterne était entouré de ses chiens, la langue pendante, qui faisaient un raffut d'enfer. Le valet de limier les emmena vers la rivière où le petit Pierre avait trouvé la mort. Quelques hommes suivirent la meute, les uns armés de fourchines, les autres de fusils. Le lieutenant des chasses royales expliqua que la bête avait fait deux nouvelles victimes dans les environs. Beauterne et son adjoint Rinchard étaient en proie à la plus vive des excitations. Cette fois, le chasseur entendait mettre un terme à l'affaire.

— Voilà mon armada d'hommes et de chiens. N'êtes-vous point impressionné, monsieur le naturaliste?

Antoine de Beauterne jubilait intérieurement. Il savait que ses hommes avaient opéré une razzia sur la population de loups du Gévaudan. Des centaines, à ce qu'on disait, un peu partout.

— Nous traquerons le fauve jusque dans son repaire, ajouta-t-il.

Rinchard riait dans sa barbe de sanglier. Parfois, il branlait la tête pour approuver son compagnon d'aventure, qu'il eût suivi jusqu'en enfer.

— Vous connaissez le repaire? questionna Lafontaine, dubitatif.

Antoine fit signe à ses gardes-chasse de lui apporter la carte. On la déroula devant ses yeux en la fixant à terre avec quatre cailloux. Le plan était zébré de lignes rouges qui s'entrecroisaient.

— Qu'est-ce donc que ces figures ainsi griffonnées? s'enquit Vivien.

— Les territoires des meutes. Nous les avons tous investis. Et nous avons tué les populations, sans vergogne. Telle est ma politique! L'effacement du problème par le vide.

Rinchard rigolait en secouant sa panse. Elle était ceinte par un large ceinturon dans lequel étaient fichés deux pistolets et un poignard. Lafontaine le contempla un instant avec un sourire. « Cet homme est la caricature même du chasseur, pensa-t-il. Il me faudra en croquer un portrait, sans tarder. Pour mes souvenirs personnels. » L'homme portait un large chapeau de feutre qu'il avait emprunté aux paysans de l'Aubrac, sous lequel s'étalait une figure lunaire aux joues rouges.

— Le repaire se situe ici ! pointa Beauterne avec une belle assurance.

Lafontaine posa les genoux à terre pour mieux examiner la carte.

— Grèzes ? s'étonna-t-il. Pourquoi Grèzes ?

— Parce que notre village est au centre de toutes les attaques. Regardez donc ! Partout autour la bête a sévi, dans un rayon de trois lieues, fit-il en appuyant la pointe de sa canne sur le plan.

— On pourrait tout autant dire que le centre se situe aussi à Saint-Privat du Fau, à Julianges...

Le lieutenant des chasses releva la tête, résolument, et fermant les yeux sur une moue insistante, ajouta d'un ton péremptoire :

— Mon flair ! Que faites-vous de mon flair ? C'est quatre-vingts pour cent du chasseur.

Son garde-chasse se courba, admiratif. C'était le propos même qui le faisait bicher du haut de sa superbe.

— Allons, monsieur Lafontaine, inclinez-vous donc devant le métier. Nous sommes des louvetiers forts estimés dans le royaume. Sa Majesté elle-même...

— Je m'incline puisque vous me le demandez, monsieur Rinchard.

Et le naturaliste se redressa aussitôt, puis s'éloigna à reculons de la carte qui gisait à ses pieds. Vivien jugea dans l'instant, fort à propos, qu'il n'était plus qu'un observateur impartial, comme tant d'autres. C'est-à-dire à l'égal des paysans qui entouraient la scène où devait se jouer la plus grande escroquerie du jour.

— Tuons le loup, certes, mais tuons aussi la rumeur, glissa Beauterne à son adjoint qui cligna de l'œil avec lui.

D'un commandement énergique, et tout militaire, le

lieutenant des chasses prit la tête des opérations en se faisant porter sur une chaise. Passé les soixante-dix ans, il souffrait de la goutte, et la marche lui était devenue d'une incommodité douloureuse. Monsieur Rinchard, bardé de deux fusils, l'un à droite et l'autre à gauche, les bretelles croisées sur son poitrail, précéda la procession. Les gardes venaient ensuite, à cheval, les limiers, les piqueurs. Puis les paysans requis d'office pour mener les battues. On traversa la rivière par le gué. En cette saison, la Seuge était plutôt basse et ce fut une partie de plaisir que de faire passer la troupe sur l'autre versant. On remonta sur la colline voisine, jusqu'au champ fort bien dégagé et traversé sur sa longueur par un chemin bordé de murets. Les porteurs amenèrent le lieutenant sur la route, et il quitta son siège pour donner ses derniers ordres.

— A droite, les batteurs ! cria-t-il. Et à gauche, les tireurs !

Le valet de limier poussa un coup de clairon alors que les hommes se rangeaient de part et d'autre de la route, parmi l'herbe rase.

— Messieurs les gardes, prenez vos postes ! commanda-t-il enfin.

Et ceux-ci partirent chacun de leur côté vers la forêt qu'il leur fallait investir, pas à pas. Lafontaine suivit la progression des batteurs et des tireurs vers les bois sombres. De nouveaux coups de clairon excitèrent les chiens, qui entrèrent dans la forêt avec les cavaliers qui les accompagnaient. Les gardes avaient déjà disposé les batteurs à distance réglementaire. Puis les tireurs allèrent occuper leur poste dans les ravines, les sentes et les combes, au passage habituel des loups. C'était une mission délicate, on devait tirer l'animal à vue, et à petite distance, afin d'éviter les accidents. L'affaire nécessitait de l'adresse, du sang-froid. Aussi monsieur de Beauterne les avait-il triés sur le volet, parmi les paysans les plus dégourdis, les conscrits et les soldats.

Lafontaine observait cette armée en marche, les mains glissées dans son baudrier.

— Avouez que vous êtes admiratif? dit Victorien qui l'avait rejoint dans son habit de vacher, portant bâton et chapeau de paille.

— Ils ne t'ont point enrôlé, toi aussi? s'étonna le naturaliste. Un grand gaillard comme toi, solide et roué à ces chemins perdus...

— Beauterne a peur que je tue la bête avant lui.

Lafontaine éclata de rire.

— Sais-tu seulement te servir d'un fusil?

— Pour les lièvres et les perdrix, avoua-t-il. Sur le domaine des Apcher. Et je revends le gibier aux bourgeois du Malzieu et de Saint-Flour.

— Tu es un malin, Victorien. Un sacré malin, ricana Lafontaine.

— Les loups, je ne leur veux aucun mal, ajouta-t-il. Sauf lorsqu'ils attaquent mon troupeau. Mais j'ai passé un pacte avec eux. Je leur abandonne mes bêtes malades. Et ainsi, ils épargnent le reste.

Anselme était descendu jusqu'à eux, par désœuvrement, tout occupé à mordiller dans une épaisse tranche de jambon.

— En voilà un que monsieur Beauterne laisse indifférent, dit Vivien d'un ton enjoué.

Il s'aidait de la pointe de son couteau pour détacher des morceaux de viande.

— Je crains les mauvais coups de fusil, avoua le serviteur.

Les porteurs avaient emmené le lieutenant des chasses dans le ravin de la Seuge, par-delà la forêt. En cet endroit, il y avait nombre de gros éboulis. Des encombrements de granit qui avaient dévalé la colline au temps ancien. Le lieu était idéal pour y attendre le loup, à l'abri d'un ressaut de roc, sur un petit terre-plein. Rinchard y fit déballer une nappe blanche que les valets emplirent de victuailles. L'un des hommes alla plonger dans l'eau fraîche de la rivière trois bouteilles de vin clairet pendues à leur cordelette. Ainsi pouvait-on attendre tout le jour sans fatigue, à l'affût, la bête faramineuse.

Tout en furetant le long de la Seuge, avec Victorien — hormis Anselme qui préféra regagner la ferme des Valet par peur de prendre un coup de fusil —, le naturaliste dénicha les grands chasseurs. Ils avaient déjà trinqué à la malbête, au dieu des chasses et à la divine providence, et s'étaient emplis de saucisson sec, de jambon et d'andouillettes.

Beauterne parut courroucé par l'arrivée intempestive des intrus. La chasse était chose sérieuse, exigeant silence, recueillement, patience.

— Passez au large, bon Dieu! s'écria Rinchard. Ne voyez-vous pas que vous allez ruiner notre plan!

Là-haut, dans la forêt, on entendait le harlou, le cri des batteurs, les coups de clairon. Tout était sens dessus dessous. Et chaque fois que les chiens donnaient de la gueule, les grands chasseurs s'emparaient de leur fusil, l'œil pointé vers l'étroit défilé. Lorsque l'affaire semblait se calmer, on reposait les armes et on se faisait verser un petit verre de clairet.

Lafontaine et Victorien quittèrent les berges de la Seuge pour remonter vers le village. A mi-pente, ils entendirent les premiers coups de fusil sur la crête des bois. Instinctivement, ils se retournèrent, mais ne virent que la fumée bleue de la poudre brûlée. Puis les chiens se remirent à japper, avec ténacité. Mais, cette fois, les deux hommes ne se retournèrent pas, tout occupés à escalader les derniers degrés du ravin.

Comme il faisait très chaud, Lafontaine commanda qu'on lui installât une table au-dehors, sous un bosquet de frênes. Là il prit ses aises pour écrire, dessiner ou lire, selon ses habitudes.

Dans la forêt voisine, la cavalcade faisait rage. Tout le jour, ce ne furent que pétarades incessantes. Sauf vers les deux heures où les tireurs prirent le temps de goûter.

Les rumeurs de la guerre engagée contre les loups du Gévaudan perturbèrent passablement la sieste du naturaliste. Et maintes fois, il proféra des jurons contre Beauterne et ses cerbères. Néanmoins la lassitude finit par l'envahir. Vivien ne songeait plus qu'à sa belle, recluse dans le château des Valcœur, au Malzieu.

Viens me rejoindre, mon beau capitaine, mon doux savant, car je me languis de toi. La nuit, le jour, j'attends. Et je ne sais rien faire de mes dix doigts, ni comment occuper mon esprit. Serais-tu cruel à ce point? N'as-tu point demandé ma main? A moins que ta proposition ne soit que légèreté.

Juliette

Tel était le dernier message porté par un valet, et auquel il n'avait pas répondu. La seule idée de prendre un peu de recul par rapport à cette passion le ravissait. Seul Anselme n'était pas de cet avis. « Courez à elle, ventre à terre, conseillait-il. De trop attendre, il pourrait vous en cuire, mon bon maître. Et abandonnez à ces excités la peau du loup. »

Aux derniers feux du crépuscule, le naturaliste se trouvait enfin apaisé. C'était son heure préférée entre toutes, où l'horizon se teinte des rougeurs de la nuit. Il en profita pour marcher un peu vers les hauts de Grèzes, dans les larges prairies où les paysans rassemblaient leurs troupeaux.

— Ce que j'aime dans le loup, c'est sa liberté, dit-il.

— N'est-ce point aussi l'avis de Zacharie, qui le compare à ses frères persécutés?

— En effet. Et de plus, il ne se laisse pas dominer, comme le chien, c'est pourquoi l'homme le déteste.

A leur retour, le village était envahi par les héros du jour. Les batteurs étaient tellement fourbus qu'ils s'étaient répandus sur le pré, pêle-mêle, assis ou couchés les uns contre les autres. Un des gardes claironnait son aise, tandis que le lieutenant avait fait dresser, dans une grange, une longue table pour y examiner sa prise faramineuse, à la lueur de torches disposées aux quatre coins.

Les valets de monsieur de Beauterne y avaient étendu un loup, un mâle de si longue taille que tous les chasseurs l'observaient, dubitatifs. Rinchard avait fait servir le clairet à tous ses comparses pour fêter l'événement.

— Nous la tenons, mes amis. La voici, en chair et os, la bête du Gévaudan!

La nouvelle s'était envolée par tout le village. Et dans chaque ferme elle courait, aussi vite que la nuit, la rumeur selon laquelle le lieutenant des chasses royales avait terrassé d'un coup de fusil le monstre. Deux curés s'étaient avancés au chevet de la bête, Vachères et Béraud, en habit sacerdotal, avec leurs enfants de chœur portant seau d'aspergès et encensoir.

— Pourquoi nos seigneurs n'ont-ils point daigné se déplacer? s'étonna Beauterne. Doutent-ils de mon exploit? Leur a-t-on présenté la chose convenablement?

L'abbé Béraud parut embarrassé.

— Monsieur de Molette est fort occupé par des engagements antérieurs...

— Craindrait-on que je n'abuse Sa Seigneurie? s'interrogea le lieutenant, la mine défaite.

Le curé Vachères vola au secours de Béraud.

— Le capitaine Duhamel, lui aussi, nous a présenté plusieurs dépouilles de cette sorte. Ce qui n'a point empêché les exactions de se poursuivre.

— Insinueriez-vous que la bête du Gévaudan court toujours? fit Rinchard.

— Je ne sais que répondre. L'avenir nous le dira, ajouta l'abbé Béraud.

— Elle est là! Devant vous, la fameuse bête du Gévaudan. Et désormais vos ouailles, curés, peuvent aller en paix, s'écria Beauterne.

L'un des gardes, monsieur Lacour, posa sa toise devant le cadavre de la bête. Son voisin, le valet de limier Lafeuille, étirait l'animal autant qu'il se pouvait.

— De la pointe du museau à la pointe de la queue, elle mesure exactement...

Tous se rapprochèrent pour entendre le verdict.

— Cinq pieds, dix pouces et six lignes[1], énonça le valet.

Rinchard notait sur un carnet qu'il avait ouvert pour cet effet.

— De la pointe du museau à la naissance de la queue, poursuivit Lafeuille: quatre pieds, cinq pouces, une ligne[2].

Monsieur de Beauterne siffla d'admiration.

— Foi de chasseur! dit-il d'une voix forte afin que chacun pût l'entendre dans la grange où se pressait une

1. Cent quatre-vingt-onze centimètres.
2. Cent quarante-quatre centimètres.

foule attentive. Je n'ai jamais vu une telle bête. Cela est monstrueux.

— Examinons la tête, proposa Rinchard.

Et Lafeuille sortit de sa poche un ruban de couturière.

— Circonférence de la tête prise au-dessus des yeux : un pied, huit pouces, quatre lignes[1].

Un cri de stupéfaction traversa l'assistance. Mais Beauterne exigea sans délai qu'on poursuive l'examen.

— Contour de la gueule, clama le valet de limier : deux pieds, un pouce, six lignes[2].

Le lieutenant des chasses hocha la tête.

— Comprenez-vous désormais qu'avec une gueule d'une telle dimension, il était aisé pour la bête de tuer sans vergogne ?

— Les crocs, maintenant, dit Lafeuille.

Rinchard l'aida à ouvrir la gueule de l'animal. La mort l'avait raidie, et il dut en forcer l'accès avec le plat de sa dague.

— Longueur des dents canines ou défenses : un pouce et trois lignes[3].

Méticuleusement, Beauterne fit consigner les mensurations de la bête, la circonférence du corps, la longueur de la queue, des pattes... Et lorsque le valet de limier eut terminé, il déclara avec force que c'était bien là la fameuse bête du Gévaudan.

— Je vais en faire conduire la dépouille à Clermont, afin que monsieur le chirurgien du roi en dresse un procès-verbal, sur ordonnance de monseigneur Ballainvilliers, intendant de la province d'Auvergne. A l'issue de l'autopsie, on procédera à l'embaumement afin que la

1. Cinquante-cinq centimètres.
2. Soixante-neuf centimètres.
3. Trois centimètres et quatre millimètres.

bête du Gévaudan soit présentée à Sa Majesté, devant la cour de France. Voici une affaire qui s'achève. Et une affaire, se reprit-il, rondement menée...

Vivien Lafontaine s'avança contre la table où reposait la dépouille du fameux loup. L'œil de monsieur de Beauterne s'assombrit à son approche. Il appréhendait qu'on vînt le contredire, lui qui venait d'accomplir un si bel exploit et dont les mérites occuperaient dans les semaines à venir le haut des gazettes.

— Permettez que j'observe la dépouille ? demanda-t-il.

Le lieutenant des chasses ne pouvait lui refuser cette grâce. Et il hocha la tête mollement. Seul Rinchard exprima sa mauvaise humeur.

— Doutez-vous, monsieur le savant, qu'il s'agisse de la bête du Gévaudan ?

— Je vois qu'il s'agit d'un loup de belle taille.

— La bête du Gévaudan, reprit Rinchard, est d'un genre unique.

— Mais d'une espèce commune, rectifia Lafontaine. Puisqu'il s'agit d'un loup. Un simple loup d'une grande taille.

Le naturaliste sentit que l'on s'impatientait dans l'assistance, tout acquise à Beauterne. On avait besoin de fêter l'événement, comme auparavant, avec les mises en scène du capitaine Duhamel.

— Je voudrais en visiter les entrailles, proposa Lafontaine.

— Je m'y oppose formellement, dit le lieutenant des chasses. Cela pourrait en hâter la putréfaction.

— Balivernes ! rétorqua le naturaliste. Au contraire, si vous voulez maintenir l'animal en bon état, il nous faut le préparer immédiatement. Je dispose d'esprit de térébenthine et de gomme balsamique. Une fois éviscéré et traité de la sorte, le cadavre se conservera jusqu'à Clermont.

Monsieur de Beauterne fit signe à Vivien de l'accompagner au-dehors. Les deux hommes sortirent sur le pré où l'on avait allumé une cinquantaine de torches. Tireurs et batteurs discutaient de leur journée, tandis que les valets du lieutenant des chasses royales distribuaient du vin et des victuailles pour apaiser les appétits.

— Vous êtes sceptique, monsieur. Mais je ne vous en veux point. A la vérité, ce loup monstrueux que nous avons tiré, Rinchard et moi, correspond à la bête. Voilà tout.

— La bête a frappé, hier même, à Venteuges, où une fillette de douze ans a été à moitié dévorée. Si c'est notre prédateur, nous trouverons dans ses entrailles les restes de la malheureuse enfant.

— Je n'y tiens guère, se défendit Beauterne.

— Nous dénicherons dans l'estomac du loup quelques fragments de sa chemise, poursuivit-il.

Et il sortit de sa poche un morceau de tissu bleu.

— Comme celui-ci.

Le lieutenant allait de droite à gauche, en claudiquant. Sa canne avait peine à le suivre.

— Vous me refusez cette autopsie parce que vous doutez de vous-même, dit Vivien. Vous vous dites : « Ce grand loup fera bien l'affaire. Celui-ci ou un autre. Qu'importe. » Ne croyez-vous pas que nous avons assez trompé les gens de ce pays? Le capitaine Duhamel s'est ridiculisé au jeu, au point que Sa Majesté l'a rappelé.

— Je ne suis sûr de rien. Mais il est probable que...

Le lieutenant des chasses s'interrompit, flairant sans doute que sa démonstration ne tenait guère face à l'autopsie.

— Regardez! Nos gens chantent et s'amusent. Ils dansent autour des torches, comme de grands enfants. Voudriez-vous leur ôter ce bonheur?

— La vérité seule importe, jura Lafontaine.

Beauterne s'éloigna jusqu'à la route. La nuit y était dense et les rumeurs de la fête n'y contrariaient guère le silence, dont il avait besoin pour réfléchir. Le naturaliste l'accompagna aussi.

— Je connais monsieur le chirurgien-major du régiment de Riom, qui se nomme Charles Jaladon. C'est lui qui pratiquera l'autopsie. Il confirmera mes dires.

— Je comprends aisément qu'il s'agit d'une mise en scène, afin de tranquilliser tous ces pauvres gens incrédules, dit Lafontaine. Mais qu'arrivera-t-il, dans une semaine, ou dans un mois, lorsque la bête frappera de nouveau? L'on dira que monsieur le lieutenant des chasses royales s'est mépris, une fois de plus, comme ses prédécesseurs, les Duhamel, les Denneval...

— Oh, monsieur le savant! s'écria Antoine de Beauterne, vous êtes l'empêcheur de tourner en rond. Il faut une victime expiatoire. Ce gros loup fera l'affaire.

Puis il s'accorda une seconde de silence, l'air malicieux.

— A moins que l'on trouve, dans l'estomac, le morceau de tissu dont vous parlez... Comment n'y ai-je point songé plus tôt? Je l'y aurais fichu moi-même, grand Dieu, si j'avais pu imaginer que...

Vivien Lafontaine éclata de rire.

— Vous croyez que je vais abonder dans votre supercherie? Je suis un membre de l'Académie royale des sciences, et non un faquin.

Alors, le lieutenant des chasses se laissa emporter par la colère

— Je vais vous faire chasser de ce pays. Monsieur de Molette vous y contraindra par la force. Et ainsi aurai-je les mains libres pour mener à bien mon entreprise.

Lafontaine ne prit guère la menace au sérieux. Au

contraire, il la trouva pitoyable, et indigne d'un grand chasseur.

— Ne nous fâchons pas. J'ai besoin de demeurer dans ce pays encore quelque temps. Alors, je vous propose un honorable marché.

La curiosité du lieutenant se trouva soudain aiguisée. Et, de la main, il vint flatter l'encolure du naturaliste.

— Je savais que vous étiez des nôtres. Un gentilhomme! s'exclama Beauterne.

— Je vous propose donc de visiter les entrailles de l'animal pour satisfaire ma curiosité personnelle. Et je ne livrerai point mes conclusions. Que celles-ci fussent en votre faveur ou non...

Les deux hommes se serrèrent la main.

— Voilà un pacte intelligent! conclut Antoine de Beauterne.

Dans le courant de la nuit, après que les feux de la fête se furent éteints, le naturaliste éventra la bête, en extirpa les viscères, et n'y trouva, tout compte fait, que les restes d'un mouton.

A la vérité, monsieur de Beauterne n'osa pas adresser au chirurgien-major de Clermont la dépouille de Grèzes. L'autopsie sommaire de Lafontaine en avait ruiné les desseins. Les jours suivants, le grand louvetier reconnut, devant ses hommes, qu'il s'était trompé, et reprit ses chasses dans le haut du fameux triangle compris entre Allègre, Fournels et Pradelles. Ses efforts se portèrent plus particulièrement dans les bois de l'abbaye de Sainte-Marie-des-Chazes, dans le secteur où on lui avait annoncé une population de loups. A force de patience, Beauterne trouva enfin ce qu'il était venu chercher : une belle louve d'une taille assez comparable à celle de l'animal de Grèzes. Et, cette fois, le lieutenant des chasses en fit transporter le corps directement à Clermont, où monsieur le chirurgien Jaladon l'autopsia et où il conclut que c'était bien là la trop fameuse bête du Gévaudan. On la momifia soigneusement par des poudres et des baumes odorants. On tenta même d'en améliorer, selon l'art consommé de l'embaumeur, la corpulence. Par quelques savants grimages, on lui prêta un aspect monstrueux. Et, à la cour de Versailles, le roi lui-même vint l'examiner, avec ses ministres, ses conseillers, ses courtisans.

Les semaines suivantes, dans la Margeride, les exactions reprirent. Des pâtres, des bergères furent agressés et tués dans des circonstance analogues. Mais la consigne fut donnée aux gazettes de n'en point rapporter les faits. Ainsi espérait-on, par le silence, éteindre à jamais l'affaire de la bête du Gévaudan.

17

Où, grâce à Juliette, Lafontaine perce enfin le mystère de la bête du Gévaudan, tandis que monsieur de Buffon joue au franc-carreau et se moque bien des loups

Les Valcœur possédaient au Malzieu un château pourvu de remparts, de douves et de ponts-levis, à la manière des défenses médiévales. Depuis la guerre de Cent Ans, la lutte contre les routiers et la chute de la maison Apcher, ces artifices militaires étaient tombés en désuétude. Les propriétaires avaient fait dessiner dans l'enceinte de leur demeure des parcs à la Le Nôtre agrémentés de jeux d'eau et de jardins suspendus. Les appartements des seigneurs locaux avaient conquis peu à peu leur place sur les anciennes fortifications. Et au fil des siècles, la demeure s'était muée en château d'agrément, où il faisait bon vivre, dans la quiétude d'une indéfectible fidélité aux rois de France.

Les enfants, Juliette et Arnold, avaient grandi dans ce monde enchanté, bien à l'abri des rumeurs du monde, dans la prospérité de vastes terres où l'on pratiquait encore le servage. Régisseurs et intendants fournissaient les moyens à cette petite cour de tenir son rang, entre les seigneurs de Saint-Alban et de Saint-Chély.

Louis de Valcœur avait perdu son épouse au début de la guerre de Sept Ans, au moment où les troupes de Louis XV occupaient Hanovre. Dès lors, toute son affection s'était reportée sur sa fille cadette, Juliette, qu'il avait couvée de mille soins, rêvant pour elle le meilleur parti qu'on pût espérer. Alors que le comte de Valcœur courtisait peu les seigneuries du Gévaudan et d'Auvergne, il avait renoué des liens étroits avec les principales familles régnantes de la généralité du Languedoc, et surtout avec le diocèse de Mende où la fréquentation de Choiseul-Beaupré lui ouvrait les portes de la cour de France. « Il n'est de bon mariage qu'à Versailles », disait-on. Mais le comte hésitait à propulser sa fille dans l'enceinte royale, où elle eût sans doute trouvé un bon parti, mais où il craignait qu'elle perdît, dans les intrigues d'alcôve, sa fraîcheur d'âme.

Telle était la disposition d'esprit du comte de Valcœur lorsque Juliette vint lui annoncer qu'elle aimait un gentilhomme sans titre ni noblesse.

— Membre de l'Académie royale des sciences? Qu'est-ce donc que cela? Un poste de roture, ma chère enfant. Le bonheur ne se trouve, présentement, que dans la haute administration. Choisissez plutôt un intendant, un membre du parlement, un de nos fortunés voisins, tels que monsieur de Monclar. N'avons-nous point conclu, déjà, quelques fiançailles? Et vous entendez déjà les rompre?

— Intendant, juriste, et quoi encore? se rebiffa Juliette. Que de vieux barbons qui désespéreront ma jeunesse...

Le père comprit que sa chère Juliette était aussi entêtée que l'avait été sa mère, et que la dénonciation des fiançailles avec la famille Monclar allait le placer en posture délicate avec l'évêque de Mende, dont l'oncle était ministre de la Guerre et de la Marine.

— Il vous faut réfléchir, ma chère enfant, dit Valcœur, et éloigner de votre esprit cette toquade. Je convoite pour vous une haute destinée. Une de celles où la fortune vous permettra de briller...

— Sans amour...

— Sans amour, peut-être, mais dans la grandeur et la noblesse.

Juliette était trop intelligente pour s'opposer aux ambitions de son père. Il lui importait plus, désormais, de trouver une solution pour attirer au Malzieu son amant et le présenter au comte. Elle batailla finement pour assouplir les refus de son père. Et souvent, elle brossait un portrait favorable de Lafontaine par d'adroites petites touches.

— Notre époque a changé, père, disait-elle. A Paris, ce sont les philosophes qui brillent. On se dispute leur présence dans les salons. Et il n'est pas une seule grande famille qui n'ait à sa table un savant, un bel esprit. Du reste, monsieur Lafontaine n'a-t-il pas été recommandé par Cheverny?

Par de telles assertions, Juliette brisait une à une les réticences du comte de Valcœur. Et pour cette entreprise, elle s'était adjugé l'appui de son frère Arnold.

« Père, disait-il, Monclar ne saurait convenir à Juliette. C'est un débauché. L'ignoreriez-vous?

— N'est-il pas votre ami? rétorquait le comte. Serait-il possible que vous l'ayez choisi pour la médiocrité de ses mœurs?

— Cela ne porte à conséquence, ajoutait Arnold. Quant à en faire votre gendre, je trouve qu'il y va d'une certaine légèreté.

— La fortune des Monclar se monte à des millions de livres.

— La nôtre aussi, défendait Arnold. Et rien ne nous oblige à la corrompre dans cette alliance. »

A la vérité, Arnold de Monclar n'éprouvait pas une grande sympathie pour le naturaliste. Les savants l'ennuyaient. Et son office de fouineur et de donneur de leçons dans l'affaire du Gévaudan ne l'avait pas fait apparaître dans le meilleur rôle. Mais l'aîné des Valcœur éprouvait pour sa sœur une telle affection qu'il ne pouvait se résoudre à critiquer ses engouements.

« Envers et contre tout, tu seras toujours ma petite sœur adorée, disait-il en la cajolant.

— Alors, soutiens-moi fermement. J'en ai grand besoin. »

Aux jours d'automne, Vivien Lafontaine retourna à Paris avec son serviteur. Il avait hâte de retrouver Cheverny pour lui exposer dans le détail son aventure en Gévaudan. Une fois encore, et sans doute avec plus de chaleur qu'il l'eût fait à cent lieues de distance, son protecteur l'assura de son appui à la condition que les conclusions de son enquête, une fois établies, demeurassent dans le plus grand secret.

— Contre ces canailles, clama le conseiller de Louis XV, nous agirons comme des canailles !

— Voudriez-vous dire que la justice doit se tenir à l'écart ? Et notre terrible affaire se résoudre entre gens de sac et de corde ?

— Compte tenu du rang du principal accusé...

Et la suite se perdit dans un geste de lassitude. Cheverny tenait son protégé en trop haute estime pour lui faire l'injure d'une longue justification.

Lafontaine se rendit ensuite auprès de Buffon à Montbard, où le savant s'était retiré comme un ermite, loin des cours et des coteries. Le grand naturaliste lui parut éloigné de ces histoires auxquelles il ne désirait pas prendre part.

— Vous avez du temps à perdre, mon bon Lafontaine.

— La vie des loups me passionne. Et j'ai plus appris sur eux en Gévaudan que je ne l'aurais fait dans vos laboratoires.

A ce moment de sa vie, le vieux savant était obsédé par des problèmes de mathématiques et de physique. Cela le distrayait de son *Histoire naturelle*, dont il poursuivait la rédaction jour après jour. Un vieux péché de jeunesse. Longtemps, le naturaliste avait espéré tenir la dragée haute à Newton, sur sa théorie de l'attraction. A la vérité, il se révéla un trop piètre mathématicien pour établir les thèses qui l'obsédaient.

— Ah ! comme j'eusse aimé écrire une théorie générale de la matière, dans laquelle je démontrerais qu'elle est régie selon deux principes, l'attraction et la répulsion. Car je crois que la loi d'élasticité est une propriété inhérente à la matière. De là, tous les phénomènes naturels se laisseraient déduire : la cohésion des corps, les lois du choc, la communication du mouvement, la dureté ou l'élasticité des atomes, l'électricité, le magnétisme...

— Un chercheur ne peut appréhender toutes les connaissances, dit Lafontaine. Même s'il est vital d'en montrer les corrélations et leurs effets sur l'ordre général.

— Au-dessus, il y a la puissance de...

— ... de Dieu ? suggéra Lafontaine.

— Non ! La puissance de la nature. Il nous faut ôter Dieu et le remplacer par la nature. Je ne me résous à croire qu'un créateur anime le monde. La nature est notre créateur.

Puis monsieur de Buffon se replongea dans l'étude de

son jeu favori, le franc-carreau, qui lui avait inspiré un mémoire à l'Académie des sciences en 1733, à une époque où le jeune chercheur était encore indécis sur son avenir.

En prenant congé de son maître, Lafontaine éprouva de l'amertume contre la vieillesse. « Elle a le pouvoir de désespérer même les plus grands esprits, insidieusement », se dit-il. Et il eut quelques larmes en songeant qu'il ne reverrait peut-être jamais plus le grand maître, et qu'il se retrouverait désormais comme un orphelin, affranchi de sa pesante tutelle et libre de ses actions futures, sans autre guide que sa propre conscience.

Lafontaine chercha son serviteur à l'île de la Cité, avant de repartir en Gévaudan. Les tractations furent âpres. Et pour le convaincre, Vivien dut augmenter notablement ses émoluments.

— S'il nous faut poursuivre le méchant loup du Gévaudan, encore et toujours, alors ne comptez point sur moi. Car j'abhorre cette horreur.

— Il ne sera question que d'amour et d'heureux présages, répliqua le naturaliste en lui tendant une bourse pleine.

Pour sa visite protocolaire au Malzieu, Valcœur avait fait abaisser le pont-levis et pavoisé les couleurs, comme il l'eût fait pour un seigneur de haut rang. Puérile attention, en vérité, Vivien était peu sensible à ces honneurs. Il avait hâte de retrouver Juliette, tout en mesurant les risques d'une telle entreprise. « Je ne doute pas de la fidélité de son amour. Certes, il me sera indéfectible, pensait-il, mais la sympathie de son père n'est point gagnée. Et il me faudra la conquérir d'abord, si je veux convoler. »

Dans le parc des Valcœur, Vivien mit pied à terre et

courut admirer les jardins à la française. Anselme chercha un majordome et le trouva dans son office. Puis il appela son maître et on le conduisit à l'étage. Louis de Valcœur trônait dans son cabinet, au milieu des livres. Sa caméristé était à deux pas, en train de broder à l'aiguille une scène champêtre sur un tambour. Les deux hommes se saluèrent sèchement, sans que leurs mains se rencontrassent. Mais Lafontaine ne parut pas s'en émouvoir.

— Vous aimez Juliette? demanda le comte à brûle-pourpoint.

— En effet. Et je crois que le sentiment est réciproque.

Valcœur hocha la tête. Il n'avait guère besoin d'une longue explication.

— Je le sais. Et tel que vous me voyez, monsieur, je n'en suis guère ravi.

Cette fois, ce fut Lafontaine qui hocha la tête.

— Je viens vous demander sa main, ajouta-t-il.

— Oh là, monsieur, vous allez vite en besogne.

— Pourtant, tel est l'objet de ma visite.

— Sans le sou, soupira-t-il. Vous n'avez que votre belle figure à offrir...

Lafontaine sourit et osa un pas en avant dans le cabinet. La caméristé se retira aussitôt, sur un geste du maître.

— L'Académie m'alloue quinze mille livres par an. De quoi vivre avec un serviteur, un équipage, dans une modeste demeure proche de la rue Quincampoix. Monsieur Cheverny...

— Qui est votre protecteur, ajouta Valcœur avec agacement.

— ... me donne une rente de six mille livres pour satisfaire aux besoins de mes recherches.

— Cela fait, bon an mal an, vingt mille livres, compta Valcœur. Un revenu de simple bourgeois.

— Je suis de la roture, et ne m'en plains pas.

— Ma fille est comtesse de Valcœur. Et je crains que votre petit revenu ne suffise à la tenir dans le meilleur rang.

— Je suis fort apprécié de mes collègues de l'Académie royale. Mes travaux font autorité. Et monsieur de Buffon fonde de grands espoirs sur moi.

— Diriez-vous, vous aussi, que l'avenir de notre siècle se décide dans les cercles des philosophes et des encyclopédistes ?

Lafontaine éclata de rire en flairant dans cette opinion la patte de sa belle Juliette. Ainsi, cet argument suffirait-il à attendrir un père ?

— Cela dépend de quel avenir nous parlons ! Celui de vos pairs ? Je crains que non.

— Lequel alors ?

— Notre XVIIIe siècle sera celui des Lumières.

— Je ne comprends rien à ce que vous dites, monsieur Lafontaine. Mais je vous préfère ainsi, plutôt que du côté de monsieur Law. Ce gredin a ruiné bien des braves gens.

Le repas fut tout empreint de ces aménités. Et Lafontaine comprit que la partie s'engageait plutôt bien ; Valcœur était trop proche de sa fille pour lui refuser quoi que ce fût.

A la première occasion, les amants s'éclipsèrent dans le parc, malgré la pluie fine et le vent qui donnait en bourrasques. L'endroit recelait des cachettes pour s'y bien aimer.

— Qu'as-tu raconté à mon père pour qu'il cède ainsi, sans réticence ? demanda Juliette que le soudain revirement intriguait.

— Sans réticence ? releva Vivien, je ne le crois. Mais tu as plus d'influence sur lui que je ne le supposais.

— Mais encore?
— Vingt mille livres l'an!
— C'est beaucoup, cela?
— Bien moins que ce que t'apporterait Monclar.

La lune ressemblait à une braise mourante posée sur l'horizon. De la courtine du château où les amants avaient pris l'habitude de se retrouver, seuls, ils prenaient tout le temps d'admirer les crépuscules.

— Ici, nos étés ne s'éternisent guère, dit-elle. Alors, il nous faut les goûter jusqu'à la lie.

— Il me souvient de longs périples dans les neiges de Montchauvet...

Et à l'idée que la froidure pût tomber si vite, elle vint se pelotonner dans les bras de son amant.

— Nous étendrons une grande pelisse d'ours devant le feu de cheminée, et nous ferons l'amour.

Le naturaliste prit un air grave.

— Tu ne viendrais pas avec moi à Paris? La vie y est passionnante, et tellement bruissante, en vérité, qu'on ne trouve le temps de regarder la couleur du ciel.

Juliette ne sut que répondre. Sans doute était-ce cela qu'ils craignaient le plus, les sentiments paternels du vieux comte : que les épousailles emportassent sa fille loin du Malzieu.

— Crois-tu que mon destin de naturaliste puisse s'accomplir ici, loin des cercles parisiens?

— Mon père doit décider de la date de notre mariage. L'avenir est suspendu à sa décision, dit Juliette.

— Et il y a Monclar. On prend des gants devant cet homme-là! On appréhende sa colère, ses vengeances. Et l'on se dit qu'un petit Lafontaine peut bien se résigner à attendre, quand la susceptibilité d'un seigneur est en jeu.

A la vérité, mademoiselle de Valcœur n'attendait plus

qu'un message de Labarthe pour agir. Une attente la rendait froide et distante avec tout le monde, et surtout avec son amant, qui était plus sensible que quiconque à ses sautes d'humeur.

La dépêche tant espérée lui parvint le lendemain, tandis que Vivien s'était retranché dans un cabinet voisin de la bibliothèque. Juliette entra en coup de vent, le feu aux joues.

— Ça y est ! s'écria-t-elle. C'est pour cette nuit.

— Quoi, cette nuit ?

— Tu verras bien !

Lafontaine se torturait l'esprit pour deviner ce qu'il y avait derrière toutes ces cachotteries. Et comme sa belle s'était éclipsée aussi vite qu'elle était apparue, et qu'il n'osait la rechercher dans les appartements, sa patience s'usait à ne pouvoir l'interroger. Vers le soir, il la retrouva sur la courtine avec soulagement. Elle s'était vêtue comme pour un grand voyage, avec de solides chausses de cuir, un pourpoint d'homme noir et un mantelet rouge de mousquetaire. Elle portait la rapière au flanc, et le pistolet accroché au baudrier. Lafontaine ne put s'empêcher de rire. Même dans cet accoutrement, elle était désirable. Pourtant, ce genre de déguisement n'était pas de son goût. Il lui préférait le jupon et le corset pigeonnant.

— Nous allons à Saugues ! lança-t-elle.

— Et moi, persifla-t-il, dois-je me déguiser en Petit Chaperon rouge ?

Juliette le tira par la manche dans les escaliers.

— J'ai fait seller les chevaux.

Anselme les attendait dans la cour, la mine défaite.

— Mon bon maître, est-il nécessaire que je vous accompagne ?

Vivien regarda Juliette.

— Pour cette fois, je t'en dispense, fit le naturaliste.

— Peut-être serais-je de trop? hasarda le valet avec un sourire malicieux.

Pourtant, Juliette n'entra point dans son jeu. Elle avait gardé son air grave et décidé qui contrastait avec les mouvements débonnaires de son amant. « Mademoiselle a grand désir d'une promenade sous la lune, pourquoi l'en priver? » se disait Lafontaine en ajustant ses éperons.

— As-tu deux bons pistolets prêts à faire feu? interrogea-t-elle.

— Un seul me suffit, ricana-t-il, trouvant fort osée sa métaphore érotique.

Mais il comprit aussitôt que Juliette de Valcœur, décidément, ne plaisantait pas.

— Tu ne penses qu'à cela?

— Oui, admit-il. Ton corps me rend fou. Et une nuit aussi noire, un peu venteuse, m'inspire fort.

Le couple de cavaliers chevaucha bride abattue vers Saugues, en empruntant la route de Paulhac. Ils s'arrêtèrent près de l'église et firent boire les chevaux dans le lavoir banal, franchirent le petit pont de la Desges. Les pluies récentes avaient gonflé les eaux de la rivière, et une partie de la route se trouvait inondée sur plus d'une demi-lieue. En cet endroit, Juliette ralentit la chevauchée par peur de crotter son habit.

— Me diras-tu enfin ce que nous allons faire à Saugues?

Elle ne répondit pas.

— Je n'ai guère le désir de voir Monclar. Notre dernière entrevue m'a largement éclairé sur le personnage.

Mademoiselle de Valcœur se demanda, en parcourant les dernières lieues qui les séparaient de Saugues, si son amant n'était pas un peu imbécile. Puis ils traversèrent la cité par la berge haute de la Seuge, et gagnèrent le domaine de Monclar. Les allées du château n'étaient pas éclairées, et Lafontaine en fut le premier étonné. Lors de la fameuse soirée, à laquelle il avait été convié par Labarthe, le maître avait fait donner tous ses flambeaux, torchères et girandoles. Pour l'heure, l'endroit était sinistre dans son écrin de nuit.

— Es-tu sûre que nous sommes attendus ? questionna-t-il en posant la main sur le pommeau de son épée.

Juliette ne s'occupait qu'à conduire la manœuvre. Ce qui avait de quoi intriguer de plus en plus son voisin. « Me mènerait-on dans un coupe-gorge ? se demanda-t-il en traversant le parc. Juliette serait-elle assez folle pour que nous allions discuter, tous deux, les conditions d'une rupture d'alliance ? »

Le château leur apparut enfin, sinistre. Pas un seul feu en vue. Ils passèrent sous de grands hêtres, en évitant de se faire gifler par les ramures basses. L'avancée s'opérait au pas tant la nuit était dense sous la voûte végétale. Une odeur d'humus montait de la terre ; sous les épaisses frondaisons, la prégnante humidité corrompait et pourrissait les bois morts, favorisait les mousses qui ajoutaient à la moiteur du sol.

A l'approche d'un vieux mur de pierre dévoré par les lierres, la jeune comtesse mit pied à terre. Il en fit de même.

— J'avais espéré un lieu plus accueillant...

Elle l'interrompit aussitôt en posant un doigt sur ses lèvres. Elle escalada la muraille à l'endroit où elle s'était ébranlée, sous la poussée d'un chêne géant. Vivien l'accompagna sans trop faire attention aux hampes de ronces qui lui griffaient le visage. Une silhouette d'homme les attendait, un loup noir sur les yeux. Machinalement, Lafontaine porta la main à la crosse de son pistolet. « Si c'est Monclar, soupçonna-t-il, cette fois, je ne fais pas de quartier! »

— Qui es-tu, l'ami? Montre donc ton visage!

Juliette lui fit signe de baisser la voix.

— Je suis Labarthe! dit l'homme en noir, en relevant à peine le loup qui lui couvrait une partie du visage.

— Décidément, marmonna Lafontaine, vous avez le goût du déguisement.

Jupien ricana en posant une main gantée sur son épaule.

— Vous allez pouvoir conclure votre enquête, mon ami. N'est-ce point ce que vous désiriez le plus au monde?

Vivien fixa Juliette avec un air d'étonnement. C'était donc cela, tous ces mystères!

— Je savais que Monclar était dans le coup. Mais vous? Quelle surprise!

— Pourquoi donc?

— Je vous ai soupçonné aussi, avec vos grands airs cyniques.

— En un sens, nous avons tous été complices, par notre silence. Mais l'affaire n'a que trop duré. Il est temps d'y mettre un terme.

— Vous m'accordez trop d'importance, releva le naturaliste. Je ne dispose d'aucun pouvoir de police. Pour cela, il faudra s'adresser au lieutenant criminel de Mende.

— N'êtes-vous pas l'émissaire de monsieur de Cheverny, conseiller de Louis XV? La nature de votre enquête en Gévaudan n'a dupé personne. Que croyez-vous, monsieur le savant, que nous sommes des fats, à gober vos histoires de naturaliste?

Lafontaine hocha la tête.

— Vous saviez qui était l'auteur de ces horreurs, et

vous avez attendu tout ce temps? déplora Lafontaine. Vous m'avez laissé patauger dans le marigot, avec l'espoir que je renoncerais à mes recherches?

Juliette et Jupien se regardèrent longuement, sans un mot, puis baissèrent la tête ensemble.

— Monsieur Lafontaine, reprit Labarthe, il vous faut comprendre que nous n'appartenons pas au même monde. Nous sommes les seigneurs du pays. Et le moindre scandale peut en fissurer l'édifice. Ainsi sommes-nous enclins, il est vrai, à dissimuler nos tares et nos folies.

Par un étroit sentier, Labarthe les mena à une chapelle délabrée dont la façade se trouvait étouffée par un excès de verdure. Ils se glissèrent sous une cascade de lierre et trouvèrent, à l'endroit du maître-autel, un escalier qui descendait vers une crypte. Ils la traversèrent à pas hésitants, puis s'engouffrèrent dans un passage voûté si resserré qu'ils durent jouer des épaules pour s'y faufiler.

Des murmures de voix leur parvinrent, étouffés par la nuit tombale qui régnait dans le sanctuaire. Et ils s'avancèrent, à plat ventre sur une dalle en surplomb d'une rotonde. Le lieu avait servi de sépulture aux anciens seigneurs d'Apcher. Les nouveaux habitants en avaient évacué les restes pour y installer leur singulière activité. A mi-hauteur, on distinguait encore les loges tombales, taillées à même la roche. En lieu et place, les profanateurs avaient mis les objets de leur culte satanique. Le sanctuaire était éclairé par une rangée de torches. Et au centre du mausolée, une dizaine d'hommes-loups étaient disposés en cercle autour d'un feu de bois sur lequel mijotait, dans un chaudron, une mixture qui dégageait une odeur nauséabonde. Et sur une estrade taillée dans la pierre, surplombant de trois pieds la scène, Lafontaine reconnut Monclar dans son habit noir.

— Une messe noire? murmura-t-il en direction de ses voisins. Quelle sorte de divinité adore-t-on? L'esprit du loup, n'est-ce pas?

— L'homme-loup passe un pacte avec le démon et devient ainsi sa créature, expliqua Labarthe.

— Et qui sont tous ces gens?

— Des adeptes de cette sauvagerie, répondit Jupien.

— J'entends bien. Mais les connaissez-vous?

— Fontbuzas, un curé défroqué, Sirius et Enochius, les deux géants, et quelques autres gens dont je préfère taire les noms, un avocat de parlement, deux régisseurs, un prévôt, quelques bourgeois de Marvejols et de Mende.

— En est-il que je connais personnellement? questionna Lafontaine.

— Non. L'épidémie a épargné nos seigneurs du voisinage, hormis Monclar qui est des plus acharnés à cette diablerie.

Béranger brandit, sous la voûte de pierre où les ombres maléfiques semblaient danser, une tête de loup. Les adeptes se dressèrent dans un seul mouvement.

— J'ai soif de sang! De sang humain! ânonna Monclar.

Et les affidés reprirent la parole en chœur :

— Donne-le-moi! Donne-le-moi ce soir! poursuivit le maître de cérémonie, en maintenant dressée par-dessus sa tête la gueule de loup.

Les voix répétèrent ensemble l'incantation.

— Grand Esprit Loup! Donne-le-moi! Et cœur, corps et âme, je serai tien!

Et les hommes-loups vinrent boire, un à un, dans le hanap d'or cerclé d'émail, la décoction que leur maître avait mitonnée.

— Qu'est-ce donc que ce breuvage? demanda Lafontaine.

— Une décoction d'herbes, dit Juliette.

— Pas seulement, rectifia Jupien.

— Quoi donc alors? insista le naturaliste.

— Du sang humain. Du sang prélevé sur les petites victimes, balbutia Labarthe.

Vivien Lafontaine eut un haut-le-cœur.

— Tu savais tout cela? reprocha-t-il à Juliette. Et tu ne m'en disais rien! Oh! mon Dieu, comment pourrai-je te pardonner ton silence coupable?

Les adeptes se frictionnaient le visage, la poitrine, les mains, les bras, les jambes, en y mettant quelque cérémonie. Parfois, ils s'aidaient l'un l'autre à cette onction.

— Un onguent fait de graisse de chat, mélangé à de l'anis et à de l'opium, expliqua Jupien.

Et lorsque la cérémonie fut achevée, tous se mirent à hurler en imitant le loup. Puis ils quittèrent le mausolée, un à un, dans leur accoutrement, en portant la terrible griffe d'acier avec laquelle ils lacéraient le visage et la poitrine de leurs victimes.

Juliette, Jupien et Vivien retinrent leur respiration. Pourtant, là où ils se trouvaient, nul ne pouvait les découvrir. Labarthe avait fourré son visage dans le creux de son chapeau, et semblait sangloter comme un enfant. Lafontaine posa la main sur son épaule comme pour apaiser la douleur qui l'étreignait.

— Voici la meute lâchée, dit Jupien. Et qui sait les crimes qu'ils vont encore commettre?

— Nous ne le savons que trop, hélas! dit Lafontaine.

Longtemps, ils restèrent prostrés sur leur dalle de pierre, comme des gisants. Le feu des torches, peu à peu, déclinait. Et la salle des cérémonies retournait à son inquiétante obscurité. Lafontaine fut le premier à descendre dans le sanctuaire. Par précaution, il avait armé son pistolet. Mais la curiosité était plus forte que la crainte qui l'habitait. Il s'empara du hanap et emplit sa poire à poudre de l'étrange breuvage.

— Nous ferons examiner par un chimiste cette décoction, assura-t-il. C'est une preuve irréfutable que nous n'avons pas rêvé.

Jupien et Juliette le rejoignirent.

— Voilà, monsieur Lafontaine, la triste vérité. Nous vous la devions bien, n'est-ce pas? dit Labarthe.

Aux premiers jours de novembre, Vivien Lafontaine et Anselme Hilaire s'en retournèrent à Paris. Le naturaliste remit à Cheverny le mémoire détaillé de l'affaire, avec les noms des « sacrificateurs » — ainsi qu'il les nomma. L'analyse du breuvage révéla qu'il contenait du sang humain, des fragments de foie et de rate, mais aussi de l'opium et quelques autres drogues tirées de plantes telles que la belladone, la jusquiame, la stramoine et des champignons, dont la fausse oronge. « Une mixture qui a la propriété de rendre fou qui s'y adonne », conclut monsieur de Jaloux, éminent membre de l'Académie royale des sciences. Le roi Louis XV fut aussitôt avisé des accusations portées contre Béranger de Monclar et ses complices.

Pourtant, l'affaire demeura encore de longs mois en l'état, sans que le lieutenant criminel de Mende fût saisi. Les crimes se perpétuèrent, au rythme des cycles lunaires qui semblaient les ordonner. L'émotion grandissait toujours dans le Gévaudan; au fur et à mesure que l'on assassinait les populations de loups, les méfaits de la bête s'amplifiaient.

La nuit de la Saint-Jean, une bande de spadassins armée jusqu'aux dents descendit à Saugues pour encercler la fameuse chapelle, au moment où ses occupants s'adonnaient à leurs rites. Béranger de Monclar et ses complices furent, sans autre forme de procès, passés au fil de l'épée. Puis les spadassins brûlèrent les cadavres et rasèrent la chapelle. Avant de disparaître, ils incendièrent le château.

La disparition brutale du maître des lieux fut imputée à un incendie accidentel. Nul ne se douta jamais des circonstances dans lesquelles le jeune Béranger périt. En ces temps, les petites gens, fort crédules, croyaient plus en la sorcellerie qu'aux intrigues politiques. Et, parmi ceux qui eussent pu soupçonner une mission royale pour percer le vilain abcès, il ne s'en trouva aucun pour risquer la moindre assertion. La main du roi était lourde pour ses vassaux indisciplinés et rétifs, fussent-ils de haute lignée.

En récompense de son silence, Vivien Lafontaine obtint cent mille livres. Il en remit une partie à son serviteur, et revint au Malzieu pour épouser mademoiselle de Valcœur. La cérémonie fut simple, ainsi que l'avait souhaité le vieux comte.

— Me présenteras-tu un jour à Zacharie? demanda Juliette.

— Ce jour même! promit-il.

Après tout ce temps, le naturaliste avait grande envie de retrouver le vieil ermite sur sa montagne. De nombreuses questions étaient demeurées en suspens. Et pour sa tranquillité d'esprit, il avait besoin de connaître son opinion sur la fameuse secte des lycanthropes. Les nouveaux mariés trouvèrent l'homme du mont Mouchet dans son repaire, toujours fidèle à lui-même, sanctifiant jour après jour la mémoire des martyrs de la foi protestante.

Après que les visiteurs eurent pris le temps de se restaurer, Lafontaine risqua quelques questions. Mais Zacharie tenait plus que tout au monde à son silence contemplatif. Pourtant, son visiteur insista.

— Savais-tu que Béranger de Monclar était au centre de l'affaire?

— Depuis le premier jour, reconnut l'ermite d'un air énigmatique.

Il hocha longuement la tête.

— Le démon des sacrificateurs le possédait.

— Pourquoi ne m'en as-tu rien dit?

— Son destin sur la terre devait s'accomplir selon la volonté de Dieu.

Lafontaine éprouva une sorte de vertige en songeant à tous les malheureux que la bête du Gévaudan avait assassinés.

— Combien de pauvres victimes auraient été épargnées si tu avais consenti à me parler... Tu savais, toi aussi, où Monclar réunissait ses adeptes?

Il hocha la tête de nouveau. Puis, l'ermite fit montre alors d'une incompréhensible compassion pour le petit Monclar.

— Etait-il aussi mauvais qu'on le dit? Avait-il tous ses esprits? Je ne le crois, en vérité. Car tout le mal vient de son père. Maudit soit le vieux Geoffroy! Le triste capitaine qui mena la guerre contre mes frères huguenots. En conséquence de ses hauts faits d'armes et de ses basses besognes, le fils porta la marque infamante, la peau du loup, jusqu'en son cœur. Et sa folie lui fut donnée par Dieu pour punir la lignée des Monclar. Voilà la vérité.

Zacharie ponctua ses dires de plusieurs coups de bâton sur les dalles de pierre. « Tout est dit, et rien n'est à retrancher, songea Lafontaine en l'écoutant, comme dans la parole des apôtres. »

Ils sortirent du repaire froid et sombre et firent quelques pas sur le chemin étroit bordé de pierres sèches. Tous trois fixaient les montagnes autour d'eux, oppressantes dans la lumière bleue du soir.

— Et Naomi ? questionna le naturaliste.

— Qui est Naomi ? demanda Juliette.

— La louve qu'on accusa de tous les crimes, ajouta Vivien.

L'ermite se tourna vers le mont Mouchet et montra les vastes prairies où, deux ans plus tôt, Juliette et Vivien avaient assisté à la danse nuptiale des loups.

— Elle est partie. Par une nuit de pleine lune. Au temps des amours.

— Comment cela, partie ? insista Lafontaine.

Pour la première fois, Zacharie éclata de rire.

— Avec un compagnon. Un loup aussi solitaire qu'elle.

— Elle n'est jamais revenue ? s'inquiéta Vivien.

Zacharie écrasa une petite larme sur son visage brûlé par les grandes solitudes.